—— 中国散文 60 强 ——

缺席的旷野

傅 菲 / 著

图书在版编目（CIP）数据

缺席的旷野 / 傅菲著. -- 北京 ：北京联合出版公司, 2024.8. --（中国散文60强）. -- ISBN 978-7-5596-7830-0

Ⅰ．I267

中国国家版本馆CIP数据核字第2024692QM7号

缺席的旷野

作　　者：傅　菲
出 品 人：赵红仕
出版监制：张晓冬
责任编辑：高霁月
特约编辑：和庚方　张　颖
封面设计：立丰天

北京联合出版公司出版
（北京市西城区德外大街83号楼9层　100088）
三河市同力彩印有限公司印刷　新华书店经销
字数150千字　650毫米×920毫米　1/16　14印张
2024年8月第1版　2024年8月第1次印刷
ISBN 978-7-5596-7830-0
定价：65.00元

版权所有，侵权必究
未经书面许可，不得以任何方式转载、复制、翻印本书部分或全部内容。
本书若有质量问题，请与本公司图书销售中心联系调换。
电话：17710717619

"中国散文 60 强"丛书

编委会

丛书总策划

张 明　著名出版人

编委主任

邱华栋　全国政协常委
　　　　中国作家协会副主席、书记处书记

编　委

叶　梅　中国散文学会会长
陆春祥　中国散文学会副会长
冯秋子　中国作家协会原社联部副主任
吴佳骏　《红岩》编辑部主任
张　英　资深媒体人
文　欢　作家、资深编辑

中华散文的文脉与发展

——"中国散文 60 强"总序

邱华栋

中国是诗的国度,亦是散文的国度。

穿越千年时空,从明清至唐宋,再由魏晋南北朝至两汉先秦一路回溯,汉语言文学中的散文实乃根深叶茂,硕果累累。无论是"唐宋八大家"之雄文美文,还是骈俪多姿的辞赋,以及名垂史册的《史记》《左传》,均为中国文学史上的璀璨明珠。"散文"与"诗"一道,成为中国文学的"嫡系"。尽管,后来从西方引进嫁接技术所催生的"小说",大有"喧宾夺主"之势,终究还得"认祖归宗",血脉和基因是无法改变的。

在中国散文流变历程中,曾出现过两次鼎盛期。一次是被文学史家所公认的"先秦散文"时期。其时,伴随着春秋时期的思想解放,诸子蜂起,百家争鸣,一大批散文家以饱满的气血、驳杂的学识和破茧的精神,创造出了散文的繁荣和辉煌局面,对后世产生了极大的影响。

到了"五四"时期,中国散文迎来了第二次鼎盛期。白话文如劲风激浪,吹刮和涤荡着神州大地。沉睡的雄狮醒来了,偃卧的小草开始歌唱。许多学贯中西的进步文人,肩扛文化变革的大纛,冲锋陷阵,掀起了一波又一波的新文学浪潮。《新青年》上刊载的散文,犹如一束束亮光,不但给人以希望,还给人以力量。"五四"以来的散文作品,无论是观念和主题,还是形式和风格,都跟以往的散文迥然不同。最具代表性的,当属鲁迅先生的散文(包括杂文),其刚健、凌厉的文质,疗救了中国散文长久以来颓靡不振、钙质疏流的顽疾。此外,周作人、郁达夫、朱自清、萧红、沈从文等一大批作家的散文创作亦各具特色,呈一时之盛,影响深远。

时代的前行催生了文学的发展,然而文学与时代有时并不同步甚至充满了"张力场"。"五四"的个性解放虽然催生了一批个性鲜明的散文精品,但这样的生态并未持续多久,中国散文的波峰出现了向低谷滑行的趋势。有论者指出,"散文在50年代既是对解放区散文文体意识的放大,又是对五四散文文体精神的进一步偏离。这种放大和偏离表现在个体性情的抒发让位于时代共性或者时代精神的谱写,政治标准优先于艺术标准,批判性为歌颂性所取代等诸方面。"(董健、丁帆、王彬彬《中国当代文学史新稿》)1960年代初,散文创作一度出现了活跃,"专业"从事散文创作的作家群凸显出来,刘白羽、杨朔、秦牧相继登场,迅速成为散文界的三位名家。但他们的作品后人评价褒贬不一,认为其中颂歌式的写法较为单向,这种模式化的写作,不但对散文的建设毫无益处,反而扼杀了散文的个性和神采。

"文革"十年,中国散文更是一片凋零和荒芜,乏善可陈。1970年代末,一些历经浩劫的作家开始复血,解除思想枷锁,重新拿起笔来写作,中国散文才又凤凰涅槃,焕发生机。加之各种文学刊物纷纷复刊和创刊,以及大量西方文化读物的译介出版,更为这些饥渴、桎梏太久的散文作者提供了登台亮相的舞台和瞭望世界的窗口。

1980年代初期,伴随改革开放的热潮,思想解放大旗招展,文化随之繁荣,诸多承续"五四"精神的作家以笔为旗,抒发胸中压抑既久之块垒,出现了一批抒情性质浓郁的散文,使得现代散文这块"百花园"芳菲争艳,蔚为大观。特别是1980年代中期,随着作家主体意识的不断强化,中国文学开始呈现出一个崭新局面,作家从"集体意识"中抽身而出,重新返回"个体",注重对生活的体察和内在情感的表达。这一时期,散文的艺术性得以强化,文本的精神内涵和表现空间得以拓展。

进入1990年代，社会发展日新月异，城镇化进程锐不可当，文化领域亦呈多元格局。各种文学思潮相互碰撞，人文精神的讨论更是打开了作家们的创作思路。"大散文"概念的提出，引发了散文界对散文的内涵和外延的重新讨论和界定。风靡一时的"文化散文"热，成为文坛上一道靓丽的风景。"新散文""原散文""后散文""在场散文"等散文流派"你方唱罢我登场"，争奇斗艳，各领风骚。

及至二十世纪末，一批深具先锋意识和文体自觉的新锐作家，像一头公牛闯入瓷器店，使散文天地发生了激烈的碰撞和变化，形成一股新的散文潮流，提升了散文的审美品质和精神向度。

纵观1978年至2023年四十多年来，中华大地在"改开"的黄金时代中，社会生活奔涌激荡，各种思潮风起云涌，散文创作更是云蒸霞蔚、气象万千，涌现了众多成就斐然、风格各异的散文作家和具有思想深度、艺术上乘的散文作品。岁月的流水冲走了枯枝败叶和闲花野草，中流砥柱却巍然屹立。时间留住了新时代的散文经典，经典在时间的长河中绽放光芒。以沙里淘金的经典散文向"改开"的时代致敬，是我们不可推卸的责任和义务。

别看散文的门槛貌似很低，要真正写好，却实属不易。优质散文是有难度的写作，它不但需要作者的智识、胸襟、眼界、修养和气度格局；更需要写作者的态度、立场、慈悲、良知和批判勇气。遗憾的是，散文创作繁荣和光鲜的另一面，却是大量平庸甚至低劣之作的泛滥，不但败坏了读者的胃口，而且造成了物质和精神的极大浪费。散文作家层出不穷，散文作品汗牛充栋，可真正能让人记住的散文佳构却凤毛麟角。

散文要发展，文学要前行。发展和前行就要从平庸的樊篱中突围。在突围的过程中，散文作家不可太"聪明"，不可太世故，要永存对文学的敬畏之心。一言以蔽之，散文的尊严来自散文作家的尊严。也可以说，要想散文繁荣，首先需要有一批人格健全，品德高尚，铁肩担道义的散文作家。什么样的人写什么样的文章。特别是写散文，最容易看出一个作家的内在品质和境界涵养。一个人格不健全的人，哪怕他作文的技法再高妙，也很难写出撼人心魄、抚慰灵魂的散文来。作家精神品质的高低，直接决定其作品的精神向度。

为了散文写作的突围和发展，为了建设独具特质的当代散文，也是为了更好地从经典散文中汲取营养，我认为有必要正视和重申一些常识性的思考。高头讲章的理论是灰色的，常识之树却蓊葳常青。

一、作家的个体精神决定散文的优劣。常言道，散文易学而难攻。难在什么地方，不是难在技巧，而是难在作家个体精神的淬炼上。倘若作家的个体精神不够丰富，不够深刻，不够清澈，纵使他手里握着一支生花妙笔，也写不出令人称赞的散文。那么，如何才能做到个体精神的丰富性呢，这就要求作家时时刻刻不背离生活，要知人情冷暖，体察人间百态，关心民瘼，有忧患意识，不要做生存的旁观者。一个冷漠甚至冷酷的人，是不适合从事散文创作的。

二、真诚是确保散文品质的基石。散文创作跟作家的生存经验息息相关，可以说，真正优质的散文，无不牵连着作家的血肉和心性。作家的喜怒哀乐，悲欢离合，都或隐或显地暗含在他的作品中。假如在一篇散文作品中，读者既看不到作者的体温，又看不到作者的态度，那这篇作品或许就是失败的。说明这个作者在他的作品中"说谎"或"造假"，缺乏真诚之心。作家一旦失去真诚，为文必定矫揉造作，作品也必定会失去生命力。因此，真诚是散文的"生命线"，也是"底线"。

三、个性是促进散文生长的养料。人无个性便无趣，文无个性便平质。当下，每年都会诞生数以万计的散文篇章，但能够让人记住，且读后还想读的作品并不多，何故？概在于这些数量庞大的散文，无论题材，还是语感都千篇一律，像是从"模具"中生产出来的，缺乏辨识度。散文要发展，必须要求作家具有"个性意识"。"个性意识"不是标新立异，更不是哗众取宠，而是一种"创新意识"和"审美意识"。但凡在散文创作方面被公认的那些大家，都是"文体家"，他们以自觉的写作实践，开创了散文写作的新路径。不合流俗方能独步致远，推动散文的建设和繁荣。

当然，以上几点并非创作散文的圭臬，谁也没有资格去为散文"立法"。

散文是自由的创造，散文精神即自由精神。我之所以提出来，仅仅是希望引起散文同行们的重视和参考，共同为中国当代散文的发展尽力增光。

我们策划、编选"中国散文60强"（1978—2023）的初衷，旨在对新时期以来的中国散文创作作出梳理、评价和选择，试图精选出风格各异的代表性散文作家，以每位一部单行本的形式，呈现出中国新时期优质散文的大体样貌。此项目的发起人为资深出版人张明先生。多年来，他一直追求做高品位的纯文学书籍，也曾连续多年与中国散文学会、中国小说学会合作，出版年度《中国散文排行榜》和年度《中国小说排行榜》。2023年他策划出版了《中国小说100强》，反响不俗。身处喧嚣、纷杂的环境，能以如此情怀和心力来为文学做如此浩大的工程，不能不令人钦佩！

感谢张明先生邀请我和叶梅、冯秋子、陆春祥、吴佳骏、张英、文欢组成编委会，共同遴选出60位作家。我们在召开筹备会的时候，即将作品的思想性、艺术性、代表性以及影响力作为编选的基本原则。在确定入选作家名单时，我们认真商讨，反复研究，生怕因为各自的眼力、审美和趣味之别，造成遗珠之憾。好在我们的工作得到了作家们的积极回应和鼎力支持，惠风和畅，大地丰饶。

60位入选的作家，既有令人尊敬的文学大家，如孙犁、张中行、汪曾祺、史铁生、邵燕祥、流沙河、刘烨园、宗璞、贾平凹、韩少功、张炜、梁晓声、阿来、冯骥才等。这批散文大家的作品，文风质朴、清朗、刚健，充满了"智性"和"诗性"。无论他们是写怀人之作，还是针砭时弊，歌咏风物，都有着鲜明的文化立场和审美取向。他们或出入历史，借古观今；或提炼人生，洞明世事，输送给读者的都是难能可贵的"精神营养"。

也有被散文界公认的名家，如李敬泽、王充闾、马丽华、周涛、冯秋子、叶梅、筱敏、张锐锋、周晓枫、于坚、鲍尔吉·原野等。这些作家的散文作品，特色鲜明，风格独特，诚挚内敛，从内容到形式，都作出了各自的探索和尝试，为当代散文注入了活力。从他们的作品中，我们不但能够领略汉语之美，更可以借此反观生活与存在，寻找人之为人的价值和尊严。

还有散文界的中坚力量和青年才俊，如彭程、谢宗玉、江子、雷平阳、任林举、塞壬、沈念、傅菲、吴佳骏、周华诚等。从他们的作品中，我们见到的，不只是中国散文的文脉传承，更是自由精神的张扬。他们文心雅正，笔力锋锐，不跟风，不盲从，始终保持着独立的思索和判断，在各自所开辟的散文园地中精耕细作，以崭新的姿态参与和推动当代散文的变革。

其实，细心的读者不难发现，入选本丛书的老、中、青三代作家都有个共性，即他们均在以自己的作品审视心灵，心系苍生，弘扬真善美，鞭挞假恶丑，充满了正义感和人道主义精神。这自然与时下众多书写风花雪月，一己悲欢，充塞小情趣、小可爱的散文区别开来。正是因为有他们的存在，中国当代散文才呈现出一幅绚丽多姿的长卷。

需要说明的是，有些重要的散文家，如张承志、余秋雨、王小波、苇岸、刘亮程、李娟等人，由于版权或其他不可抗原因，未能将他们的作品收录进来，我们深以为憾。

我们还要感谢北京立丰天文化传播有限公司的资金支持，感谢北京联合出版公司的精心编校，他们慷慨和无私的义举，对于繁荣中国当代散文创作、对于赓续中华优秀散文文脉、对于中国新时期的文化积累，均具重大价值和意义，可谓善莫大焉。这套丛书的出版意义将同《中国小说100强》一样，旨在给读者以经典的指引，这既是一项重要的原创文学工程，同时也是助力推动全民阅读和研究传播文化的公益工程。

郁郁乎文哉，中国散文有幸！

是为序。

2024 年 5 月 12 日星期日

（作者为全国政协常委，中国作协副主席、书记处书记）

目 录
Contents

第一辑：苍颜

002 | 似斯兰馨

023 | 远去的河畔

043 | 河，河，河

059 | 木　箱

第二辑：父土

072 | 米　语

080 | 烈焰的遗迹

087 | 感谢晚餐

094 | 棉花，棉花

第三辑：沉河

102 | 屋顶上的河流

118 | 星辰埋在河边

126 | 山　巅

136 | 铁

第四辑：灵源

148 | 圣　鹿

164 | 黑熊的一生

183 | 河漫漫

199 | 顶粪筐的人

第一辑：苍颜

似斯兰馨

不是因为陪家父去看望病重的故人，我不会去五马山。故人叫马英明，是家父多年至交。临近年关，冬雨绵绵。父亲穿着厚厚的雨衣，沿着峡谷往山里走。我母亲夹着一把雨伞，站在门口，望着一晃一晃的背影，对我说：七十六岁的人了还那么固执，非要去一趟五马山，山路太滑，你陪爸一起去。雨越下越大，如沙子抛落。雨粒打在雨伞上，嘭嘭嘭。山路是黄泥路，流淌着泥浆。我走在父亲身后，陪他说话。一路上，父亲重复着说：最后一程，最难走。父亲脚上的大头黄牛皮鞋湿湿的，裤脚也湿湿的。在有泥浆的地方，我提醒父亲：小心脚下，走稳了。父亲也不应我，低着头，丝毫没有减缓脚步，哗啦哗啦地踩着泥浆水。

怀玉山山脉自婺江而起，如一头野牦牛，向西而奔，耸起的肩胛骨是大茅山支脉。支脉苍山莽莽，如壮硕的肩胛横突肌，五条回旋的山梁向东逶迤，渐渐低缓，在一个木槽形的大山坳聚拢，如同五马共槽。山坳由此得名五马山，居住着十余户山民。25年前，这里是个小林场。枫林去五马山,得走二十多里山路,路沿着一个个矮山梁,缓缓而上,深入峡谷的最深处。山坡披着黄松、水杉,乌青青。雨线白亮亮,一道道斜弧形。这条山路,父亲是常走的。假如雨水不洗刷脚印,那么父亲的脚印,会叠得厚厚的,如飘落的枫树叶。这条山路,父亲可走的次数,屈指可数了。他较着劲走路,每踏下一步,溅起雨水。

"哥郎,哥郎,还好吧。"父亲拉着马英明伯伯的手,关切地问。老人想支起身子,抬起半个头,又瘫倒下去。父亲给他垫艾叶枕头,说,卧着暖和,卧着暖和。父亲又脱下腕上的老手表,戴在故人手上,说,我戴了大半辈子,给你留个念想。老人睁着眼睛看着头发稀稀的客人,灰灰的眉毛动了动,嘴角抽了抽,舌头上的话始终吐不出来。老人的面容多皱,白润,眼皮耷拉。

挨着父亲,我坐在火盆边,给父亲烘皮鞋。入夜了,父亲坐在火盆边,往火盆添木炭。父亲倾着身子,靠在火盆旁,直到天亮。天亮了,屋外一片白。雪飘了半夜,雪伴着呼呼的北风。北风吹遍每一个山冈。风赶着风,雪催着雪。炭火旺着。

庚戌年(1970年)丙戌月(10月)丁丑日(24日),节气霜降,宜婚嫁宜冠笄。油山茶开白了山丘,早霜蒙白了瓦垄、田野和溪滩。一个在枫林梅家做油漆的人,来我家借两块石灰,见我家一件老木衣柜,光溜溜的,桐油也没打,木质都灰暗了,随口问我母亲:这个衣柜有些年头了,等我忙完了梅家的事,也给你家忙活几天,添添彩。油漆师傅长得魁梧,脸宇宽阔明亮,声若洪钟。我母亲拍了拍木柜,说,哪有那个钱呢?用了几十年的木柜,还和人一样硬朗。我父亲说,师傅,如果工钱可以欠上一年,就给我忙几天,漆上了,漆又不会还原回去,你铜咯子(方言:铜咯子指硬币)又不会少半个。

就这样，油漆师傅在我家住了5天，给木柜打石灰粉、刷桐子油、画漆花、上漆。家中唯有床、木箱、八仙桌、木衣柜、桶、饭甑是木器。吃晚饭的时候，油漆师傅问我父亲，床是柚木做的，木箱是樟木做的，八仙桌是黄檀做的，衣柜是杉木做的，年代也不一样，怎么不配套呢？"哪有那个能力添整套的木器，衣柜还是我爸手上，花了3个大洋买来的。"我爸抖着杯里的番薯酒，说，"说起这个衣柜，真是一言难尽。"

墙壁上的油灯，轻轻摇曳着淡光。两个三十多岁男人，喝着略带苦味的番薯酒，很是尽兴。油漆师傅说，老家具都藏着温暖、隐秘的家事，与人偕老。我父亲竖起右手两个指头，摇了摇，说，这个衣柜是一座纪念碑。我父亲低着额，问油漆师傅：壬申年，你知道是哪一年吗？油漆师傅掐掐指头，说，1932年。

"嗯，是1932年。我说的，就是壬申年。那一年的春荒特别长，像个噩梦。一个可怕的噩梦。"我父亲端起一杯满酒，吞了下去。他说起了那个笼罩着郑坊盆地每一个人的噩梦。

壬申年，过了上元节，春荒来了。春荒长达三个月，待收了麦子和早稻，才算度了粮荒。春荒，也叫熬粮荒。有粮食的人家，是少数。没了麦子稻谷吃芋头红薯，吃野菜。不少人家，连芋头红薯也没的吃。田野里有人提着大扁篮，裹着破棉袄，扒开雪，掏野菜。用镰刀扒，把马兰头、野荠菜、灰灰菜、芦蒿、蒲公英，割一截芽叶，根留着发新芽。人蹲在雪地里，像一只只冻僵的乌鸦。

正月没过完，村里死了两个老人。老人不愿再活了，省下一口粮食给小孩吃。一个是上吊，一个是绝食饿死。

二月初六。下了最后一场春雪。大雪如盘。大雪下了两天，时断时续。田野盖了厚雪。野狼在村后山梁上，嗷——嗷——嗷——嗷——

让人毛骨悚然。渡口已无人迹。樟树下的木船,堆满了积雪。收皮货的民安,在渡口卸皮货。民安方块脸,戴长耳棉帽,穿黑色棉袄,厚厚的棉鞋帮上,裹着雪。开酒茶铺的正恩见了他,喜出望外,说:民安呵,你收货,你爹放心呢。正恩端出一碗热水酒,说:喝了酒过河,暖和一下身子。

大雪天,喝起酒,停不下来。风呜呜呜,在河面上刮。

渡口相当于河的马庄。路上驮货的马,哪离得开马庄呢。各路往来的人,看风水的,行脚的,忙命的,正恩也都相熟。"你是见了世面的人,民安呵,人怎么会穷到这个地步呢?天天耕牛一样累死累活,到头来,填不了自己的嘴巴。这是什么天理呵。镇里有五户人,卖女儿了。一个囡妮,才卖一担谷。"正恩说。

"世道不公。人分了三六九等,有权贪腐,有钱欺诈,老实人被人踏在地上,个个踩。"民安说。

"有一首民谣,不知道你有没有听过。"正恩说。

"你唱两句吧,兴许听过呢。"

"上有朱毛好主张,下有方邵打豺狼。第一英雄方志敏,第二将军邵式平。两条半枪闹革命,打倒土豪为人民。"正恩吞下一碗酒,哼唱了起来。

"听过呢。这是葛源(注:葛源是闽浙赣苏维埃政府驻扎地,由方志敏领导)唱出来的,叫《打倒土豪为人民》。我收货,走了好几个地方,都听了这首民谣。正恩叔,你是哪里听来的呢?"

"年前一个下信州的人,临走时,在渡口上唱的。那个唱歌的人大方脸,是个黑髯公,长得像戏里的鲁智深,一看就知道是个好身手。"

"我也唱一首歌给你听吧,更好听呢。"民安清了清嗓子,拍拍身上的棉袍,说:"我站在渡口上唱,更有气势呢。"他面朝滔滔河水,高声唱:

起来，饥寒交迫的奴隶！
起来，全世界受苦的人！
满腔的热血已经沸腾，
要为真理而斗争！
…………

唱了两句，民安的手开始挥舞起来。他眼前似乎有着千军万马在奔腾，踏着水浪，哗哗哗。马在嘶鸣，扬起了鬃毛披散。黑色的大地上，似乎有一群赤足的人，在奔跑，在狂啸。

"怎么有这么好听的歌呢？教我唱。我要教给村里的人唱，教给我一样没米下锅的人唱。"正恩说。

"这是我在南昌陆军学堂暗地里学唱的，好多人都会唱。现在还不能大声唱，不能在人多的地方唱。有一天，我们会在任何地方大声唱出来。"民安说。

民安是饭铺的常客。他的包袱卷成筒状，背在身上。他去河边各个村子走。他不是白天走，是晚上走，摸黑去村里坐，坐到夜深了回周家。河水不深，正好没膝。水温时，他蹚水；水寒时，正恩撑竹筏送他。竹筏在渡口的香樟底下，系在石柱上。他从对岸周家过来，一般是正恩收饭铺的时间。民安在饭铺里坐。他们有说不完的话。

春荒还仅仅是开始。民安对他父亲周寿南说：饿绿了眼睛的老百姓，会抢粮，村子会鸡犬不宁，谁也不得安生，我们不能眼睁睁看着村民饿死，我们带头借米吧。周家四代收皮货，是方圆十里的富足之家。周寿南把家里的银元，用笪箩装出来，去信州籴米，拉了两船来，放开借米度粮荒。村里几个富足之家，也开仓借米。

暂时的粮荒，这样过了。

在村里闲了半个多月，民安又去了山里收皮货。毛驴脖子的摇铃一路当啷当啷响。大地复苏，麦子蔼黄。枫槐抽出幼芽，油青青地缀满树梢。河岸的芦苇弯曲地往上卷，卷出一支锯齿叶。睡莲在水塘里，张开了圆匾叶。

泛青泛绿的田畴，更加空旷。麦子金黄。斑头鸭嘎嘎嘎，带着小鸭，在山塘愉快地叫。太阳被燕鸥驮在背上，从古城山升起。田埂上荒坡上，淡紫淡白的田旋花，一片连着一片。雕鹗一直在田畴上空盘旋，呜哇哇呜哇哇叫着。渡口又繁忙了起来。

乡公所抽壮丁来了，三抽一，五抽二。三个男丁抽一个，五个男丁抽两个，抽了好几年了。抽壮丁由村保负责。村保把名单，列出来，报到乡公所。枫林的村保叫龙头兴，是个江湖人，爱武术爱结交朋友。报名单之前，他通知被抽丁的人：快逃吧，在毛楂坞躲半个月。毛楂坞是个深山，鲜有外人知道，翻山越岭。坞里有泥瓦房一栋，专供村人躲避官府。穷得没路走的人，不躲，领了银两画了押，去当了白军（郑坊一带称国民党军为白军）。有钱人不躲，买壮丁，由人顶替当兵。买壮丁的有钱人，找龙头兴，出十担谷子，由龙头兴物色男丁。龙头兴赚两担谷子。作恶的有钱人，得出五根金条，龙头兴才会物色男丁。

龙头兴成了有钱人，他把钱拿去籴米，借给村人度春荒。他借出10升米，不收米租，春借秋还。村里有了职业卖丁人，给卖丁人8担谷子，由卖丁人去充军，接兵船开到信江，卖丁人跳河逃走。

这一年，愿意被抽去当兵的人，比往年多。

"乱世当兵，是谋生路。"龙头兴说。

麦熟时，也是饶北河发大水时。这一年的雨季，虽不长，但雨急，急得像赶路投胎的人。山谷的涧水，成了洪流，黄黄的泥浆水浑浑浊浊，激荡咆哮。雨炮子一样，射下来，啪啪啪，泥地射出水洼眼。溺水的野猪山麂野狗，冲进了饶北河。野猪肥肥胀胀，在河浪里沉浮。

河边有了捞吃食的人，捞野猪捞山麂捞野狗。河面有撑竹筏的人，等野猪冲水下来，用麻绳抛过去，束住猪头拉上来。或者用獠牙一样的两齿钳（两齿钳是挖地的农具），挖进猪身，拖上竹筏。大野猪有300多斤，拖不动，下沉，水流力大，把人拽入河里。河水浪急，浪头打过来，把人打昏，水呛入鼻腔，人溺水而亡。发大水，乌鸦和苍鹰特别多。乌鸦一群，十几只，在树梢上摇着身子，啊啊啊啊，叫得人心发慌。苍鹰盘旋，沿着河面低飞。动物尸体让它们兴奋。

溺水而死的动物，有毒，不能吃。村里人知道。饿得太长时间了，饿得舌头发直的人，顾不上这么多，捞上动物死尸，破膛，扔掉内脏，用箩筐挑回家，切巴掌大肉块，放在大铁锅里煮。

河吞泻而下，如雪崩。

有吃了溺死野猪的人，死在了厕所。开始是发烧，烧了半日便腹泻，一天上几十次厕所，泻得人脱相，颧骨一天高出来，眼塌进去，走路晃脚。吃扛板归，吃何首乌藤，吃艾叶，吃铜钱草，吃什么泻什么，泻出一摊黄水。泻到来不及扎裤子，一直蹲在茅厕。第二天还腹泻，泻到下午，瘫倒在茅厕，再也起不来。人像一把烂稻草。第一个死的人，叫山猫，多健壮的人，可没过五天便没了。山猫泻了三天，他老婆也腹泻，泻了一天一夜，泻死了。两个人合一副棺材，抬到篷坞葬了。葬了，村里又有了腹泻的人，村里人慌了——瘟疫（痢疾）在悄悄地蔓延——死神逼视着每一个人。

死的人，越来越多。买不起棺材的人，腹泻了，一个人去废弃的煤洞，再也不出来。有时，一天死三个人。有的人家，全家在短短几天内，灭了。好多人，挑着箩筐，躲到深山里，躲避瘟疫。

废弃的窑，死的人扔下去，扔一担劈柴下去，点火烧。又有人死了，又扔下去，点火烧。一个窑，烧了13个人。余家有一个长工叫天佑，腹泻了，自己抱着柴火，跳进废窑，自己点火烧。

民安知道这是痢疾，他去了葛源，请来医生，又去杭州买来药物，才灭了瘟疫。瘟疫开始的时候，哀声遍野。死的人多了，哭声也没了，用草席把死人卷起来，稻草包好，抬到山上埋了，鞭炮也不放一个。死亡，不再让人害怕。死亡，让人憎恨。

秋季粮食大丰收。白军派粮来了，由各村保长征收。一亩水田收200斤粮。收粮如收命。粮就是人的命。

"谁要我的粮，我要谁的命。""拒征粮，斗腐败！""抗租抗征，保卫粮食！""腐败政府垮得越早越好！""广大农民团结起来，坚决反对征粮！""谁征我们粮，谁就是我们敌人！我们坚决和敌人作生死斗争！"

征粮告示贴出，粮还没开始征收，各村一夜之间贴满了抗征粮的标语。祠堂、社庙和牌坊的墙上，标语是用红油漆刷的。在巷子入口处，还张贴了"告粮民书"。

白军在各村收"告粮民书"，计130张，笔迹出自不同人。但一夜之间把标语贴遍二十来个村子，非几个人可为，且早有组织谋划。白军开始搜捕刷标语的人。搜捕了半个月，也没结果。白军在各村张贴悬赏告示，提供检举线索，查获坐实，检举人可获奖赏银元20块。

各村都有被秘密检举的人，还出现了检举人被人检举之事。查了之后，均属诬告，哄骗奖赏，或出于邻里间隙（方言，间隙即矛盾）而打击报复。

霜降前三日。乡公所聚集了二百多人，要求严惩打死官田户徐忠良的前湖村保徐耀蔚。三天前，徐耀蔚纠集了六个打手，去徐忠良家征粮，徐忠良拒绝征缴，发生口角，被打手活活打死在自家门槛上。各村有人打锣：交了粮是饿死，不交粮是被打死，我们去乡公所讨一个活法。

乡公所门前聚了千余人，群情激奋，并烧毁乡公所。

晚上，徐耀蔚被人杀死在床上。

白军和警察抓捕了32个人，关押在信州黄沙塘监狱。抗粮的主谋，却一直查不出来。各村保长见徐耀蔚被杀死，心中畏惧，不敢积极征粮。

粮食征调不上来，白军开始抢粮，扛着枪，破门而入，打开仓廪，用麻袋装稻谷。汪家驼子为拒征粮，被白军枪杀。白军开他家仓，装谷子，驼子抱住了抢粮人的腿，哀求说：就三担谷子，征了粮，我们全家饿死。白军见粮抢粮，见猪杀猪。眼看着粮食被拖走了，驼子从灶台上摸出白菜刀，拼死抱着粮食。砰的一声枪响，驼子额门开了一个铜钱洞，一股血喷出他嘴巴。

白军告示：检举主谋人，悬赏黄金五条。

过了一个月，没了告示的消息了。抗粮的事，也就这样阴（方言，阴同淡）了下来。阴了，不是淡忘，不是沉寂，而是蕴藏着更惊惧的风暴。如黑夜厚厚积雨云。

民安也有一个月没来渡口了。秋分后，他去茅村收兽骨。茅村在大山区，离郑坊有三十多里地，要翻十几座山。他又从茅村辗转去乐平的南港、德兴的张村，翻过大茅山，去了坂大，沿怀玉山而下，走樟村，回到了枫林。民安出现在渡口，已是冬至了。

渡口客人稀稀。

一日，夜半三更，陈坑坞宗纬的屋子，被三个白军卒卒子（方言，卒卒子指无职小兵）破门而入。三个卒卒子举着火把，守在院子大门，六个卒卒子鱼贯而入，进屋搜查。宗纬从床上爬起来，吓得脸色刷白，腿抖得筛糠一样。其中一个卒卒子问道：家里有客人来过夜吗，不说实话，烧房子。宗纬哪见过这个架势，哆哆嗦嗦，说：房子不能烧，是祖宗积了三代的钱，才有了这栋瓦房，我们一家人睡觉，哪来的客人呢？

"抓到了，抓到了。绑起来。"院墙外，哄哄哄，亮起了松脂火把。火把围了屋子院子。火把向东边院墙汇拢。宗纬瘫倒在地。

巷子里的人，被火光和吵闹声惊醒，胆大的人裹着棉袄，围过来看——一个被反绑了双手的人,穿着便裆肥裤(便裆肥裤是民国时期老式裤子,可外穿,也可当睡裤),裤腿沾着泥浆,上身赤裸厚实如水泡过的松木,发短如松毛,瘸着右腿,被两个卒卒子架起身子,跳着脚走路。撬蓑衣的煤屎叔,摸黑,跑了五里山路,来到渡口,咚咚咚敲门:正恩,正恩,出大事了。

"出了什么事?"正恩披衣开门,举着烛火,拉煤屎叔进屋。

"民安被抓了,在陈坑坞宗纬家抓的。我亲眼见了。民安牛高马大,是个练家子,三五个人近不了身。若不是跳窗跌伤了脚,他跑走了。去了三十多个白军,这个事不简单。你快去通知周家,想法子救人。"煤屎叔一只手撑在门上,一只手叉腰,喘着气。

郑坊一带,还没这样兴师动众抓人。一般是三两个卒卒子或警察来抓,村保带路。民安被抓,案不是一般的大案——三十多个卒卒子个个扛枪,摸黑进村,围了屋子,这个阵势,前所未有。

正恩去了周家,把信息报给了周寿南。周寿南脸色刷白,说:带上金条,去乡公所,你和我一起去。

沿着饶北河而下,走了八里路,到了乡公所。乡公所临时征用了徐氏祠堂。街面黑咕隆咚,一个更夫提着灯笼,在打更:歇夜早起,小心火烛。打更声,当,当,当,街显得更冷寂。乡公所关了门,只有屋檐下两个灯笼在晃。天很快亮,街上有了稀稀的人,挑粪种地的,收网卖鱼的,拉板车的。正恩在街头,往路上望,除了一座高耸的山,和山下疏淡的人烟,一个人也没有。周寿南戴着棉帽,棉帽遮了额门,露出乌沉沉的双眼,搓着手说:他们可能不来乡公所,直接去了信州。

"去问问乡保,探探乡保口风。"正恩说。

乡保住在上街大枫树下。两人去了上街。乡保在厅堂喝茶。周寿南和他相熟,和他握手,随手塞了20块大洋,问:"我家民安到底犯了哪条王法,被抓了,现在人在哪儿,也没个准信。我们相熟几十年了,本乡本土的老乡亲，老兄有什么消息，留个实话。"

"屋里坐。"乡保闩了院门，说，"国军直接去抓的，我们也不知道。民安的事，可能与抗粮有关。上面一直查主谋人，歇了这么些时间，是得到了确切的举报，直到摸清民安动向，才下手。人直接去了信州，你们快去吧。"

"雷公落在头上，劈死人。民安一直在山里收皮货。他不可能干这样翻天的事。"周寿南作揖告辞，和正恩一起，坐船去信州。

在信州问了一天，也问不出民安关押在哪里。走了一天，两人很疲倦，夜深了，在仙乐斯一家客栈，暂时住了下来。周寿南坐在床上，思来想去，焦虑得睡不着，想着有哪些人，可以找。

"先探出民安关在哪里，和民安见一面，再想想找什么人，把民安放出来。"周寿南对正恩说，"你也想想有什么人可以找。"

"明早我们分头找人，中午在这里会合。有什么事，我们一起合计。更累人的事，还在后面。"

又走了一天，没有任何消息。在仙乐斯面馆两人吃面。正恩夹起面，怔怔地看着屋外，面又滑入碗里，溅起汤，烫在脸上。正恩抹了一下脸，说：郑家坊有个年轻人，在《民锋报》报馆当记者，为人很正派，在我饭铺吃过几次饭，我认得，我们去找找。

"年轻人叫什么名字？"

"名字叫不来。去了报馆问问，很容易找到。"正恩说。正恩扔下筷子，问面馆老板："《民锋报》报馆怎么走？"

"出门，往东走，有一条十字弄，右拐便到了。"老板说。

报馆二楼，三个年轻人在挑灯写文章。正恩问：郑家坊有一个年轻人在这里工作的，我是他老乡，急着找他。其中一个年轻人站了起来，说：老乡，是郑亮堂，我带你去。

下了楼，往一条小巷走了几分钟，有一栋"公"字形瓦屋。年轻人站在门口,喊了一声:亮堂,有老乡找你。

亮堂出来,戴着鸭舌帽。正恩说:老乡,火烧眉毛了,我们找一个地方说话。

三个人来到客栈,正恩把民安的事说了。"我认识周民安,我们在南昌认识。我在南昌二中读书,他在陆军学校。我昨天早上知道了周民安的事。我已经打听到了,他关押在永平,任何外人不能见。"亮堂说。亮堂点了一支烟,说:"这个事,非常麻烦。"

"怎么会关押在永平呢?"周寿南问。

"永平有一个军事监狱。"

"我散尽家财,也得救他出来。"周寿南瘫坐在椅子上,说:"儿子呵,干这样的事,也不给你老子露个口风。"

"明天,我们一起去永平。"亮堂说。

到了永平军事监狱,探听不出更多消息。狱卒说:这是重要案犯,已上报总统府了。周寿南去了一趟河口。河口隶属铅山,是个码头商贸镇,船客南来北往,十分兴盛。他有朋友在河口,收皮货的,叫丁达。丁达说,监狱长官有一个外室,叫梅娟,住在河口码头十三弄,可以去找找她,她常买皮货。梅娟以前是唱戏的,和监狱长官相熟了,成了外室。在十三弄,找到了梅娟,周寿南说:长官能够放民安出来,愿以百亩田产报恩。

"哪敢放人呢?我知道这个事,谁放了周民安,杀谁的头。周民安是杀头的罪。"梅娟说,"我不是见死不救,而是救不了他,长官也救不了他。救他,也不是没法子。他得自救,写悔过书,登报声明。这是我家向生说的。"

"带我见见长官。"周寿南拿出两根金条,摆在她茶桌上。

"你明天直接去永平,找徐向生长官。他会见你。"梅娟说。

第二天上午,周寿南来到徐向生办公室。徐向生说:"周民安要出来,只有写悔过书。你不知道吧,他是个死硬分子,还是个共党要员。总统府有指示,不悔过,很快行刑,杀一儆百。他若是悔过,写了悔过书登报,可以来国军部队任高官,荣华富贵伸手可得。"

"让我见见他吧,劝解劝解。"周寿南递上三根金条,说,"他还不懂事。"

"不是劝解,你就不要见了,免得我为难。我脑袋好好地在肩上,别给人提在手上。"徐向生说。

民安的双脚锁着铁链,双手戴着镣铐,浑身鞭痕。民安关在单间牢房里。周寿南隔了牢房门,见了民安,泪水扑簌簌直流。民安说:爸,让你操碎心了。

"儿子,你怎么想呢。长官的意思,你明白了吗?"周寿南说。

"我从南昌回郑坊过上元节,我就想明白了。爸,你好好照顾妈。"

"儿子,你太狠心。我怎么对得起列祖列宗。"

"爸,我读了书,我明白,我们的民族积贫积弱,皆因政府腐败。民穷,不是民不勤俭;民弱,不是民不自强;民愚,不是民不爱知;民戾,不是民不自勉。一个高度集权的政府,不值得我们拥戴。我决心以血祭祀,唤醒更多的人。"民安对他父亲说。民安又侧过脸,又对正恩说:"正恩叔,我有一个圆筒包裹,藏在饭铺的顶梁上。你保管好,有机会去上海,送给《申报》王长安先生。他是我同学。"

腊月廿三,是郑坊一带小年。家家户户挂出了灯笼。早上,风开始从山梁往下刮,刨山皮一样,刮出天空麻白色。各村贴出了白军告示,申时在渡口河滩,周民安行刑。午饭后,天飘起雪花。零零散散的雪花,像一朵朵蒲公英。郑坊街上的更夫,来到枫林打铜锣:下午,渡口河滩,大家去看热闹呵,周民安挨枪子了。更夫打锣打到庙沿(庙沿为地名),遇上正恩去油榨(油榨为地名)买麦麸。正恩见四处无人,把麻袋套在更夫头上,一棍子打下去,落进了水渠里。

雪越下越大。雪软软地落在河边上，落在菜叶上，落在行人的头上。饶北河逆水慢慢撑上了三条木船。船身狭长。第一条船站着六个卒卒子，扛着枪，其中一个打着铜锣，哐——当，哐——当。第二条船站了六个人，一个白军军官，四个卒卒子，扛着枪，民安锁着手脚站在船中央。第三条船，站了四个卒卒子，扛着枪。船在渡口侧边的河滩边，停了下来。河滩上，已站了几百号人，穿着灰扑扑的棉袄，像一群灰卷尾鸟。

河面上，雪飞转地卷成鹅毛球。山一层一层白下来，白出刺眼的光。几个孩童在河滩滚雪球，穿着笨拙的棉袄，嘻嘻哈哈地笑。

三个卒卒子，在河滩打木桩，用斧头脑壅（方言，壅即锤，作动词）下去。壅一下，木桩震一下，嗡一声。木是碗粗的圆木，尖头扎进沙地，嚓嚓作响。木桩有两米多长，三个卒卒子轮流壅。两个卒卒子在木桩半高之上，人肩之高处，横着钉一根木条。木条手腕粗，是油茶木。油茶木是最硬的木，比铁硬，比命硬。

四个卒卒子把民安夹下船，夹到木桩下，解了手链脚链，用船绳绑。腰绑在木桩上；双手张开，绳子把手和木条一起绑，脚绑在木桩下。民安穿着灰色棉袄，脸面洗得干干净净。他像一匹马，鬃发被风吹得飞扬。

河滩上的人，越来越多。乌黑黑的头如冒出地面的番薯。狗陷在人堆里，汪汪汪叫。风呼呼有声。这是风摩擦雪地的声音。高高的灵山在闪耀，披着满身银鳞。雪从山巅一阵阵刮下来。

砰砰砰，砰砰砰，砰砰砰。枪声响。枪子爆出一溜白烟。河滩静了下来，除了小孩在哭，除了狗汪汪叫。乌鸦四散而飞，没入模糊的白线。四野茫茫。白军军官站在木桩前的八仙桌上，说：我宣读军事法庭判决书：民国二十年，郑家坊人氏周民安带着重要秘密任务，于上元节潜回老家，在石人、郑家坊、姜村、望仙、绕二、樟村、临湖等地，以毛皮商的身份作掩护，秘密发展农会，秘密发展反政府人士，煽动民变，抗粮抗税，妄图颠覆地方政府，现予以行刑。军官扶了扶帽子，又宣读：赤匪周民安有两条路选择，一条路是行刑，三天内不准收尸，谁收尸枪毙谁；一条路是悔过，交代你的组织，既往不咎，还可以当国军高官，赏金条十根。

人群围成了一个扇形。

"赤匪周民安，你怎么选择。有什么话，你说吧。"军官说。

"一个把枪对准自己国民的政府，一个抽丁抢粮的政府，一个独裁、谎言和不义架构起来的政府，很快会灭亡的。我的信仰就是忠实于人民。将来，我们的子孙不会被奴役不会被禁锢，民主取代集权，歌声取代哭泣，富足取代赤贫。民众是这个国度的主人。人人有土地、有知识、有博爱，自由地生活，自由地信仰……"周民安慷慨陈词。

"扒开死硬分子的肩膀，看他怎么喊。"军官说。

一个卒卒子扒开右肩，一个卒卒子扒开左肩。肩膀露出来，厚实耸立，像两个山峰。"凿开他的肩胛骨。"军官命令。

卒卒子用铁凿子，凿民安肩胛骨。凿子指甲宽，有内凹槽。卒卒子用锤把凿子锤进骨头，锤出一个铜钱大的洞。两个卒卒子，一个锤左肩，一个锤右肩。血飚射出来。

"周民安，现在悔过还来得及，你要不要悔过。"军官说。

雪落在周民安身上，一眨眼染红了。全身的血，血顺着腿脚往下淌。周民安头抵住木桩，他张开大嘴，说：我唱一支歌吧，这是我最喜欢的歌，我从来没有在这么大的场面唱过：

　　起来，饥寒交迫的奴隶！
　　起来，全世界受苦的人！
　　…………

微弱的歌声，渐渐洪亮了起来，一声比一声洪亮。像暴雨后的洪水，摧枯拉朽，漫过郑坊盆地。

洪亮的歌声微弱下去，但人群中的歌声，接替了下去：

满腔的热血已经沸腾，
要为真理而斗争！
旧世界打个落花流水，
奴隶们起来，起来！
不要说我们一无所有，
我们要做天下的主人！
从来就没有什么救世主，
也不靠神仙皇帝！
要创造人类的幸福，
全靠我们自己！
我们要夺回劳动果实，
让思想冲破牢笼！
快把那炉火烧得通红，
趁热打铁才能成功！
…………

砰砰砰，朝天枪响了。但歌声并没有停歇，反而更洪亮。那么多人会唱这支歌，民安笑了，笑容凝固在脸上。如木纹凝固在木质里。如昆虫凝固在琥珀里。

"在死硬分子的肩胛骨上，点油灯。"军官命令。

碟状的油灯，插在肩胛骨上。油灯供佛，又称佛灯。荧荧的油灯，慢慢亮了起来。

"凿开死硬分子的头盖骨，点上油灯。"军官命令。

满头鲜血，热热的血。血散发出蒸汽。头上亮起了油灯。

"挖出死硬分子的心，插一把香。"军官命令。

砰砰砰，三声枪响。军官话音刚落，倒在雪地里。开枪的卒卒子，号啕大哭："人死了，你为什么要这样作恶。你不配为人。你是个恶魔。"

枫槐光秃秃，片叶不留，被风卷走。光秃秃的树，裹着雪，像裹着白尸布。三盏油灯照见了每一张模糊的脸。油灯所照之处，全是雪，红红的。

说到卒卒子枪杀军官时，我父亲勾起右手指关节，啪啪啪，狠狠地敲着八仙桌，说，这个恶魔杀得好。父亲又说，谁会想到卒卒子这么有血性呢？真是苍天有眼。油漆师傅在听到周民安将行刑时，也抱着自己的脸痛哭。他哭得像个孩子一样，哇哇呀呀。我母亲给他毛巾擦脸，他也不接。他抽动着斜歪的嘴角，哽咽地问我父亲：你知道那个卒卒子是谁吗？后来怎么样了吗？

"那个卒卒子姓马，是马家坞人。哪有什么后来呢？卒卒子当场被抓了，半个月后，在乡公所后面的矮山上，被枪毙了。"我父亲说，"他家中财物被白军没收。他老婆抱着刚过周岁的孩子，连夜被正恩伯转移了，免得被白军迫害。我爸和正恩伯可是过命的交情。正恩伯再三交代我爸，去乡公所选一件器物，买回来，作个纪念。我爸花了两个大洋托乡保出面，选了一个木衣柜，花了一个大洋买回来。"

"你知道那个马家后人，在哪里吗？"油漆师傅问。

"人都是有现世报的。3个月后，陈坑坞的宗纬被人杀了。是他暗中检举了民安。有人说是正恩伯杀的，也有人说是白军派人来灭口。宗纬被杀后，正恩再也没在郑坊出现过。有人说正恩伯去了葛源。正恩伯就这样断了音讯。正恩伯没了音讯,也无从知道马家后人去了哪里。"

当年给我家做油漆的师傅,就是马英明。他做了7天的事,哭了7天。他默默地哭,不作声,是无声哽咽的那种哭。他给木面磨砂皮,他哭。他打石灰粉底,他哭。他刷桐子油,他哭。我母亲几次问他:你好好的一个人,怎么哭得这样伤心呢?怎么像哭丧呢?马英明说,看到这个木柜,我忍不住,只有哭了才痛快。

漆这个木柜,马英明格外用心。调漆,着色,试了又试。木柜高1.8米、宽1.2米、深0.6米,分上下两层。上层有4扇带拉环的小门、4个大拇指粗门轴,两个门轴共一个雕花轴庄,柜内中间设横板,隔出两个存物空间。下层是4个抽屉,和一个0.6米高的长方形空档,空档可放置钵头、酱缸等器物。马英明画了8幅草图,和我父亲商量小门漆画图案。小门是一块整木板,以4∶6比例凿出上下两个门格。"下门格画漆画,上门格题字,正好4格,可以题4个字的吉祥语。"我父亲说。

"画什么,题什么?东家拿主意。"马英明说。

"先刷油漆,柜子门空着。我多想几天。"我父亲说。

我才半岁。我母亲每天背着我去地里劳作。因营养不良,我母亲瘦得脱相。我母亲说,木柜刷漆刷得厚一些,可以多用几年。马英明窝在厢房,刷了三天,木柜刷好了。漆是紫黑色,呈现出杉木细腻柔软的原始纹理,漆色如月光照在杉木林,光泽明亮又略带幽蓝的暗。看起来,漆柜给人巨大的安静、古朴、醇厚。我母亲很是喜欢,说,这是家里第一件上了漆的东西,可以传给子孙藏着。小门已打好了生漆底案:上格以黄底褐斑勾红边为案,留了碗口状圆形,用以题字;下格以黄底褐斑勾青蓝饰白纹边为案,留下鹅蛋状椭圆形,用以画漆画。我父亲找出《红楼梦》,来来回回翻,也没获得"灵感",便对马英明说：题"风调雨顺"，画好看的画就可以了。

"风调雨顺"题在风车、水车上，还可以，题在木柜上不是很适合。马英明说。

两个人喝了半夜的番薯酒，也没商量出题写什么字。第二天早上，我父亲下田去了，我母亲背着我去河边开荒。醉了一宿的马英明看见我母亲扛着锄头出门的瘦弱背影，调着红油漆，趁着酒意的余韵，在4扇上门格的圆形浅蓝底色上，写下"似斯兰馨"。字体是行书，红汁饱满，笔意酣畅，笔画如细雨中的树叶。我母亲回家烧饭，见马英明坐在木柜前矮凳上，泪雨婆娑，哭得身子颤抖。我母亲一字不识，看着门格上的字，像四只火鸟冲天飞去。

漆画因有了"似斯兰馨"题意，很快有了构图：美丽的兰花出自深谷幽涧。

"我没想到，你一个油漆师傅，能写出这么优雅的毛笔字，你的画也画出了人的胜境。"我父亲由衷地佩服马英明，他说，"我也是读书写字的人，见了你的字，我自愧不如。"

漆好了木柜，马英明还在我家里住了一天。他站在木柜前垂着泪。我父亲也不知道他在看什么，在想什么。

第二年，我父亲送工钱去五马山，马英明怎么也不收。我父亲说，那怎么行呢？你花了油漆，花了工夫，不收钱就是怠慢了你这双手。马英明说，这是缘分，给你家木柜上漆，是我马英明一辈子的福分，我是在积福积德。我父亲也不好再说什么。

隔了一个月，我父亲酿了一缸番薯酒，挑了半缸去五马山，以表谢意。马英明送我走路漂浮着脚的父亲回家，又继续喝。我父亲又送走路漂浮着脚的马英明回家。一来二回，他们互相抱着肩膀说话，"哥郎""弟郎"一路叫着。

每年，马英明来我家走亲，我父亲也去五马山访友。他们有说不完的话。似乎有些话，只适合他们两个人说。有一次，我刚刚考上外地学校，马英明来我家吃饭，我父亲双手抱着酒瓶，站起来给他斟酒，说：我想了好几年，我也没想出比"似斯兰馨"更适合的词语，题写在我家，你到底是怎么想出来的，我查了好几本典籍，也查不出出处。马英明听了击掌哈哈大笑，说，弟郎呵，哪有什么出处呢？出处在我们每个人的过往里。

"我叫土生，我老婆叫兰花。土生兰花，四室馨香。这个寓意太深情，是对生活最好的祝福。"我父亲说。

"不单单是这层意思。你这件木柜有血性。血性弥久，如深谷幽兰，长盛不衰。你看看，我们两家的孩子多有出息。"马英明说。

来我家，马英明必恭恭敬敬地站在木柜前，仔细地端详，默默垂泪，如同在纪念碑前拜祭。他摇摇衣柜，摸摸柜面，打开柜门。"你这个人，怎么这样长情呢？"我母亲劝他。

有时，他也带他老婆来走走。他老婆中等个子，中短头发往两边梳，腿粗且结实，皮带外露在腰上。一看，就知道她是个有着好气力的人。他每次来，带一些香菇、木耳、笋干、核桃等干货。我家出了新糯米，我父亲也挑半担去，给马英明酿酒。我家柚子采摘了，也挑一担去。红瓤柚，很甜，马英明很喜欢吃。

男人结婚了，才理解父母，懂得父母艰辛。我成家后，我给父母买过冬衣服，我父亲不忘问一句：你有没有给马伯伯买一件？我给我母亲买人参，我父亲又补一句：你有没有给马伯伯买一份？

马英明比我父亲年长五岁。他于2011年冬病故。他病故之后的第三年，他在南京从事量子研究的儿子，来看望我父亲，提着两大袋礼物。他儿子叫马天亮。马天亮是第一次来我家，也是唯一一次。马天亮说起了一件让我父亲很惊讶的事。他说，壬申年，因枪杀军官而被枪毙的那个人，正是他祖父。我八十岁的父亲抱着马英明的儿子，摸着他的头，叫着：孩子，孩子，我的孩子。

木衣柜还摆在我父母卧房里。父母换过好几次卧房了，每换一次，扔掉一些器物、家具。木衣柜、床、一担木箱，是怎么也舍不得换的。木箱搁在木柜顶上，线对线、角对角。木柜的门轴、4个顶角、抽屉面、底下摆器物的3根横档，已经脱漆了，露出了浅棕黄的木质。木格上的四朵花和"似斯兰馨"没有脱漆，漆色依然鲜丽盎然。谁也不知道马英明在调漆时，加了什么漆剂。木柜里放着我父母最重要的东西：钥匙、眼镜、线盒、蜂蜜、止咳药，和一张全家福照片。去年冬，有一次，我找父亲身份证，拉开木柜门，看见这些东西，我怔怔地站了半个多小时。我抑制不住自己，泪水扑簌簌地流下来。人到了老得不能再老了，需要的就是这么多。父母结婚六十余年，彼此从没分开过，一起度过贫困艰难的岁月，携手创造属于自己的生活，安安静静地相守一生。这时我父亲走了进来，我大声读：似斯兰馨。我父亲有些耳背。他嘿嘿地看着我发笑，说：哥郎当时写字的时候，酒还没完全醒，右边两面门格写错了顺序，不是"似斯兰馨"，应该是"斯似兰馨"，写了又没法涂改重写。父亲和我并肩站在一起，看着漆字，父亲又说：其实，这4个字，无论怎么排列，都读得通，都是好词，这个哥郎确实厉害。

"似斯兰馨"是朴素美好的愿望。我们几代人为此奔赴，甚至有人为此舍弃生命，有人为此隐姓埋名。

远去的河畔

又一阵冷风。

我没有动。晃动的,是走廊上那件空荡荡的衬衫。

——颜梅玖(中国诗人)

粉尘般的木屑,咕咕咕,从钢锯的齿缝里吐出来。一根圆木横架在三角杈的木桩上,钢锯被四只粗壮的手,均匀拉扯。我蹲在矮墙上,木屑呈转动的半圆弧状,飞扬过来。最细最轻的一部分,从空中落下来,落在我发梢和肩膀上。木屑有积淀的阳光和惺忪的黄泥气息,与因多年存放而滋生将腐的木香,在黄昏时分,一俱扑涌而来。夏季收割后的田畴,疏朗,田埂上的扁豆还在开花,青色的豆荚垂挂下来。白紫的花瓣拢在一起,小朵小朵,匀散在豆架上。豆架像一张屏风,攀满卷曲的细蔓。一条围着菜地的长石埂,有一圈油绿油绿的篱笆。那是枸骨刺,六边的菱形叶子,在叶角耸出一根针一样的刺。夜晚时,山鸡在篱笆下,咯咯咯咯。两个山坳从很远的深山里跑来,跑到一片隆起的山地，停了下来，狗一样趴着，吐起猩红的舌苔。田畴在狗卧的河边，摊开，像一个葱花大面饼。在空气中散发的木屑味，揉进了面饼里，使面饼有了酥松脆脆的口感。木屑扬起来，光线有向日葵的色泽和斑纹。慈爱的夏天。

拉木锯的人，是我即将成婚的未来姐夫，和他的叔叔。二十一岁的大姐在头年冬天，在兴建的樟涧电站工地里，和他相识。他是个木匠学徒。他清瘦，个头不高，有粗粗的胡楂。据说他一天能插一亩秧田，还连带拔秧。他是樟涧人。第一次来我家里，是清明节，送来清明粿。粿是蓬蒿叶和糯米浸泡起来，磨成浆，沉淀，晾干，捏成荚，包笋丝、腌菜、咸肉、干辣椒，蒸熟而成。我刚从郑坊中学放学回家，走了八里公路。土公路把田畈分成两半，两排柳树和槐树甚是粗大。水渠依公路两边灌溉农田。田畈白洋洋的，秧苗正在薄膜下抽出细黄细青的芽。谷种黏在新湿黧黑的泥里，伸出白嫩嫩的绒须。爱在河边灌木和芦苇筑巢的苇莺和麻雀，一蓬蓬地栖落在树梢里。水田翻耕之后，蓄满了春天的雨水，汪汪亮亮，青色的田埂长满酢浆草和红梗蓼，泥花草和粉报春开出了皎白和粉紫色的花。田埂松软的略显潮湿的泥质，有一股春雨不散的清爽之气。桃花还在爆蕾，粉报春莲座的根茎铺摊在泥地上，浅粉紫的花冒出顶尖，花萼钟状，一朵朵围在一起像把小阳伞。白鹭三只五只，在水田里觅食泥鳅黄鳝，长长的脚，尖长的喙，从不远处看去，像是一堆尚未融化的积雪，在水面上被风吹移。每个星期六中午，我背一个帆布书包返家。在校寄宿一周，自己带菜，饭票用米兑换，另加一斤米一毛钱的柴火钱。我们住在一个教室改装而成的宿舍里，上下两层的木床，围成一个"回"形，中间一个大木架，摆放箱子。我们一人一个大木箱，里面是衣服、碗、菜和零食。零食通常是焖红薯、炒玉米、炒豆，家境好一些的同学，则是酥饼、马蹄饼和豆末酥，但一经发现，被我们哄抢而光。章仕光是班里年龄最大的，箱子里放着烟斗和黄烟，一下课，飞奔到寝室，抽两口。每天中午，我躲在寝室里，收听《说岳全传》和《隋唐演义》。老鼠在木箱底下的阴暗之处，咬噬吃剩的米饭、不多的肉骨头和木桩。霉变腐烂的气味一直到了夏天，才慢慢消失。到了中午第四节课，我已没有心思听课，眼睛盯着敲钟人从门房走出来，我抱着碗，作好冲向食堂窗口的准备。敲钟人是一个五十多岁的人，像一根晒干的茄子。但他敲钟的手似乎特别有力，当——当——当——当——。清脆，洪亮，悠扬。我几次对我父亲说，饿不住，有没有填肚子的东西带到学校去吃。父亲说，那带一些炒米去吃。什么炒米？我问。"白米炒熟，香香脆脆，放点盐，可好吃了。我去田垱砍木头，也吃炒米。"父亲说。其实，父亲不懂他这个羞涩腼腆、有些阴郁的孩子——他是想一个星期多要三毛钱，买馒头吃。馒头五分钱一个，白白的，拳头大，每天早上晾在竹笟上，蒸汽从馒头翻卷上来，弥漫得窗口白雾雾一片。竹笟搁在窗口里面，面粉熟透之后的香味一阵阵地涌出来。我端着碗，捂着鼻子快步离开——我怕我控制不住自己，把手伸进去，抓住一个白白软软的热热的会黏牙齿的东西，不顾一切地往嘴巴里塞——有一个馒头吃，该多好。

土公路，是一条溃疡的肠道。灰尘在汽车开过之后，卷浪一样翻来。我沿着水渠走。水渠是泥堆砌起来的，泥烂的水坑里长满了菖蒲和芦蒿。丘角菱、格菱、银莲碎绿碎绿地浮在水面上，毛茛在沟边撑开金色的小花。鲫鱼在菱莲的水荫里，像暂时遗忘在一个梦境里。柳枝一直垂到我额头。在冬季枯水时，我常常提一个竹篮拿一个木勺，去水渠里捉泥鳅。把水渠用泥巴垒成一段，水舀干，手掌把泥翻过来，滚圆圆的泥鳅露出白肚子，还在睡觉。我把泥鳅抄进篮子里。这是最美味的菜肴了——柴锅红了，母亲用山茶油匀在锅面，放粗盐，把拍碎的蒜头和姜末扫下锅，泥鳅煎得微黄，把刚从地里拔来的蒜苗叶切小片,用冬米酒去腥,爆炒。母亲那时还年轻,四十八岁。她瘦削的脸上有一层皮斑,瓜子黑片一样。冬风猛烈,刮过肌肤,会留下风的爪痕。实际上,是她肺热引起血虚,缺乏营养造成的。在多年之后,我在市区工作,带母亲看中医时,我才彻底明白——一个多生育而生存条件极其恶劣的女人,她的一生相当于受难——我母亲,坐在廖兴辉诊所,说话的声音都是虚浮的,像浮在水面上薄薄的油花,当她把手伸向廖医师时,又缩了回来:她细而刚硬的手指,有龟裂的黑缝,手背几乎没有肉,树根一样的指骨凸起来。她吃了两年多的中药,才彻底根治肺热。而在她中年开始,她的大嫂每次见到她,都用手抚摸她耳边的头发,泪水涟涟,说:"兰花,你好好休息吧,不要做了,你活不了几年的。"是的。我母亲在每年秋天,都会咳血,一口一口,黑黑的。先是一阵干咳,咳嗽声细泡一样炸开,像一粒飞速的石子。咳得腰直不起来,伏在门框上,咳,咳出一口血。在秋夜半寐中,我被隔壁厢房里的咳嗽惊醒。我一下子身子全湿,心头燥热,身子发冷。窗子是木窗,窗台摆着一钵水仙花。夜空滴漏出来的虚光,把水仙花的影子投到桌面上,成了另一个静物。我站在窗前,一直呆呆地站着。我父亲轻轻地唤我母亲:"兰花,兰花。"他把洋油灯点亮,端一碗冷水给我母亲喝。仿佛我母亲整个肺脏在燃烧,冷水浇下去,呲呲,灭了。到了冬天,母亲不再咳嗽了,而是脸上结了痂斑。母亲在炒泥鳅时,她用一只手遮住眼睛,以此遮挡冒出来的辛辣油烟。她穿一件我大姨给她的靛青棉袄。这件棉袄,在她整个中年,都和她的冬天紧紧相裹。

母亲嫁女儿,我不知道心里怎么想的。我已经十五岁。大姐抱着母亲哭了很长时间,说了很多略有愧疚又很是祈愿的贴己话。母亲只是说,女人总是要出嫁的,有什么可哭的呢?傍晚时分,大姐被一群接亲的人送上了花轿。嫁妆是木箱、脸盆、脚盆、棉被、八仙桌、火熜、木楼梯、衣裤鞋袜。母亲送了一副银手镯给大姐,临上花轿时被我祖母要了回来。陪嫁家具是姐夫和他叔叔打的。樟涧距离我村枫林，隔一条饶北河。从石灰窑下的水坝，蹚水过去，往上河堤走二十分钟，到了樟涧。他叔叔才三十多岁，那个夏天，都住在我家里。他喜欢看小说，每天收工，喝一小碗酒，在洋油灯下看书。我记得他有一本大十六开黄底黑素描插图的《射雕英雄传》。我二哥刚刚高中毕业，跟我大表哥学厨，午休时，抱着它在枣树下，读得插秧时间到了，还不知道起身。我第一次看长篇小说《钢铁是怎样炼成的》。我从阁楼上一个旧箱子里翻出来的。旧箱子里有很多书，卷边，发黄。有《红楼梦》《聊斋》《孽海花》《啼笑姻缘》《世说新语》等。有的书已被书虫噬破了，翻开的时候，碎纸屑和灰尘一起落在衣服上。每本书的扉页上，写着"傅土生"三个毛笔字。这是我父亲年轻时读的——在我记忆中，他从没读过书，除了写对联和记账，他几乎不用笔。只是在我和我母亲聊天时，母亲羞赧地说："他是个读书人，我嫁给他的时候，他还是个大学生呢。"

母亲的娘家在水库背后的一个山坳里，在上个世纪七十年代初，迁移到山下童山自然村。每年正月，我拽着母亲的衣角，父亲挑着箩筐，去外婆家拜年。箩筐里是礼包，猪蹄膀，以及一些其他土特产。灵山脚下的饶北河两岸，深冬来得很晚，像一尾逐水而上的鱼，始终跳不上那个拦河的水坝。大雪时节后，各家各户把不多的肉腌制起来，挂在屋檐下的竹杈上，任风吹日晒，直至肉皮渗出一层白白的盐霜花，日渐减少的降雨打在树梢、瓦楞、磨刀石上，冰冻成透明油滑的薄冰，天开始一日比一日深寒。正月，呜呜呜的寒风从河边扑来，黄茅草倒伏在坡洼边。我紧缩在母亲身边。那时我还是个孩童，穿一双布质的棉鞋，上身是改装的（哥哥的）棉袄，显得过于宽大和笨拙。风一直从单裤里往上灌冒，我要走两个小时才到外婆家。母亲把我裹在她的棉袄里。她身上有一股烫人鼻息的气流，在我体内环绕——在我四十多岁后，坐在母亲身边，这种气流依然笼罩我：世界上，有一种永不凋谢的花，叫母亲——她的毛衣磨蹭得我脸痒痒的。她给我讲她小时候的事情，在源坞（她出生和成长的山坞），那个鸟不拉屎的地方，半年吃红薯半年吃玉米。说起她第一次来枫林，路过我祖父的家，一栋破旧矮小的泥瓦房，还塌了一个角。她想细看又怕被人认出，三步两步跳走。在五十岁之前，母亲没留下任何照片。我能记起的第一件与母亲有关的事情，是生产队在国庆时聚餐，放在我家。大概我五六岁的样子。我祖父已经建了一间大房子，坐西朝东。母亲穿一件红色秋装，在后院里做豆腐。她用一个大木勺，把豆腐脑舀起来，倒进木箱里，用纱布包着，盖上盖板，压两个大石头，豆腐水从箱孔里汩汩流出，水流干了，豆腐压好了。我跟在母亲后面，她把剩余的豆腐脑盛到碗里，调一勺酱油，散几粒葱花，给我吃。从我家到外婆家，是一条山间小道。冬季的雨水浸泡后，泥浆淤积，走路打滑。在山垄里，风有些阴森，恐怖，发出噗噗噗噗的嗷叫。像一辆手扶拖拉机在上坡，噗噗，噗噗，熄火，挂挡，再熄火，再挂挡，那是一个陡峭的斜坡，拖拉机冲上去，又滑下来，再冲上去，再滑下来，噗噗噗噗。

童山自然村只有十几户人家，在一条溪边。外婆家有一个大院子，鹅卵石砌的矮墙围成一个椭圆的场院。东边院角有一棵香椿，三棵枣树。端午前后，枣树开满细小米白米黄的花，从高大的树冠往下压，婆娑。细腰蜂嗡嗡嗡。西边的院角有两棵柚子树，毗邻厨房。矮墙外，是一排板栗树，和临溪的洋槐，杂居在一起。山涧水从坞里汇聚而来，成了溪，是古城河的一支上游。溪水有一层层卷起来的波浪，石斑鱼闪着彩色的腰身，愉快地浪游。白鹳和大白鹭在深冬和初春之际，来到溪里，叼食小鱼和螺蛳。螺蛳是泉水螺，花生米一般大，深黑色的螺壳被一层青苔裹着。它只生活在寒凉的泉水里。夏天，我们提一个竹篮，摸螺蛳，从一个个鹅卵石的背上抹下来。它吸在石头上，在逆水的背部,张开吸盘一样的触须。它是一种极其阴寒的东西,长粉刺、烂嘴角、生口疮等热疾,喝一碗螺蛳水,第二天痊愈。用刷子唰唰刷泉水螺,用盐煮,放薄荷,异样的鲜美。亦是我珍爱的美食之一。恍然间,已有三十多年没吃过了。我和我表姐表妹一起,沿溪而上,摸满一篮子才回来。有一年,我已经到县城读书了,我的表妹在摸螺蛳时,被一条从菖蒲丛里蹿出来的五步蛇,咬伤,过了两天,误医而死。

外婆小脚,几乎不外出,坐在院子里或在里间厢房。她的牙齿掉光了,嘴窝塌陷,脸上的皱褶有一种木雕似的纹理,一层油蜡的黄色鎏金一样敷在上面。她有四个女儿四个儿子,大女儿出生不到一周岁抱养给别人,至她仙逝,下落不明。她仙逝的第三年,我已经二十二岁了,大姨才从浙江金华寻亲而来。大姨已六十多岁,在我家玩了两天,却没有一句话说,只是跟在我母亲身后,走来走去。大姨头发花白,宽阔的脸有一种近似木讷的迷茫——四十三岁那年,她痛失儿子,变得沉默寡言。之后再也没来过。外婆最小的女儿在我十几岁时,得肺结核而死。小姨的病拖了十几年,在五桂山上,单蓬独户,来娘家都要靠小姨夫背下山。据我母亲说,小姨死时不足六十斤重。小姨有一个女儿,小我两岁,只在八岁那年,我在外婆家见过。外婆对这个外甥女格外疼爱,中午吃饭,在饭甑里炖一碗桂圆蛋给她吃。正月,很多的表兄妹在这个溪边的院子相聚玩乐。而我最幸福的是晚上可以抱着母亲睡觉。那是一张木雕花床,铺上厚实的稻草,再垫上一床旧棉絮,麻帐垂下来,用一个竹夹子夹住帐帷,房间里挂在横梁上的风干肉有一股油香。在我三个月大的时候,因母亲缺奶我抱养给王姓人家。之后一直和祖母睡在一个房间。在家里,我几乎没有机会和母亲睡在一个床铺上——我的弟弟妹妹相继出生,她已无暇照顾她的第六个孩子。床铺在外婆房间里,父亲一直在喝酒,也许在酒桌打个盹天麻麻亮了。我听到外婆均匀的呼吸声,像烛火扑哧扑哧地发出声响。我躲在母亲的腋窝里，窗外下着大雪。我像一只小鸟躲在母鸟的羽翼之下，簌簌的大雪已是另一个世界。我不知道，世界上还有比母亲腋窝更暖和的地方吗？事实上，母亲去童山次数极少，一般是我的表哥表姐结婚或外婆生日，才去。外婆于一九九零初冬仙逝。我便再也没去过那个山坳深处的村舍。在我四十三岁那年大雪之冬，我唯一一次梦见了那栋溪水弯流的泥瓦屋。溪水呈圆弧形，抱住一片乔木林，红梅绽放妍妍的花。我带着我深爱的女人，牵着她的手，过一座简易的木桥，倒影在水中荡漾，大雪覆盖了山峦。

在我大嫂嫁进傅家初始几年，母亲身体特别虚弱。不说全家十几口人缺衣少食，单是每天做饭洗菜洗衣，已不是一个本来体质瘦弱妇人所能承担的。我长侄子出生，我刚刚小学毕业。夜里，母亲披衣起床熬粥给坐月子的嫂子喝。火炉在我房间的门口。是一个泥垒的火炉，可以烧木炭也可以烧劈柴。母亲一边熬粥一边剧烈地咳嗽。我说，以后的粥我来熬吧。你怎么会呢？生熟都不知道。母亲说。我说熬了才知道。每天半夜起床，把火炉点起来，放木炭，烧红，炉子摆在炉灶上，注清水，水沸，把浸泡好的米倾入。坐在炉灶前，我用一把破旧的蒲扇，把炭火烧得通红。不一会儿，米浆水从炉子口潜上来，我用筷子不断地搅动，气泡浅下去，直到米浆水沸而不潜，盖上炉盖，小火慢慢煨。我靠在火炉前，脸红红地发烫，火的热气潜出来，夹裹全身。家人都在熟睡之中，弄堂黑黑的，蛐蛐在噪噪低声地叫，咕咕咕咕。夜鹰掠过，哇呀哇呀，受惊的婴孩一般尖叫。粥煨半个小时，米香四溢。黏稠的米香有一种米糖的味道。用勺子把红砂糖调到粥里，调匀，稠稠的淡浅红淡浅黄，洇开。我多熬一碗，给母亲喝。在我十五岁时，父亲见我读书很一般，对我说，你去学徒，以后做个篾匠，篾匠多好，箩筐晒席睡席，哪儿少得了篾匠的活儿，只要人活着就少不了篾匠。我说我什么都不学，就学烧饭洗衣。父亲抄起竹梢，叫我跪在香案前，对祖宗起誓，不好好读书就去做篾匠。事实上，我自小就是一个非常温顺的孩子，从不打架，也不擅自下河玩水，更不一个人离家外出。十三岁，我开始自己洗衣服。我第一次用仇视的眼神看我父亲——他一点也不了解他这个内心细腻敏感的孩子——我倔强地坐在门槛上，连身子也懒得抬起，我说："你会做什么事情呢？除了给大队做做账，你还会什么。"我的怨恨来自于我对母亲的爱惜——嫁给一个不会做农事又不会做家务的男人，这个男人还要把角票锁在抽屉里，她所受的苦不会有尽头。（在我二十一岁那年，我给父亲写过一封很长的信，红线条的信纸，满满二十多页。现在我记不得具体写了些什么，大意是：我的父亲不够称职，我自小没感受过一点点温情。父亲回信说，他拿在手上的不是一封信，而是一把刀子。他小楷的毛笔字匀匀称称，短短几句话。他说，每一个人的路都是自己走，都要接受命运的派遣。墨水有一些糊糊的，有皱褶。我估计，他提笔写时，流下了热热的泪水。）父亲听了，傻傻地站在那儿，有些不知所措。但父性的威严不容他不落下手中的竹梢，抽在我脚上。我死死盯着父亲，一言不发。

　　我和母亲去过一个中药铺切药，在郑坊老街里面。老街两边是深黑的门板房，石板路，雨后油滑，两排矮矮的屋檐夹挤下，路面散发一层油光。街面阴暗，逼仄，各色杂货店稀稀拉拉地有人进进出出。有竹器店、弹棉花铺、手工编织店、粮油店、文具店、食品店。在路过一家棺材铺时，我听见了二胡声。乡村有许多喜事场上的乐队，二胡是乐队中必不可少的弦乐。二胡声夹杂在其他器乐里，并不张扬，甚至有些毛糙。而棺材铺里的二胡声，有一种下沉的流淌感，我停了下来，蹲在门口，静静谛听。我不知道那是什么乐曲，有呜咽的泣诉，似乎拉二胡的人悲痛欲绝。拉二胡的人是一个瞎子，五十多岁，双鬓斑白，低着头，轻轻地摇动，有时头用力甩，以辅助拉弓弦的手快速滑过松香。棺材有四副，搁在屋子的天井里，油漆紫红。拉二胡的人坐在门槛里面的竹椅上,架起二郎腿,他并没发现有一个十来岁的小孩蹲在他门口,或者说,一个陌生外来的小孩,并没惊扰他沉浸在弦乐之中。药铺就在隔壁,杵药罐摆在柜台上,药秤挂在随手可取的墙壁上。木质的药柜对着大门,满是抽屉,有的拉开,有的闭上,有的上锁。抽屉的外面贴着写有中药名称的红纸。老中医戴一副老花眼镜,穿藏青的大褂,手指肉乎乎的,白皙。我对药铺的印象仅限于此。我的耳边一直旋转着二胡的旋律。我第一次认识了这种拙朴的乐器,竟然有如此摄人心魄的情感从两根弦上倾泻而来。仿佛那是两条河流,一条是饶北河,一条是古城河,从蜿蜒的山谷弯过我门前,形成信江的磅礴支流。幽咽,绵绵不断,在芦苇丛中,起伏不断。我不敢进棺材铺,靠近那个拉二胡的人。他的眼睛是一个干核桃。回来的路上,我对母亲说,我要学拉二胡。母亲说,拉二胡的人都是命运悲凉的人。草药用黄纸包着,一共有七包,被一根麻绳绑着,拎在母亲手上。土公路铺满粗粝的砂子,脚下发出沙沙沙沙的声响。这种声响有破碎感——在孩童时代,和我不期而遇。

陪母亲去小镇,顺带地可以喝一碗清汤。村里没有小吃店,只有一个杂货店。杂货店在村街中部,租用一个居民房,一个大柜台比我人高。柜台里,白糖、肥皂、牙刷、鞭炮、洗脸巾、糖果等分类码在货架上,布匹一捆一捆,压在柜台上,酱油和谷烧用缸装,盖一个纱布袋。吃清汤包子则要去小镇。清汤皮是一块块擀出来的,包一粒肉,揉捏一下。五分钱一碗,一碗有十朵,在清水里沸沸地绽开,成一朵花状,捞到碗里,舀一小勺子猪油,滴几滴酱油,撮几粒葱花下去,蒸汽从碗面漾过来。吃清汤一年也吃不到一次,坐在路边的板凳上,看师傅在火炉上烧水,放料,香气溢过来。母亲陪着我坐,看我吃,不时地摸摸我的头。我吃一口望一眼母亲,再吃一口。最后把整碗汤一口喝完,用袖子抹一下嘴巴,坐着,还舍不得走。在我女儿十岁那年,我母亲到我家里,对我说:"这段时间不知道怎么的,特别想吃清汤,每天下午都要去郑坊吃一碗。"我说,这个太容易了,你不愿意走路,我可以雇一个人专门擀清汤给你吃。母亲笑起来,说,我哪会傻吃成那个样子呢?我说,郑坊的清汤当然好吃,外出这么多年,我都没吃过那么美味的清汤了。有一年回枫林过年,我怂恿我女儿,说,爸爸带你去镇里吃清汤,比羊肉面好吃多了。女儿说,哪有清汤美成那个样子,吃得肚子胀胀的。想想,郑坊街上,我已经二十年没去了。我的中学时代是在郑坊中学度过的,一个椭圆形的校园,种满梧桐树,中间两个花坛,花坛里各有一丛在初秋时开出黄色喇叭状的美人蕉。校园后门有一条深深的弄堂。青砖的马头墙,古旧,灰黑色,雨迹凝固在墙面,像时间的淤痕。弄堂尽头,是清汤小吃摊铺。繁华的老街贯穿了这个镇子。黑黑的屋檐,黑黄的门墙。钟表店,牙医诊所,理发店,五金店,布匹店,小馆子店……依次紧挨在街两边,傍晚时,尤其在夏天,妇人穿花花的裙子(睡袍)端着碗,边吃边聊天。小学门口的冬青树栖满了鸟雀,呱呱地叫。裸色的风从古城河漫卷而来,带来田野清新而葱郁的青草味。上街是粮站和花圈店,和打铁铺,以及各种义乌小商品店。下街是酱油厂,马蹄饼烘烤店,米粉厂,罐头厂,再下去,是车站,医院,电影院。古城河和饶北河在此汇流。站在校园里,可以看到灵山修剪过的侧影:葱茏的,墨绿的,斜斜地向下起伏,丛峦叠嶂。叠嶂间,一个方圆十里的盆地像一个遗落的罗盘。初春,白鹭黑鹳,有时还有天鹅,越过高高的灵山,降落伞一样,飘到盆地的水塘和刚翻耕的水田里。河边的洋槐,嘎嘎嘎嘎,白鹭欢快地鸣叫。冬天还是一片哀黄的山峦,这时返青,植物的根茎把地里埋藏的色彩,针管一样抽上来,注射到每一片叶子或初发的细芽。雨水像一个急欲赶路的人,日夜兼程,突然累了,停下来,再也不走——饶北河一夜之间涨满石岸,淹没稻田。柳树,洋槐,河滩上的竹林,露出稀稀青涩的树梢，在河面，多么孤立无援。鱼鹰，灰色的，在河面掠过，一个俯冲，尖利的爪刺进鱼的肉身，一个斜飞，远去。鲫鱼，鲤鱼，石斑鱼，鲅鱼，泥鳅，往小水沟逐水而游，噼噼啪啪，拍打水面。用饭箕套进水沟，把上游的水引到另一条水渠里，水慢慢浅下去，鱼往后退，全进了饭箕，一般都有三五斤。去年暑假，我带女儿回枫林，女儿嚷嚷着叫我去河里钓鱼，我坐了一个下午，指甲大的鱼也没上一条。我母亲说，河里哪有鱼呢，每年毒鱼三两次，还有那么多电瓶打鱼，鱼哪有活的地方呢。饶北河已死。没有鱼儿的河哪配称作河呢？是人的耻辱。我们这一代人，是人类史最可耻的一代，以毁灭乡村作为胜利的号角吹响。

攥着手写的初中入学通知书——母亲叫我父亲送我去七里之外的小镇报名入学，父亲拒绝了，我坐在我大哥旭炎自行车前座三角叉上，后座是一个紫黑色油漆的大木箱——我并没有初入小镇入学的兴奋和惴惴不安，甚至有深深的失落感。一个同桌，她并没考上初中，而是转往另一所小学重读五年级。我和她同桌了三年，我迷恋她脸颊和手背上的雪花膏味道——在冬天，她红霞般的脸弥散悠悠的持久的雪花膏香味。这是我可以确定的，她是我迷恋的第一个异性，在我十一岁那年开始，我每次上学路经（绕道一个坟岗，一块稻田）她家，叫上她，一起上学。她家屋后有一棵柚子树，两棵石榴树。石榴树在初夏开黄红相染的花，从树丫冒出来，紧紧地裹成一个哨子状，时隔两日，翻出花瓣。柚子树在四月，芳香溢满整条巷子，雨水一样濛了。她细细长长的手指，饱满。她喜欢咬笔头。我记得她有一口石榴一样的白牙。有很多种理由，比如取一本书，借一支笔，询问一道题——我常常借故去她家，在放学或星期天时，我们像两个非常好学的孩子，在一起讨论学习问题，在父母看来——其实，我们有说不完的话，与学习根本无关。去了镇里，我似乎再也没去过她家，她低我一届进入初中，但我们再也没说过话。有几次,在星期六返家的路上,我一路跟着她,相隔十几米,但始终缺乏勇气,和她并排走——儿童时代已然结束,我们有了少男少女的羞涩和腼腆。在我十六岁那年冬天(我在县城读书,她在郑坊中学读高中),我听说我的另一个同学和她开始通信,热络的那种,我心里很难过,一下子把我记忆中沉睡的部分唤醒。事实上,我已经两年多没看过她,对她所有的记忆和想象,还是停留在十三岁以前。她掰开一瓣一瓣弯月形的柚子给我吃,柚子是红瓤的,汁液充满瓤针,捏一下,汁液扑哧飚射出来,溜下喉咙,甜甜的凉凉的。那个冬天,似乎比往年更漫长一些。列夫·尼古拉耶维奇·托尔斯泰的《安娜·卡列尼娜》,在手上已经抱了一个多月,都没看完——看了几页,扔下,怔怔地看着窗外。窗外是一个矮小的山冈,野刺梨黄黄地挂在刺藤上,叶子一片不剩,山冈过去,是一条黄土路,路边是一个教堂。教堂在冬天的雾霭中,时隐时现。虽然我们之后有某种比较隐匿的联系,我却从不说出我孩童时代内心甜蜜的秘密。我大哥给我报完名,去农机站上班。农机站在车站隔壁。一个大院子,停了五六辆挂斗的拖拉机。大哥是拖拉机手,噗噗噗,不是拉石灰就是拉木柴,早出晚归。每到星期三早晨,他把自行车停在我教室窗口下,探进半个头,一般是早读时间,我把手伸出窗外,从他手中接过菜罐。菜罐里,一般是萝卜干、腌菜、豆干,偶尔是辣椒炒蛋或辣椒炒咸肉,通常是家里来客,多炒了一点,留给我。我住校,菜是家里带来的,米兑换成饭票。母亲常常为我带什么菜去学校而伤透脑筋。萝卜干、腌菜、黄豆、泡菜,在很多年之后,我看到就条件反射,胃液上涌,呕吐。大哥常抱怨,说,送菜都送烦了,你考不上好学校,真是对不起这个菜罐。

每次返家,我扔下书包,摸起大碗,盛米饭吃。我不说话,站在饭甑边,白口吃一碗,吃完了,在板凳上小坐一会儿,喝口水,再盛一大碗，坐在饭桌上吃菜。当我掀开饭盖板，蒸汽腾腾地翻滚地冒，白汽模糊视线，饭香黏黏地扑面而来，我知道，所有的幸福在这一刻来临。我至死都不会忘记，端起碗，筷子把饭扒入口腔，牙齿磕碰到碗，我真想把整个碗塞进嘴巴。不会忘记筷子抽出筷子筒的声音，饭勺压在碗沿的声音，牙齿咯咯磨动的声音，在几秒钟之内，组合成简单奥妙的旋律——还有什么音乐比这旋律更美妙呢？母亲怔怔地站在我身边，拉开菜厨，端出一碗留给我吃的菜。在饭甑边，我囫囵吞噎。母亲轻轻地拍打我的脊背，说："你这样吃饭，很容易把人吃伤。"母亲又说，吃饭快的人，都是命苦的人。我不管这么多，只知道，吃下去最紧要。

饭甑放在石磨架子上，用一个稻草或席草编织的筐子包着。母亲嫁入傅家之后，去过的地方很少。年轻时，我大哥还没出生，去过一次上饶，走了一天的路，和大队里其他几个年轻人，到老县城参加共青团大会。她去过最远的地方是浙江温岭，我大姑小女儿嫁到那儿，作为娘家人，她代表母系亲戚订婚。她后悔死了，不该去——她和我大姑几人回来的路上，整整饿了一天，火车上的饭菜太贵，谁也舍不得吃。母亲不识字，出去不了，也无人带她去，也无处可去。我参加工作之后，她已经没那个体力去，她羸弱的身子只要一坐上汽车，哗哗直吐，下了车，路也走不了，重病一般，近乎于瘫软在地。母亲一生的时光，大部分是在门前的洗衣埠头，厨房，猪圈，菜地，晾衣的院子，谷雨时节的茶叶地，霜降之后的红薯地，剩下的时光是在去这些地方的路上，以及平头床上。家里有一个大菜篮，一个半弧形的竹箍当提手，滚圆胖大的篮肚，篮底用竹青板编织成内外两个"田"字。菜篮堆满一篮子衣服，在早餐之后，摆在洗衣埠头上，母亲用一个木棒槌，一把刷子，一块肥皂，有时是一块茶油枯饼，在无钱买肥皂时，茶油枯饼派上用场。先把衣服泡水，湿透透，上肥皂或茶油枯饼，一只手按住衣头或裤脚，另一只手，在石板上，反复搓洗。搓洗后，用棒槌压起衣服，嘣嘣嘣，敲打。在夏秋季，洗清了的衣服用米汤浸泡一下，再晾晒。米汤浸泡了的衣服，不会软塌塌，但刮皮肤，有时还刮出血。衣服洗了一半，母亲慢慢站起来，腰伸了一半，停下来，佝偻着，捶打十几下腰，再伸直，再捶，有时叫我或我妹妹去捶。洗衣的石板是一块青石，从一个庙里抬回来的墓碑。父亲说，这是一块清朝的墓碑，碑记有四行字。现在，这块青石板还在，只是碑记已没了，被搓洗衣服的手，一日复一日抹平，光溜溜。我会好好保留这块青石板，它是我母亲无影的照片。我觉得我一生最美好的时光，是蹲在地上看母亲洗衣服和站在灶台边看母亲烧菜。母亲躬着身，身子随着搓洗衣服的节奏而起伏，水珠从衣服溅出来。母亲从没留过长发，长到衣领，就剪了，用一个黑黑的发夹夹住。她的脸瘦而略长，鼻梁饱满，像一道山梁。一个人，对故土的情感，有一半是来自于味蕾。味蕾敏感的触觉，就是对母亲细腻丰富的图形记忆。对于一个乡间长大的孩子而言——即使我们八十岁了，我们依然是母亲的孩子——世间最好的厨师是母亲。母亲善厨，各种小炒、文火煮肉类、腌制菜，都是好手。即便没菜，用酱油炒饭，都是喷香流溢。把锅烧热，爆炒饭，饭色略黄，用酱油再炒，酱色均匀了，放细葱，滴几滴猪油，再炒。酱油饭端在手上，手感略灼，饭油亮油亮的棕褐色，口感松软，口腔里满是热气油香葱味，真是能吃上三大碗。我最爱吃的是红薯粉皮卷——通常家里没菜吃，母亲把红薯粉调稀调匀，用勺子烫在热锅上，水汽蒸发，成了皮卷，一块块，用锅铲铲上案板，刀切成一个手指宽的条带，把锅烧红，放点油，水煮沸，撮一些盐花下去，把切好的条带投入沸水里，滴几滴酱油，撒一把葱花，再撒辣椒粉，上锅。皮卷烫烫的，油滑，软而有韧性。假如鸡窝里还有两个蛋，摸出来，把蛋调到红薯粉里，做汤时，烫一小把青菜下去，吃起来，我会把自己的舌苔吞下去。

若是在冬天，地里的蒜苗刚刚抽出一指多长的苗芽，用苗芽、辣椒丝、两片咸肉、白菜梗子，炒皮卷，别有一番风味。每次烧菜，我站在灶台边，帮忙切姜蒜，我爱闻柴锅冒上来的油烟味，尤其是咸猪肉熬猪油，吱吱吱吱，肉香扑鼻。我二十四岁以后，几乎不吃猪肉了，但熬猪油渣的香味，还是很喜欢。

  冗长的夜晚在秋分之后开始。天气完全冷了下来。母亲在洋油灯下，搓稻草绳，十八根稻草分成三组，编织起来搓，绳子大拇指粗。这些绳子是用来编织饭窠。饭甑装进饭窠里，可以保温。稻子收割了，霜降来了，上山捡拾油茶籽。油茶籽要不了五天，捡拾完，晒在场院里。红薯割藤，翻挖。冬季爬上高高的灵山，坐滑滑梯下来，到了饶北河。隆冬，满山的灌木林已层林尽染。母亲最繁累的时间也在冬季。每天晚上，她在洋油灯下，把油茶籽从油茶壳里分拣出来，一颗一颗地剥，两个箩筐，一个装油茶壳一个装油茶籽。油茶壳刮手，一个晚上剥下来，手指都皲裂，母亲用胶布绑着手指，胶布都是殷红的。我家有一百来斤茶油，要剥十几担壳子。我们几个小孩，围着母亲，一起剥，剥不了一会儿，我们睡着了。洋油灯冒黑黑的烟，浓浓的，额头鼻梁，全是黑烟尘。黑烟伤眼，一个冬季下来，眼睛都没办法睁开，只能眯眯眼看东西。分拣完了油茶，已进入腊月，预备过年的吃食。虽然吃食很匮乏，鱼肉十分有限，但作为一个大户之家，吃口太多，母亲不能不使出浑身解数。做圆圆粿和炸油豆腐，是必须的，且量大，不然无法满足那些张开的像山洞一样的嘴巴。把白萝卜红萝卜芋头香菇切细切碎粒，和红薯粉一起调成糊状，捏成一团团，在蒸笼里蒸熟，再摆在箩箕里晾。要吃的时候，把圆圆粿切起来和豆腐、菠菜一起煮或红烧。刚蒸上来的圆圆粿，有一股萝卜的馨香，吃起来润滑而不粘牙，软而不裂，热而不烫。我们都十分爱吃。蒸的时候，我们站在灶台边，手捂在灶台面板上，热量传导到四肢血脉，蒸汽从笼子里，噗，噗,噗,噗,一圈圈扩散,沸水在笼底咕咕咕咕叫。母亲在案板上,搓团子,和我们几个孩子讲她小时候的事情。我们眼巴巴地等着圆圆粿出笼。在饶北河流域,可以这样说,没有任何一个小孩可以例外——炸油豆腐那天,几乎可以和过年相提并论。油是上好的新茶油,把出箱的豆腐,切成小方块,放在热热的油锅里炸,豆腐白白的,转淡黄色,转深黄色,豆腐里面全空了,捞上锅,撒盐粒,装缸。缸是大缸,可以盛一担水。油豆腐松爽脆香,无论是炖肉,切丝炒肉炒青椒,还是白口吃,都是上等佳肴。下稀饭,是最滋美不过了。若是在春天,雷雨之后,草皮滩上,一夜间铺满了地皮菇,捡拾回来,洗净,和切碎的油豆腐一起做酸汤,撒上葱花或碎芫荽,没有谁不爱吃的。当然,炸油豆腐之前,母亲还会炸干薯片、生薯片,炸黄豆,炸葱油饼,炸油粿,这一天,我们吃得再多,都不会遭父母阻止或干涉,第二天,我们再也见不到,被母亲锁在阁楼的土瓮里。一年之中,这是家里唯一一次开油锅炸东西吃——母亲炸完油豆腐,整个身体像是被完全抽干了一样,脸部干涩,长痂斑,黑黑的,眼睛深凹,手指粗糙干瘪。她通常要卧床两天,不停地咳嗽——接下去的时日,母亲要把有限的几块猪肉和猪内脏,以及翻塘的鱼,料理干净,风干,做腊肉,猪心猪肺猪肝猪耳朵猪嘴巴和鱼片,用辣椒油浸起来,等春节客人来了,作佐酒菜。这些事做完了,清洗衣服打扫卫生,杀鸡宰鹅,扣鱼冻——除夕已到了。

  繁杂苛重的家务使母亲几乎没有喘气的时间。儿媳妇是不可能做这些杂活的,女儿和儿子一起,要去地里田里干活。她手上的杂活无人分担。我能做的,是在灶膛烧柴火,把木柴一根根地填进灶膛,火烧得旺旺。母亲的咳嗽声和灶膛里木柴噼噼啪啪声交织在一起。中医对母亲说过几次,母亲阴虚,内脏热火上升,脸颊才会结痂,只要吃三五次肉饼炖鸡蛋,或炖白木耳、莲子,虚火下降,痂斑消失。可哪儿有钱去买这些吃呢？母亲一直拖着，拖过了我二十岁。事实上，家里并没什么经济来源，大哥是唯一领工资的人，一个月三十多块，他娶妻之后，虽然和母亲父亲没分家，在钱上，基本独立。有一次，上班会课，班主任问："你们的人生理想是什么？"班主任是徐声渊老师，戴高度近视眼镜，虾公背。他是个非常和蔼的老师，但我们都怕他。没人回答。徐老师开始叫人发言。陈进国说，我吃商品粮，初中毕业顶职去供销社上班。祝小英说，当一名英语教师。老师叫我们鼓掌，说英语课代表当英语教师顺理成章，平时英语教师请病假，都是她代上课呢。姜永忠说想当个武术家，像李连杰。那时《少林寺》正在乡村热映不久，电视剧《陈真》热播，我们挤在电教室窗户外，踮起脚尖，头挨着头，看电视，以至于晚自习教室里只有几个女生看书。徐老师显然没得到满意的答案。他问："傅旭华，你的人生理想呢？"我那时是副班长，管卫生和锁教室门。我不假思索地说："我想回家洗衣服和烧饭。"全班人哄堂大笑。徐老师以为我油嘴滑舌，很是震怒，说，洗衣烧饭可以成为人生理想，那我们的国家未来怎么办呢？我一下子泪涌而出。我说的是真话，我只想做一个洗衣烧饭的人，我也从没想过我和国家未来有什么关联——事实上，在我初二阶段，我内心很挣扎，几次想辍学，在母亲身边，洗衣烧饭，这没有什么不好的。这是多么好的选择。我对同铺睡觉的曹正权讲了这个想法，他说："我混到初中毕业就帮我父亲拉石灰，你不能混也不能退学，你成绩多好，考上学校，你就不用种田了。"他高我一届，几乎不上课，专门偷东西吃，油条、清汤、包子、桃子、柚子、甘蔗、黄瓜，只要能吃的，他都偷，吃不完带回宿舍给我吃。

一年之后，我初中毕业，进县城读书。我从没去过县城。母亲对父亲说："别人的孩子考上学校，都是爸爸送去的，你也抽一个时间送孩子去。赞双的孩子明天去，有车子送，你顺车送送吧。"父亲淡淡地说，考上学校还找不到学校读书，那他可以不读书了。在很多年以后，我能在任何地方生活下去，并活得趣味无穷，我才理解了父亲这句话。当时我有一种忿恨，觉得他不像我父亲，毫无温情和慈爱，对儿子不管不顾。我挑着行李，走了八里的土公路才到车站。一头是棉絮，一头是箱子。箱子里是衣服鞋子，和几本破旧的小说。早班车是六点半，我整夜几乎没入睡，怕误了车子，家里又没手表或挂钟，我看看满天星光，起身了。我打开房门，看见母亲坐在厨房里，昏暗的电灯使整个屋子更显昏暗。母亲坐在竹椅子上，双手支撑着脸，见我收拾行李，说，吃一碗面条再出门，下一餐都不在家里吃了。我说，你怎么不睡呢，我去读书又不是去坐牢，我很快会回家的。我端起面条身背着母亲，窸窸窣窣吃起来。吃得特别快，声响格外大——我没办法控制自己，泪水扑朔朔直下——吃完面条，我挑起行李走了，甚至和母亲没有说一句告别的话。母亲一直站在门口，看着我走出深深的巷子。月光如霜，也如海。大地在它的照耀下，晃动起来——这是我对青少年时代的告别。

也是对枫林的告别——我再也没回过那个洋槐茂密的村子生活。兄弟姐妹隔两到三年，就有一个人成婚。父母一直过着身无分文的生活。父母相当于一支牙膏，每一个孩子都要用力地挤牙膏，哪怕最后一滴，直到成了空空的牙膏壳，丢弃在垃圾篓里。十九岁，我参加工作，在乡村，一年后到县城，三年后到市区上班，直到我二十八岁，我把每一分钱的工资交给母亲。到市里的第二年，我把弟弟也带出来，做汽修学徒五年。每年过年回家，我第一件事情，就是去村里几个杂货店和诊所，还上母亲父亲欠下的赊账钱。我三十一岁结婚，订婚那天，我把父母接出来，说要订婚了，一起去吧，见见女方父母。母亲愣住了，说，我没带钱来，你怎么订婚呢？我说订婚可以欠账的，见见面就可以。父母去了，一直坐在沙发上喝茶。我翻开挂在墙上的日历，说，结婚时间定在十月，选一个星期六就可以。母亲说，那要问问三姑夫，算算时辰日子。我说我结婚的日子就是好日子，没什么可算的。回到我新装修的房子里，母亲一直哽咽，饭也不吃。到了晚上，父亲入睡了，我问母亲："是不是担心我结婚的钱呢？"母亲说，你看看你爸爸，你结婚了，他什么事也没有，你爸爸不愁心钱，哪来的钱呢？你给了我那么多钱，我一块钱都没积攒下来，我太亏欠你。母亲掩面而哭。我说，结婚哪要钱呢？你看看，离结婚还有三个月，我会把结婚的钱挣来的，我一点都不急。

  从没想过在城市里生活，我却以最快的速度叛逃出乡村。我始终没实现对徐老师所说的理想，但我并未忘记。我是一个热衷于美食的人，这来源于我对母亲的敬意——我的母亲是一个这样的人，从不对我说这件事可以做，那件事不可以做，从不对我的事情议论，更别说下判断，从不问我跟谁恋爱跟谁结婚什么时间结婚，去哪儿工作，去干什么工作，她始终明白，她的这个儿子，干任何事情无须她拿主意，她的这个儿子，做任何选择都不会使她操心，哪怕她的这个儿子终身未娶，一事无成，都是正确的。我母亲让我知晓人世间的秘密。她给了我人世间最美好的礼物。母亲今年七十六岁，大部分时间是坐在门前晒太阳，打瞌睡。整个身子蜷曲在椅子里，像一堆棉花。她的腰上围一件蓝布裙，蓝布裙下，焐一个火熜。火熜里是几块黑黑的硬木炭。硬木炭是深山炭窑里烧出来。烧的木头是硬木，一年也粗不了一厘米，砍下来，放到炭窑里烧，烧红了，把窑口封死，留两个烟囱冒烟，把湿气抽干，闭窑七天，硬木成了炭。硬木炭干硬，有木的纹理，脆，往地上摔，不碎但会裂开，一片两片或几片，点燃需要比较长的时间，一旦燃起来，特别经烧，两个木炭能煮一锅粥。它黑出乌金的光泽。和我的母亲很相像。

河,河,河

"昌民先生昨天过世了。"我正在后院扒鸭粪,母亲站在篱笆外,对我说。母亲养了几只鸭,鸭粪多。每次回家,我扒鸭粪养花。

"他很健朗,精神特别好,怎么就去世了呢?"

"人死起来,真快,要不了两分钟。死得快,没痛苦,双脚一伸,什么痛苦都没有。有福气的人,死得清爽。"

"老先生有九十岁了吧。"

"过了年,九十三岁。"

"后天元宵,过了元宵过世,更完满了。"

"哪有完满的人?谁知道自己什么时候死呢?谁又知道自己怎么死呢?"母亲八十二岁了。她六十岁不到,身子佝偻了。在她这个年龄,她所经历的生活时代,不是我可以体会的。人的一生如二十四节气,我还是处于秋分的分水岭上。我说:"去年正月初三,在水银表哥家吃饭,看见老先生。他满头银发,身子直挺,是个很有风度的老人。他一直健朗,耳不聋眼不花,白白净净,不吐痰不咳嗽,只是掉光了牙齿。"

乙亥年正月，雨水充沛。初一下雨，初二晴，初三之后便一直阴雨。饶北河流域有乡谚：初三落雨，无路行。这是一个多雨的年辰。雨绵绵，雨丝不停歇地纺下来。盆地不再开阔，白雾萦萦绕绕。高峻的灵山倒是清晰可见，如一艘停泊的帆船。母亲打把黑伞，抱了一卷白布、一盘鞭炮、一沓香纸，往上村老先生家走去。伞遮住了母亲半个身子，疏疏的雨线从伞布披散下来。

在小学三年级时，昌民先生教过我英语。他是临时聘用的代课老师。在全家祠堂小学，他穿一袭青蓝衫，高高瘦瘦，面目清洁白净。他不是枫林人。一九五八年，他从浙赣铁路线边的灵溪乡，移民来到枫林。他带着小他两岁的弟弟昌书和弟媳妇，借住在大路边李家旧屋。

从灵溪、沙溪一带，同一年移民来枫林的人，有好几户：舒启列、余上庐、王金星、王金俄、舒昌民、陈敏荣、舒启洪、许农。他们挑着箩筐担，拖儿带女，沿饶北河而上，走了一天的羊肠小路，来到了枫林村。来的时候，他们都很年轻，四十岁不到，体格强壮，各个生产队抢着要他们。中蓬生产队田多人少，大部分人便安置在中蓬。舒昌民和许农是单身移民来的，到了一九六一年，舒昌民才娶了东珠。东珠有过十年婚史，前夫在景德镇服刑，在一家陶瓷厂做苦工。东珠前夫叫正山，是水银的三公（公即爷爷）。三公可是个厉害的角色。

饶北河西出灵山，在郑家坊董家，与古城河汇流，绕过孔雀屏似的山谷，向南而去。河水夏时汹涌，秋时羸弱。河始终饥饿，吞噬荒蛮。正山是个武师，身材短小，胆量过人。武师但不教武。他是个卖壮丁的人。民国时期，国民党政府在郑家坊抽壮丁，两个男丁抽一个，三个男丁抽两个，五个男丁抽三个。一九四五年，抽壮丁一年抽六次，挨村挨户抽。谁也不想给国民党当兵，逃丁的人躲在大山区生活。有钱的人，买壮丁，买人顶替。正山有个姐夫叫吴猫猫，是村里的保长，好吃好赌好结友,手面功夫了得,方圆三十里,人头熟,知道哪家有钱,哪家舍得出钱。有钱人家要买壮丁了,吴猫猫叫正山去,顶一次收两担谷子。收了谷,正山穿大褂,去乡公所登记,被收兵员用大卡车拉走。郑家坊南出三十公里,有一条鸡公岭,坡斜路陡,路下是滔滔饶北河。上鸡公岭,正山跳车,从河中逃脱。

说起这个三公,水银无比佩服。水银抱着一个火熜,把香烟戳在炭火上点火,笑起来,露出一排白白的假牙,说:三公逃了壮丁回来,第一夜不回家,上小翠家。小翠奶奶你知道吧?她是相门的奶奶。相门的公,见了三公进门,在门槛坐一夜,守着三公上了小翠的床,到了下半夜,还得烧一碗面,面上盖三个荷包蛋,给三公吃。你说说,没有本事,吃得到这三个荷包蛋?脚腿不打断算好的了,何况相门的公是个蛮横的人,满脸横肉,可他就服三公。

有一次,正山差一点回不来。收兵员来得比较多,卡车上站了六七个收兵员,扛着枪押解壮丁。车一直开过了贵溪,正山也找不到跳车的时机。快到鹰潭了,有一座信江桥,三里多长。桥晃得厉害,车上的人不停地呕吐,晕得人眼花,正山跳过车栏杆,落进信江。正是五月雨季,黄水浊浪,荒洪奔泻,正山游了一个多时辰才上了岸。

村河上游两华里,有村舍,约三十余户人烟,是周氏族居地。村前有关隘口,把山中小盆地收进一个布袋似的山坳里。关隘口樟树茂密苍翠,山崖壁立,涧水飞泻,村子遂取名樟涧。樟涧多黄土山地,盛产红薯马铃薯,故也多产生猪。樟涧村有一个卖猪肉的人,叫猪松。猪松高大,卖猪肉不挑担,把猪搭在肩膀上,过饶北河,下右岸河湾,到枫林卖猪肉。猪松三十来岁,腰上插一把杀猪刀,手上握一把剁骨刀,好酒,喝了三碗老谷烧,在枫林余家摆上肉铺。他卖肉不用秤,一刀下去,一块肉切下来,多送客人半两。也好女人,一头猪只卖肉,不卖下水,下水分几份,送给了相好的女人。正山最后一次从高畈卖丁,中途逃丁回家。相门的公对正山说:"正山,我们是堂兄弟,有件事,我得说,不说出来,你一辈子抬不起头。"正山在吃面,搁下筷子,看着相门的公。相门的公说:"你每次去买丁,猪松都送下水给嫂子吃。"正山听了,也不说话,低着头把一大碗面吃完,上小翠的床继续睡。

第二天早上,正山在天井里磨刀。刀是伐木的扇刀。刀有一尺二长,刀口有半尺微弧内凹,刀背三厘米厚,刀柄手臂长。磨了一个早上,还没磨好。东珠说:"怎么想起磨刀呢?打猎也不用扇山刀啊。"正山摸摸刀口,说:"一刀下去,不知道可不可以把山猪剁成两截。"东珠说:"抓山猪,用两齿钳就可以,哪用得着扇山刀?"

正山一直磨刀,磨得刀口锋白,白出一团光。快晌午了,猪松还在卖肉,见正山拖着刀出巷子,问:冬至还没到,正山就去打青山(打青山是伐木垦荒的意思)了。正山说:青山没什么打的,想剁一头山猪,不知道山猪的骨头到底有多硬,这把扇山刀,能不能剁得动。猪松说:再老的山猪骨,也经不起白刀剁啊。

"这个道理,你也知道啊。"正山裂开嘴,笑起来。猪松也笑起来。猪松笑开的嘴巴,还没收拢,正山拦腰一刀下去,猪松倒在地上,成了两截。猪松的手上还捏着剁骨刀,血从他嘴巴里潜射出来,弧线状。正山把两截的猪松,踢下水坑。水坑一米来宽,但水急,不一会儿,两截的猪松卷进了饶北河。

杀了人,正山回到家里喝酒,喝了一个下午,把一坛谷烧喝了一半。喝半碗,东珠添两个菜。添了十几个菜,东珠坐在灶膛前呜呜呜哭了起来。

第三天,正山被抓走了。

杀人的第二天,即一九四九年农历四月初九,枫林解放。枫林是中午解放的。十四岁的父亲去私塾的路上,被我祖父叫住了:"土生,土生,开放军来了,已经到姜村了,去买万响炮来放放。"村人叫人民军队,不叫解放军,叫开放军,知道他们是解救穷人的队伍。但有少半数的人,跑进了山里,背上米袋背上面瓢,用箩筐挑着哇哇大哭的小孩,逃到太平山。

解放军是从德兴新营过来的,夜间行军。德兴到郑家坊,得翻十几座高山。郑家坊是饶北河流域产粮地,也是上饶的粮食主产区。清末以来,郑家坊兵灾不断。一九二九年至一九三五年,方志敏部队和国民党部队,在郑家坊一带,发生多次战役。一九四二年,在古城山发生过抗日战役,狙击日本鬼子的侵略。枫林与方志敏领导的横峰葛源革命根据地,一山之隔,对人民军队耳熟能详。我八十四岁的父亲,仍然清楚地记得那天解放的情景。一个连的解放军从饶北河大滩头下来,走得很快,一会儿进了村。村里的土铳,砰砰砰,响个不歇,炮仗从上村一直炸到下村。祖父戴着圆帽,欢送队伍走了三里多路。解放军并没在村里驻扎,由连长沿街口头宣布:枫林解放了,人民解放了。村民送上了米面、布料和银元。但解放军并没有收,只收了不多的红薯粉丝和鸡蛋。父亲说:看了开放军的架势,就知道这是个好部队,衣服虽然穿得破破烂烂,有的军人还打赤脚,但有精神气,给人振奋,这是一个国家的希望所在。

民国时期,村中常有伤人杀人事件发生,凶手外逃几天;或送钱给乡公所,在外躲几天,待风声一过,又回到村里,并无警察追究。正山成了第一个被当地人民政府批捕的杀人犯。

在乡里关了三天,送往南昌的郊县新建关押。杀人是死罪。但正山的母亲(正山的父亲已过世)显得并不是很痛苦,看着儿子被五花大绑地拉出家门,喃喃自语似的说:"杀了猪松好,儿子不杀他我也要杀他。"

正山等待被枪决,埋他的坑都挖好了。

在执行枪决的当天早上,监狱接到了上级通知,把重刑犯全部押往景德镇，去陶瓷厂做工人。几十年的战争，耗损了大量的劳动人口，陶瓷厂急需大量工人，恢复生产，却招不到人。新建监狱的重刑犯，成了陶瓷厂的工人，正山因此留下了一条命。

来枫林时，舒昌民还是三十二岁。他住在李家旧屋。他拉得一手好二胡，吹得一口好口琴。舒昌民于一九二六年，出生在灵溪乡望族舒家，家庭富裕，饱读诗书，十八岁时去广州，做英文俄文翻译，出入各国领事馆。

一九五一年，舒昌民的父亲舒客卿"因罪"被捕。一九五一年五月四日，执刑人从黄沙塘监狱拉出舒客卿，验明正身后，不换衣服，不赏酒饭，五花大绑，架上囚车，拉到丁家洲刑场，被枪决。刑场人山人海，里外围了十几圈看热闹的人。被枪决后，通知舒家来人收尸。家人连夜掩埋，坟头也没留。此时，舒昌民正在南下的火车上。舒昌民作为人民军队新兵的一员，即将开赴大西南，开展革命工作。到了广州火车站，舒昌民被通知遣返原籍，参加集体劳动。

李家旧屋有一个天井，天井进去，有长条厢房。右边厢房有五六间。左边厢房只有两间，内屋后，是一个小院子和牲畜圈舍。舒昌民和昌书一家住在左边厢房。昌书牛高马大，不识几个字，做事糊涂，有一身用不完的蛮力。夜边，舒昌民端一条椅子，坐在天井边，拉二胡。他每天都要换洗衣服，蹲在溪边的石埠上，用手一遍一遍地搓，用油茶饼或皂角叶去污。拉二胡，他换上半长的蓝布裤子，膝盖上盖一条毛巾。他拉的二胡，让听的人，很是伤心。尤其是女人。听得伤心的女人，觉得舒昌民让人怜惜，便给他编手套纳布鞋缝袜子。确实，舒昌民被很多女人喜欢，但从来没哪个女人敢走近他。

李家子嗣繁衍如大蒜，一年旺六个八个，旧屋住不下人了，舒昌民没了去处。

正山被捕之后，东珠带着两个女儿，生活没了着落，用半边老屋做豆腐坊，夜里磨豆腐，早上卖豆腐。一九五八年"入食堂"，豆腐坊也关了，东珠像男人一样到生产队出工下田种稻。东珠苦得舌头生疮，呼出的气一阵阵鸡屎臭。没了去处的舒昌民，便住在空出的豆腐坊里。

东珠是村里的一枝花，一朵盛开的玉兰花。她是村里最美的女人。她孩童时，和她姨娘学过三年的弋阳腔。她姨娘是当地班社里的旦角。东珠能唱连台大戏，如《三国传》《水浒传》《岳飞传》《目连传》《封神传》，也能唱传奇，如《古城会》《定天山》《金貂记》《珍珠记》《卖水记》。她有一双丹凤眼，菱角脸，唇薄但唇珠饱满，眉黑。生产队出工了，舒昌民也带一把二胡去。在休息的当口，舒昌民拉二胡，东珠唱戏。在田畈的草皮滩上，唱得好不热闹。她折一朵荷叶当绸扇，撩起衣袖，有板有眼唱戏。她唱两句戏词，望一眼舒昌民。舒昌民侧头望她，微微笑。

没唱完的戏，没拉完的曲，他们回到老屋里续上。老屋有一个露天的四方天井，摆上竹椅子，顶着月光唱。邻居也端来矮板凳坐着，看他们唱戏拉曲。在东珠奶奶七十多岁的时候，我还常见她：娇小匀称，眉额较宽，穿斜襟的蓝布衫。

借住没两年，他们便结婚了。舒昌民和东珠生的二女儿，和我同年，在小学时，也和我同班。他的二女儿叫凤美，皮肤白皙，个高腿长，也是一双丹凤眼。夏天，她穿一条水蓝色的连衣裙，像一朵水莲花。她胆怯，不怎么说话，放了学，拽着她父亲的衣角回家。

一九八一年下半年，我读四年级，学校突然要开英语课，请代课老师。村里有三个人能讲英语，一个是许农，一个是舒启列，一个是舒昌民。许农还是个单身，说话有些结巴。以前，他是个说话滔滔不绝的人。一九六七年以后，他受到了惊吓，他说话开始结巴。舒启列有眼疾，一只眼睛始终朝天看，走路也佝偻着身子。学校选了舒昌民教英语。似乎没教几年，他又被辞退。辞退的原因，我也不太清楚。

凤美读完小学，便留在家里砍柴打猪草，我也再没有见过她。村里有几个后生爱慕过她，其中有一个后生叫良山，和凤美谈了一年多的恋爱，还帮她家挖过田割过稻子，最后也没成。舒昌民想留着凤美招个女婿，可良山的父亲，怎么也不答应。良山的父亲说：我生个儿子，即使打单身，也不作别人的儿子。凤美在村里待不下去，去了浙江义乌一家制衣厂做工，认识了上饶市郊筲箕坞的后生，便和他结了婚。舒昌民也不答应这门婚事，凤美背起包裹一个人去男方家。男方觉得这个岳丈看轻自己，便几年也不去枫林一次。这让东珠很是后悔：良山是个多好的后生呀，即使不招亲，但他是本村人，彼此照应一下，多方便。

十几年前，我听说凤美和老公，在上饶市光学厂小吃街做包子卖，生意很火。包子铺在老凤凰路口。这地方，我常去，可我怎么也看不出，哪个卖包子的女人是凤美。隔了几十年没见的人，又怎么认得出呢？人在生活中，会无声无息失踪，他（她）的气息，他（她）的模样，他（她）的想象，他（她）的脾性，像水泡一样炸裂，变成水沫，无影无迹。

其实，舒昌民之前一直在村里教书。他教夜校。他来枫林生活不到半个月，发现村里会识字的人不多，有高小文化的人更是寥寥无几。他和大队提议，在全家祠堂开办夜校，按生产小组，组织青年人学知识。大队领导爽快答应了这件事。舒昌民白天种田，晚上教识字课。直到一九六六年，识字课被迫中断。

一九六七年春始，至一九六七年冬，舒昌民没出过房门：不剃头，不刮须，不洗澡，不晒太阳，不拉二胡，不吹口琴。吃饭，都是东珠送进房间的。四卷本《毛泽东选集》和《资本论（全译本）》，都被他翻烂了毛边。《毛主席语录》和《毛主席诗词全集》，他倒背如流。谁也不知道，舒昌民为什么不出房间。东珠带着两个年龄稍大的女儿，在大队里干活。她像一个男人,虽然个子娇小,但敦实。她打一双赤脚,卷起裤腿,腰上扎一条汗巾。她剃男人一样的平头,戴一顶尖帽斗笠。抛秧,栽田,打农药,割稻子,没有她不会的。生产队是按工分分粮的。年年分到她手上的粮食,都不够吃。她带着女儿,去燕坞垦荒,种红薯种玉米。燕坞离村里,有五里山路。下雨天,生产队不出工,她带着女儿去种荒。舒昌民成了一个活在村里又消失在村里的人。有人去东珠家里坐坐,站在房门口叫舒昌民:舒先生?舒先生?舒先生!他也不应答,坐在躺椅上头也不抬,继续看书。头一年,村里有人怀疑舒昌民死了。他可是个爱游泳的人。刚来枫林那几年,他天天去饶北河游泳,刮风下雨落冰雹降大雪,他都要去河里。他用雪抹身子,浑身抹得通红,哈哈,使劲叫几声,站在高高的石埠上,跳入水里。噗噗噗,钻出水面,他口腔里射出一股水。

可一年了,他也没去过河里。他不去游泳也不去摸鱼。是不是死了呢?有人在背后议论。有人问东珠:舒先生是不是回灵溪不回来了?东珠瞪起眼睛:他是我男人,他在灵溪又没女人。老屋有一个大厅堂,以前,东珠都把衣服晒在厅堂。她把晾衣杆靠在屋外的廊檐下,把舒昌民的衣服晒出来。路过她门前的人,看见男人的衣服,嘟囔一下:舒先生这么爱干净,没下田,还三天两天洗澡啊。

在和舒昌民结婚之前,东珠在村里有过比较多的传言,说她和某某男人怎么样。说得还不止一个。打猎的辫毛说得活灵活现:在煤山后的茶叶地,东珠和弹棉花的老八,把蓑衣摊在地上,两条蛇一样纠缠在一起。和舒昌民结了婚,东珠再也没了风言风语。东珠晒得皮肤黝黑,手指糙得像老虎钳。她弓腰驮着木柴,蹲着身子抱泥浆团。水田是泥浆田,积水无法排泄,人得把泥抱出来,形成排水沟。人陷在泥里,下半个身子都泡在泥浆里。抱泥是最累的体力活,有一身好体力的人干的。东珠也去干,干一天,多挣点工分。生产队长看不下去,跑到舒昌民家门口骂：舒昌民，你盐油（饶北河流域方言，盐油即蜗牛肉）躲在壳里，是个活死人，东珠整天泡在烂泥浆里，你也不痛惜，你这个活死人，你有一口气，你给我滚出来，滚到田里去。舒昌民也不应他。东珠拉着队长的手，说：各人有各人的命，我的命就是照顾他的。

第一次走出房门，没几个人认出舒昌民了。他的头发一直散披到了腰上，皮肤泡了水的馒头一样惨白，嘴唇没什么血色，手指纤细，说话结巴得很厉害。他又穿起了民国时期的长衫，青蓝色或麻白色或浅灰色。他不谈论自己的父亲，似乎父亲是一个和他完全无关的人。他也不谈论自己年轻时在广州时的事情——虽然那些风流韵事，我们广为熟知，他曾无数次谈起——越来越遥远的事情，会接近遗忘；即使不是遗忘，也是被血肉裹起来了，成了肉身的一部分。也或许，人是因为遗忘，才可以慢慢活下来，活出草木一样的颜色，草木一样的浆汁。

像一个大病的人。他下不了田，在生产队记工分记账。生产队有简易的屋舍，屋外挂了一个高音广播。他负责广播播放。他慢吞吞走路，晃着身子。大概过了一年多，舒昌民恢复了正常人的状态。也是从那个时候，东珠有了口头禅：菩萨保佑，菩萨保佑。她和人说话，第一句就是：菩萨保佑。最后一句也是：菩萨保佑。

河在村前，一直弯来绕去。像一个时间的线圈。河似乎遗忘了岸边还有人世间，也似乎从来没有离开过人世间。饶北河一圈圈地打开两岸，打开四季，打开睡袋一样的天空。檫树开出了春天第一朵花，接着，开出了满树的花，黄灿灿，碎金一样。矮鸥沿着蜿蜒的峡谷，飞来了，嘎嘎嘎，叫得人心尖颤抖。哗啦啦的春水，流了出来，从草根里，从瓦垄里，从石缝里，从眼窝里，从散开又合拢的鸟群里。田畴成了泱泱草泽。亘古的春雨，使大地一再兴盛繁茂。亘古的秋风，使大地一再衰竭荒凉。河水浅下去，草黄上了岸，瑟瑟的芦花一低再低。大地一天比一天荒凉,直到被大雪覆盖,四野苍茫,灵山只剩下一团雪雾。

初来枫林时,舒昌民在河渡口栽了一棵樟树。栽下去的树苗只有筷子粗。他想看看,树多高了,树多粗了,自己才离开枫林。他在很多地方生活过,在南京读过三年大学,在广州做过翻译,在上海做过翻译。他去过无数个城市,枫林这个小山村,他从来没想过会在这里生活。他一直不结婚——不知道自己将来生活在哪里。他和东珠结婚时,他哭了整整一个晚上——与生俱来的东西,他永远无法摆脱。那是他看不见的东西,也是他的另一个肉身。那个肉身更重更沉,像一具僵尸。

一九八二年冬,大队部解散,改为村委会。村委会组织各生产小组人员,丈量了全村所有的山塘田地,登记造册,实行承包生产责任制。一九五八年移民来枫林的人员,实行自愿的原则,愿意留下的,按土著村民待遇,分山分田承包生产;愿意回原籍的,村委会出信函证明。

舒启列的二儿子全家,回到了灵溪。他大儿子已在枫林入赘安家,三儿子刚刚新婚。舒昌书一家回了灵溪。舒启洪病死多年,三个儿子留了下来,小儿子六岁的时候,被人从河边拐走。陈敏荣已死三年,孤儿寡母留了下来。余上庐留了下来。许农、王金星、王金俄,回了王东风。

我出生时,因母亲缺奶,我拜过奶娘。我奶娘就是王金星的老婆。一九八三年正月十三,濛濛细雨,冰凉透骨,在货车斗上,我缩在一张床板下面,去沙溪镇王东风村。奶娘迁离枫林,我送她。这是我第一次离开饶北河上游的盆地。到了沙溪,我整个人都冻僵了。我第一次看到了铁路,看到了火车,看到了起伏有致的信江沿岸的丘陵地带。二零一三年秋,八十八岁的王金星患直肠癌去世,我去奔丧。王金俄的儿子德叔,一眼认出我。他是沙溪一带有名的风水先生。许农已九十六岁,正在稻田里,一个人割稻子。

留下来的,还有舒昌民。他有自己的家乡,百里之外,并不遥远。来了枫林之后,他却一次也没回去。一个没有坟头的坟,在他心里,像一块埋在地下的碑。

一九八六年初秋,上村来了一个人,驼着背,脸纹如瓦缝,头发只有一层白白的毛楂,嘴唇有一条红肉翻出来的刀疤。他拎着一个蓝布的包袱,劳动布的蓝衫洗得有些发白,衣肩各打了方块的浅棕色补丁。他的左手缩在衣袖里,手掌内弯,五指内屈。他站在东珠家的外天井,站了好久,望着屋里坐在椅子上喝茶的舒昌民。这是一个面生的人。秋天落日的余晖,洒在灰扑扑的天井里,洒在陌生人的身上。他的身上散发一种咸鱼的气味。他站了一会儿,泪水慢慢流了下来。挂在屋檐的一串串红辣椒,已变干变瘪。晒衣杆上两件旧衬衫,空荡荡,被风吹得唰唰响。水坑里的溪水在石板下,呜呜呜地轻叫。不远处的饶北河,一阵阵晕黄。陌生人叫了一声:阿姆,阿姆(吴方言,阿姆即我妈)。无人应答。他跪在了地上。

陌生人是正山。他已七十二岁。他的面目已完全改变,无人认识。他的口音夹杂着景德镇方言、含混不清的普通话,以及郑坊方言。余家的族长放了圆匾大的鞭炮,用柚子叶给正山洗了身,哆哆嗦嗦地说:人回来了就好,你还是余家的孩子。

老屋里,还余了一间厢房,原是堆放杂物的,东珠把杂物清理了出来,让正山住了进去。正山已无法劳动。过了半年,他卧床不起。他得了很厉害的风湿,脚下不了地。舒昌民料理他,背他去河里洗澡,熬粥给他喝。邻居对舒昌民说,你人好,常年照顾一个不相干的病人,不发火,不怠慢,比胞兄弟还好。舒昌民说,我理当感谢正山,正山不杀人,东珠怎么会成了我老婆,没有东珠我没有家,我得把正山当菩萨供着。熬了两年多,正山熬不下去了。舒昌民给他喂粥,他噙着嘴唇,看着舒昌民,白白的泪水流下来,泪水干了,头歪在靠垫上。

正山过世没几年,东珠也过世了。

人,每一个人,都必须遵从命运的安排。尤其在个人无能为力的年代。命运是一把看不见的西瓜刀。谁也看不见那个握刀人。

有的人,命带黄连,特别苦。凤美的妹妹裳美,即舒昌民的小女儿,留在村里招亲。入赘的人,是上田山人,姓吴。上田山是一座高山,有三十几户人烟,交通不便,后生很难娶亲。吴家有三个儿子,老三是个阉割师,阉牛阉猪阉鸡阉鸭。他骑一辆海狮牌载重自行车,背一个红紫色的阉具箱,在各村转来转去。阉一个猪卵两块钱,阉一个鸡卵或鸭卵五毛钱。他也阉狗卵,把狗吊在树上,四肢用绳子绑起来,狗头套在一个黑色布袋里。阉刀长约15寸,材质为铜合金,有弧形的尖刀头,背部有一个豆角形的凸角。他用酒精棉在刀锋上,来回抹一遍,插入狗的隐秘处,血射出来,射到他脸上。狗汪汪汪汪,往死里叫,四肢僵直。把狗卵割下来,扔进一个玻璃罐里。玻璃罐有土烧酒,血丝在酒里漫散开来。他把割下来的卵,带回家吃。

舒昌民家有一只猫咪,叫得让人惊恐,喵——喵——喵——,屋顶上叫,窗台上叫,饭桌上叫;白天叫,晚上也叫。舒昌民有节律性失眠,每到初春,睡不好。猫叫得他心烦。他请来上田山人阉猫,说:这个猫,特别会叫,周围又没公猫,叫了半个多月,老鼠也不去抓,箩筐都被老鼠啃破了。阉了猫咪,两人在喝茶。裳美正在水井边,翘起丰臀,浆洗衣服。裳美说:你们在作恶,猫咪天生就是要叫春的,不叫春,哪叫猫咪呢。

一碗茶喝完,两个人把话说到一块去了。阉割师傅说,上田山太高了,偏僻,不想在山里生活。舒昌民说,枫林好啊,来枫林啊。

这样,上田山人入赘了舒昌民家。过了两年,裳美生了白胖胖的儿子。孩子长到五岁了,上田山人死于意外。有一次,他去彭家坞阉猪，东家客气，留他吃晚饭。他喝了一杯酒，回枫林。彭家坞到枫林，要过一个水坝。他拖着自行车，脚有点浮，跌下坝，浸溺在水里，自行车压着他。

上田山人意外死亡，舒昌民格外难过。他喜欢这个女婿，女婿虽然挣不了什么钱，但为人热心，活泼，爱逗老人高兴。

枫林有一个叫乐家的小村子，乐家的三图师傅在早两年，老婆去义乌做工，再也没回来，跟一个湖南人跑了。三图做面条卖，一个摇面机，一年摇四万来斤面，面是粗挂面，包装简单，但面条下水即软，劲道不错，好吃。村人都喜欢吃他做的面条。三图托开店的茅梁做媒，去舒昌民家说亲。舒昌民同意了，裳美也同意。但村里人不怎么看好这门亲事。三图有家，裳美又不可能离开娘家，两家人怎么一起生活，是个困难的事。两人生活不到半年，有了很多争吵。虽然是睡在一张床上的夫妻，但没吃一个锅里的饭。裳美也顾着娘家，三天两头从三图手上拿钱，三图哪有那么多钱呢？三图没及时给钱，裳美便生气，不来乐家，变得夫妻不像夫妻。

两人在一起生活，没三年，也就散了。两人合不来，还有一个原因：舒昌民不怎么喜欢三图。三图有些木讷。做面条也是花工夫的活儿，摇面，晒面，收面，切面，卷面，很费时间，做了一天的面，人也累，不愿动，去岳丈家里也不多。虽是一个村，一个月也去不了三五次，舒昌民内心很失落。舒昌民想，女儿留在身边是为了防老，做新女婿都不愿来了，以后更不会来。有了想法，他在裳美面前嘀嘀咕咕。裳美也不是很喜欢三图，每次上了床，她会想起阉猪的先夫。上田山人体格强壮，把裳美折腾得筋疲力尽。裳美就喜欢筋疲力尽后昏昏睡去。三图还没开始折腾，就倒头呼呼大睡。

岔里有个男人，和裳美一起在郑家坊读过初中，隔壁班，读书的时候，彼此很熟。因女方不能生育，岔里的男人离了婚，上门做了舒昌民的女婿。可结婚没半年，又死于意外。岔里是上乐公路边的一个小山村，在盘山公路急速下坡拐弯的地方。弯道弧度大，外地货车司机不熟悉路况，易翻车，每年发生三五次翻车事故。冬天了，裳美的男人去岔里挖冬笋。竹山就在拐弯处的坡下。他挖笋的时候，一辆拉氯气的油罐车侧翻，氯气散了出来，噗噗噗。挖笋的男人死得无声无息，全身发黑，死得好冤枉。

一个年纪轻轻的女人，死了两个男人，离了一次婚，村里人便说她是个克夫命。再也没哪个男人，愿意和她生活在一起。何况裳美还带着岔里人的遗腹子。七十多岁的舒昌民，又操起锄头下田。

孩子在一天天长大，村里的老房子一年年在拆。

村里没几栋老屋了，裳美也想建房，两个儿子春笋一样往上长，眼巴巴望着别人的楼房怎么行呢？

虽说是没有老公的人，裳美还是积了建房子的钱。至于这些钱怎么积的，村里有很多说法。一个没外出打工，又没做生意的寡妇有了做房子的钱，里头的说法，十天半个月，也说不完。地基是自己的，钱是自己的，可房子一直建不下去——余家人不同意。余家有几个老人说：一个移民的女儿，在村里建房子，可不行。

东珠毕竟做过水银十来年的三奶奶，虽然东珠已死了多年，但情分还在，再说，舒昌民是一个多好的人啊，在枫林义务教了那么多年夜校。水银把几个不同意建房的老人，请进家里。水银说：舒昌民先生在余家建房子，我们竟然不同意，我们还同意什么人来这里安家呢？舒先生积言积德，这样的人，通枫林只有一个，我们要好好敬重。

房子最终建了下去。可以建下去，倒不是水银说了什么话。不同意舒昌民建房的人，都是想霸占老屋地基的人。有贪心的人，女人有自己的办法解决。大嘴巴把这个话，说得特别恶毒，说：筷子筒插一双筷子，是筷子筒，插二十双筷子，还是筷子筒。

这是村里最后一栋老屋拆除，建了新房。请酒是大喜事。大喜事得打麻子粿。在大厅，在院子里，摆上十几桌，请乡邻亲友吃麻子粿，喝土烧，也是体面的事。舒昌民吃汤圆一般大的麻子粿，吃了两个。麻子粿糯香温黏，老人吃第三个，麻子粿噎在喉咙里，下不去出不来。老人憋红的脸，慢慢变白，眼球凸出来，手死死地抓着自己的衣袖，两脚慢慢伸直，没过两分钟，老人已无鼻息。

木 箱

咕咕咕咕咕咕。我听到一楼厅堂里，电锯吃进木头的声音。木匠师傅怎么这么早来上工呢？我坐起来，开玻璃窗。窗户打不开，冰冻死了。我回过神，看见玻璃上蒙了一层冰凌花。冰凌花透明，茎茎蔓蔓漫散地完全生长开来，看起来和一株地衣植物标本差不多。才想起天气预报说，今天气温有零下十度。太阳在屋角白白地浮出来，深蓝的天空如洗。我睡在四楼，推开门，外墙的水龙头悬着长长的冰凌。我咚咚咚下楼，抱一个火熜，看木匠师傅给我打木箱。

樟木板有一圈圈深褐暗黄的纹理，板边是细腻的白，豆腐脑的白。樟木板压在一块旧门板上，木匠师傅老三推刨，抛光。他推几下，把板竖起来，搦住，斜眯左眼，瞄瞄，用手摸摸，放倒继续推刨。重阳是他叔叔，做他下手，在另一块门上，给几块锯板用墨斗画墨线，竹笔嘶嘶嘶嘶摩擦锯板声，丝丝悦耳。老三在浙江做很多年装修，视野开阔。重阳师傅快六十岁了，是老式师傅，手脚、样式、器具，跟他侄子老三有差别，也就跟着老三做。去年，即甲午年春，我就想置办

缺席的旷野 | 059

木箱了。家里有很多老木料，其中有二十几块樟木板，我想用起来。樟木板原先作楼板，老房子拆了，木料还留着。祖父在他四十几岁时，建了一栋大房子，全木料。木料是我祖父、二姑夫从破塘坞一根根扛回来的，打一个来回，要走四五十里路，扛了三年多。路上没饭吃，手上提一个蒲袋子，里面放着几个饭团或焖红薯，当午饭。我祖母常对我说，你二姑夫真是少有的孝道，扛了三年木头，一分钱都没收，自己的家都顾不上。几年前，我大哥把老房子拆了，建了楼房。我每每见了老木料，无比的心酸。老房子前面，有一个菜园，菜园里有三棵樟树。樟树是我祖父年轻时植下的。我十几岁时，樟树有箩筐圈那么粗。树上，常年有喜鹊窝和乌鸫窝，在五月，扁豆花开，稚鸟吧啪吧啪还没长满羽毛的翅膀，练飞。也有鸟掉下来，落在水坑边的稻田里。我们捡起来，放到鸟笼里把玩。有一年，猫头鹰在樟树筑窝，我捡了两只稚鸟，关在笼子里，给小鱼，它也不吃，给蚯蚓，它也不吃。它什么也不吃。把手伸进去，它啄手，眼珠射出精光，让我畏惧。

以前，我坐班车回家，司机问我，在哪儿停车，我说，在枫林，看见三棵大樟树你就可以停了。在锅盖一样的饶北河盆地，在一只破鞋一样的枫林，三棵大樟树是我的一个地理坐标。远远的，见了三棵大樟树，我会无名地激动起来。那里有我冬夜深处摇曳的灯盏，火炉里噗呲噗呲燃着的炭火，乌鸫叽叽叽叽，溪涧在清晨有水桶摁水的噗咚声，厢房里沉闷干燥的咳嗽。在1998年，我家老二把樟树砍了，依菜地和竹林，建了房子。老二打电话给我，说，要把樟树砍了，你肯不肯。我说，我不肯，你也是砍，肯，你也是砍。我又说，你建的房子还不如三棵树有价值。过年回家，树不见了，树根挖上来，当柴火烧。那时，祖父已经去世三年了，八十八岁了。我一个人抄田畈小路，在祖父祖母坟前站了一个下午——我们这一代人，都是罪人，祖宗留下的东西守不住，还欣欣然。

父亲把其中的一棵樟树，请木匠师傅锯成了木板，铺在阁楼上做楼板。去年，把留下的半边瓦房拆了，建楼房。拆房子的时候，我不在家。我再三叮嘱父亲，什么都可以扔，什么都可以送人，樟木板一定要留下来。端午回家，我把樟木板分拣出来，准备叠在邻居楼上。木板厚厚的灰尘，手摸过去，灰层扑腾上来。木板已经抽干了水分，但樟木香依然浓郁。我对父亲说，找一个木匠师傅，要村里最好的，打一担木箱。父亲说，打木箱干什么，谁还要木箱呢，姑娘出嫁也不要木箱了，皮箱多好，好看，便宜，出门打工带出去也方便。我嘟囔一句，你懂什么呢？你除了懂二两烧酒，还懂什么。父亲呵呵地笑，露出几颗没掉的牙齿，说，能懂一样，已经不错了。父亲把平板车架起来，把木板堆上去。我说，你拉板车干什么。父亲说，把樟木板拉到塘底锯木箱板呀。我说，有三里路呢，你拉去多不方便，请一个人拉吧。拉到塘底，吃一碗清汤，木板就锯好了，要不了时间，父亲说。我说，还是我拉吧。父亲说，你拉？你以为拉板车是写字呀，你拿起笔可以写，你没拉过板车，走起路来歪歪扭扭。父亲把背带挂在肩上，手握着扶把，弓起身，拉车走了。父亲已经七十九岁了，在我祖父走过的路上，他来来回回地走。板车挡住了他的身子，露出一个灰白的头，蹒跚地往巷子外走。木板磕碰着木板，哐当当地响。母亲站在台阶上，看着这个和她相守了六十年的人。

曾经，我有过一个木箱。杉木箱，黑漆，铁铰链，扣锁。

1983年，去小镇上中学，我大哥骑一辆二八海狮牌自行车，把木箱和我，送到宿舍。宿舍是大宿舍，沿四边墙架起上下两层木床，中间是两排箱架子。我把木箱挤进架子，把草席铺好，算是正式上学了。每一个同学，都有一只箱子。箱子里，放着牙膏牙刷、衣裤、菜罐，以及薯片、炒豆之类的不多的零食。同学有乡里各村的。毛山楂一样的小孩童，三天两天便熟悉了。我分在二班，班主任是徐声渊老师。我负责锁教室门。我们是住校生，星期六中午回家，星期天下午返校。我村里有其运、孝云、永清、其龙、勇展、其志、昌林、东亮、初文，一起上学。我们肩上扛一袋米，背一个书包，提一个菜罐，去学校。通常在家里，吃一碗冷饭，到了学校，可以节俭一餐。菜罐放在木箱里，星期一中午，大家把菜放在木箱板面上，一起用餐。谁家的菜好吃，一餐便干完。菜一般是梅干菜炒黄豆、酸萝卜炒黄豆、萝卜干等。谁吃晚饭来得最晚，那他肯定有好菜了，菜里有肉片之类的，或煎豆腐。我班里，有一个台湖村的，叫忠杰。每个星期，他都带很多的焖红薯。焖红薯有一层糖浆凝固在透红的薯皮上，甜甜的，我们争抢着吃。半个学期过去了，一次，徐老师在班会课，说，我们班有一个同学，每次作业都在85分以上，我推举他做班长。大家眼巴巴地看着老师，老师也不说，拿起粉笔在黑板上写了三个字：傅旭华。饶北河的冬天是刀刮的。我们缩在宿舍里，不敢出来。晚自习由三节改成了两节。我们把木箱搬到床上，在板面上做作业。45瓦的白炽灯，黄黄的。我们和初二学生是混合寝室。我与正权睡一铺。他很会偷吃，到街上偷煎包子，偷油条，偷清汤吃。学期结束，他木箱打开，全是清汤铺的蓝边碗，满满一箱。

我们几乎天天都处于半饥饿状态。寝室卫生很差，扫寝室的人，偷懒，垃圾不往外扫，都扫在木箱下面。饭粒、红薯皮、板栗壳、馊了的菜，堆在木箱架子下，引来老鼠。我们睡在床上，木箱架下，老鼠吱吱吱地叫，也咯咯咯地啃木箱。春天以后，同学基本患有皮肤病。我也患过皮肤病，腿部、胯部，止不住地瘙痒，抓抓，出现红红的皮疹，最后化脓。我给我母亲说，给我两块钱，买一支皮肤膏，母亲说，哪有钱呢，过两个月稻子出来，再买吧。我问村诊所的孝林医生，孝林说，没有皮肤膏，涂硫黄和菜油也行。我说，哪有硫黄呢。皮肤病没钱治了,我就涂牙膏,每天涂两次,涂了一个多月,皮肤病居然好了。牙膏不要钱买,我用四两饭票到街上杂货店换。

木箱里,我放过最昂贵的东西,是"维磷补汁"了。也叫浓维磷糖浆,别名浓维磷补汁,健脑康糖浆。是一种浅棕色黏稠液体,味道酸酸甜甜。是我大姐送给我喝的。大姐说,一阵风能把你吹走,这么瘦怎么行呢。她在村里学做裁缝,把积攒下来的学徒工钱,买了两瓶"维磷补汁"给我。每餐饭后,我拧开白瓶盖,抿一口。吃了"维磷补汁",饭量增加很大,胃口特别好,四两饭,从食堂到宿舍,边走边吃,不用菜,也吃完了。当然,木箱里放最长时间的菜是霉豆腐。邻乡高南峰,有一深山村叫大山,不通车,班里有一个同学叫王绳田,是大山人,半个月回去一次,回去一次带回一高脚罐霉豆腐。他把霉豆腐放在我箱子里,我们共菜吃。他是不吃霉豆腐的,家里又没其他菜可带。很多年之后,我在市区上班,他到我这里玩,我说,我还记得你的霉豆腐,辣椒油泡起来,很美味。他呵呵地说,闻到霉豆腐的味道,都想呕吐。

初三毕业,我去了县城读书。一头木箱一头棉絮我挑到镇里坐车。宿舍是十四人住的。木箱里,没有了菜罐,也没有衣物。衣物挂在晾衣绳上,或叠在枕头下。木箱里,是书籍,和日记。每天写三千多字日记,用硬皮本抄写。书,我至今还保留着几本:《吉檀迦利》《飞鸟集》《新月集》《五人诗选》《青年女诗人十二家》《一个孤独的散步者的遐想》《猎人笔记》《呼啸山庄》……

当然,木箱里,有很多信件和照片。十八岁那年,我特别专注地和一个女同学写信,一个星期一封,一个星期两封,一个星期三封,一个星期七封,一个星期十封。她也来信,和我一样多,以至于后来写信太慢了,她直接坐车来了。毕业回家,我棉絮也不要了,把满满的一木箱信件带回家。第二年,我把信件全烧了。作为记忆的凭证,信件在一个初春的雨夜,以灰烬的形式,消失。

这只木箱去了哪里,我也不知道了。我曾找过它,在阁楼,在厢房,都没找到它。它什么时间丢失的,我也不知道。可能成了木柴,可能被母亲送人了。像是一种彻底的告别。是的,我从一只木箱里,蜕变而出,蝶化。

邻居大婶问我,打木箱干什么,你女孩才十四岁,打木箱还早呢。我说,预备她随时出嫁呢,万一哪一天我穷得什么也没有,好歹木箱有一担。老三师傅说,这么好的樟木,很难找了,做木箱可以传代。我说的当然是玩笑话。我问老三师傅:"你几个孩子,都成家了吧。""以前三个,现在两个,两个都出嫁了。儿子得了脑膜炎,走了。""噢。"我给了他一支烟,说:"你的木匠跟谁学的,做得真好。细致,光堂,我看到刨出的木板,我很想去摸摸,纹理很美。"大婶说,你这个箱子,大,可以放很多衣服,衣面上还可以放很多鞋子。

以前姑娘出嫁,都是要陪嫁木箱的,没有木箱,也陪嫁一副米筐。米筐是小箩筐,青篾丝打的,有一个圆盖。我母亲十九岁嫁到傅家,外公没钱请木匠,打了一副米筐陪嫁。我母亲说起外公,总是哀叹地说,木箱都打不起,挑着米筐来,你奶奶常常讥讽,讥讽几十年呢。那副陪嫁的米筐,还在,放在母亲睡的房间里。米筐也没东西可放,蛀虫安窝,隔个几年,母亲请篾匠青来补补。青是老三师傅的哥哥,做篾匠,也是村里唯一的篾匠。我钓鱼的鱼篓也是他打的,一个大圆肚,好看结实,全青篾丝,才八十块钱。我给一百,他死活不要。我给八十,再给一包烟,他才嘿嘿地收了。母亲是不会把米筐扔掉的,也不会当柴火烧。那是她对外公唯一的念想。外公在她出嫁第三年,病故了。我也会好好保管这副米筐的,于我而言,它是血脉的一种依连。祖母是二嫁,从高南峰的葛路,下堂,到了傅家,挑着一担木箱来。她的木箱里,除了衣物,还有零食。零食是我三个姑姑拜年给的糖果包,还有柿子饼、薯片、麻骨糖等。我放学回家,她就把木箱打开,塞给我几粒糖果。祖母常对我说:"我以后是要走的,走了,这副木箱不知道要留给谁。"我说,我什么都不要,田地也不要,就要这副木箱。

在我十三岁那年,我母亲迎了第一个儿媳妇进门。我大嫂是坐花轿来的,接亲的人挑着木箱,抬着花轿,吹吹打打,从车边走了四里路,到傅家已经是掌灯了。我大舅妈站在厅堂喝彩:

福莅——
吉日良辰结新婚,
两姓姻缘定乾坤。
祖宗大人福气好,
福禄寿喜传子孙。
福莅——
手提红烛在厅堂,
诸位客官闹新房。
新郎房中花烛红,
今夜好做探花郎。
…………

第二天待新娘,吃大餐。大餐前,举行开箱礼。两只大红的木箱,抬到两张八仙桌拼起来的大桌上。木箱用红纸贴了 × 形的封条。大舅妈手扶木箱,喝彩:

福莅——
一对红烛闹洋洋，
照见新娘大木箱。
新娘箱内放衣裳，
衣裳件件绣牡丹。
…………

  把木箱打开，是一个红纸包起来的开箱礼，给大舅妈的。两排布鞋，给我兄弟姐妹一人一双。鞋子下面是衣物，衣物下面是两个柚子。把柚子抱出来，掰皮，分瓤，大家吃，寓意多子多孙。我大舅妈是个弥勒佛样的人，主持了她所有外甥的婚礼，算算也有几十号吧。我大嫂的婚礼，是我家族里最热闹最古典的婚礼。那时花轿刚时兴，我三姑父置办了一顶花轿，雕龙画凤，坐这顶花轿的第一个人便是我大嫂。过两年，花轿不时兴了，三姑父把花轿放到阁楼，哪一年腐烂了都不知道。我家老二结婚，新娘是坐东风大货车来的。

  我兄弟姐妹多。嫁小妹是最穷苦的时候。十二月初出嫁，我十月回家，父亲连个木箱也没打，更别说其他家具了。我问父亲，嫁妆准备怎么样了？父亲坐在桌上喝酒，双手一摊，说，准备什么，木料也没钱买。我说，你收了三千块钱聘礼，钱去哪儿呢。父亲说，钱装在口袋里，就是把老鼠装在口袋里，老鼠天天咬口袋，哪放得住呢。我哭笑不得。我把自己唯一的存款，三千块，给了父亲，说，你再不能用了，你不能对不起小英，她小学没毕业，给你放牛那么多年，十五六岁出门打工，是你孩子中最受苦的一个。父亲说，孩子多，做我的孩子都苦。两个姐姐和大妹出嫁，我都没什么感觉，我看见迎亲的人，把木箱拉上车，把脸盆、洗脚盆、楼梯、木沙发拉上车，我舅舅把小妹抱上车，我扑簌簌地流下了眼泪。最小的妹妹，家中老小，理应享福,可她每年正月,提一个背包,去义乌做工,到过年才回家,把不多的工钱邮寄回家。我不知道我父亲收到小英的汇款单是怎么想的,可能他觉得小孩懂事,顾家,舍不得花钱,他喜上眉梢。当我每次过年,看见小英清瘦的身子,青黄色的贫血的脸,我觉得我愧疚深深,没有好好照顾她,真是不应该。我成家之后,家境好转,我想到第一个需要我善待的人,便是这个小妹。我不能苟活人世。我也常带我小孩回枫林,清明、端午、中秋、过年,我哪儿都不去的,就去枫林,去看看父母,也让孩子去看看农村,贫困真实的农村。当我看到一些码字的人,把农村写得那么美,那么像个天堂,可以寄存灵魂又可以安放肉体,我都特别愤慨,他们看不到农人挣扎般的生存,和无以援手的困境,我就觉得他们是睁眼瞎,是对农村以美的方式去污蔑。他们哪知道,农人的一生,是一种赤膊战呢,旷日持久的赤膊战呢?

小时候看戏,见进京赶考的学子,有一个书童陪伴。书童戴一顶小圆帽,穿青蓝衫,挑一担木箱,在前面带路。我不知道书童的木箱里装的是什么东西,可以猜想,是衣物、不多的银元、文房四宝、《四书五经》等之类的。现在,带上一个笔记本电脑,其他都不用带了,由快递送,或航空托运。我问老三师傅,现在还有人做木箱吗。老三师傅说,一年总有担把吧,以前,一年要做二十几担呢,木匠打家具,木箱是最难做的,严丝合缝,抛光要亮出木纹,榫头相互楔起来要准,偏差不能有一毫米,全靠手工锯出来、凿子凿出来的。

两个木匠做了两天工,我在边上看了两天,算是陪师傅。我父亲说,你这样看着木匠干活,会不会看傻了。我说,从几块木板,到成形的木箱子,看看这个过程,比什么都有意思。中午烧饭,我留他们叔侄吃饭,我拿出好酒给他们喝。第二天,我留他们吃饭,我菜烧好了,他们人走了。我说,你们怎么这样客气呢?难得上工来我家,遇都遇不上呢？老三师傅说，你人情太重，受不起。我说，你们有什么规矩，我是不知道的。有几个路过的人，也进来看看，说，打木箱呀，好多年都没见过了。也有的人说，这个社会谁还时兴木箱呢。也有人说，木箱好，放衣裳好，就是把衣裳找出来难，要一件件搬出来找。我母亲说，放进去的东西，也不一定要拿出来的，我那个木箱，十几年也没开过了。

母亲有一只木箱，摆在她床头边，除了她自己，谁也没开过箱。至于箱子里，放了些什么，也是谁也不清楚的。木箱是二十几年前请木工打的，全樟木板，上了紫黑的油漆，铰链扣锁包角也都是不锈钢的。母亲没有什么特别贵重的东西，但作为一个近八十岁的女人，总有一些东西是十分珍贵的，比如外祖母送给她的银手镯，比如我爱人送给她的金饰，比如母亲年轻时的一方手帕或头巾。母亲不识字，但会有一些比金饰还珍贵的小物件，是不会示人的，是她对娘家对子女的些许念想。那个木箱里，是她的另一个世界，与世隔绝，又与世紧密相连。是一个记忆的魔盒。是一面蒙了灰层的铜镜。是她留给我的谜语。于我而言，母亲的木箱是我血脉的一部分。我的祖母，故去二十余年，祖母的木箱没有留下来，被父亲烧成了木灰，撒在祖父祖母的坟头上。是的，祖父祖母无须留下什么，因为已经留下了一个大家族。一代一代的人，在轮替。一代一代的人，肩上有一副自己的轭。我们拉着自己的轭，走在属于自己的路上。

木箱打了两只，完工了，正好安装空调的师傅来了。空调师傅是县城的，我把一只木箱搬上货车，请他捎给我同学徐勇。我和徐勇同学三年，一起师从渭波学写分行，参加工作时，住在县教育局内部招待所三年多，同住一个房间，和自己兄弟是一样的。他近些年，爱上书法，也收藏友人字画，樟木箱存放字画是最适合不过了。去年，我就对徐勇说，我要送一只木箱给你。完工了，我给他电话，木箱完工了。木箱捎去了，放哪儿，我也给电话。第二天，是不是收到木箱了，我又给他电话。他说，收到了，木箱很漂亮，都是上好的樟木板。我说，开春了，你请一个油漆匠，漆起来，再包扣锁和包角，噢，对了，不要上桐油，桐油年份长了会长花斑或蘑菇。我像个絮絮叨叨的老人——没办法，谁叫我絮絮叨叨地念着一只木箱呢。另一只木箱，我请给我打扫卫生的清明，搬到三楼去。清明是我邻居，好吃肉好喝酒，做事是从来不会做累的。他吃肉要吃板油肉，切块，煮起来吃，一口一块，满嘴肥油。我把锯木屑和板头，用塑料桶装起来，存放在阁楼里。我用手把木屑抄起来，捧进桶里。木屑柔软，手抄过去，被暖暖地包裹着，有与婴儿肌肤相触的感觉。我对老三师傅说，捧起木屑，真是舒服。老三师傅说，饶北河一带，没有比老樟木更好的木头了，木屑细腻，和木糠灰差不多，有人烟气息。剩下的这只木箱，我要留着，存放的东西，在一年前，我就想好了——我的照片，我家人的照片，我的几本书。这算是给我小孩遗留的物产了。我没有其他东西留给小孩。我现在不会告诉小孩，但总有一天，我会告诉小孩：这个木箱的樟木是我祖父亲手植下的，樟树活了六十余年，成了屋舍的木料，拆了屋舍，木料锯出木板，打成了木箱，木箱里，有我一生所走的道路，有我一生的影迹，我十六岁离开枫林，最终回到了出发的地方。总有一天，我的小孩会打开这个木箱，看到这些发黄的影迹，会明白，作为人，我一生从来是善良勤勉的，作为人子，我对父亲母亲充满感情和敬意，作为父亲，我苛严慈爱。事实上，这也是我对我小孩的教导：不忘初心，方有始终。

第二辑：父土

米　语

对于枫林而言，所有的村道并不是通往外面的世界，而是通往大米。米是另一种庇佑人的庙宇，它聚合了光，也聚合了哀乐。它是我们肉身的全部。下种，翻耕，插秧，耘田，喷药，收割，翻晒，碾米，这是一条崎岖的路；吐芽，抽穗，灌浆，又是一条向上生长的路。我看到的人群，都是在这条路上往返，穿着盐渍漫散的衣裳，挑担粪桶，悬着沉默冷峭的脸。他们出发的时候还是风华少年，回来时已是迟暮老人。

"我爱自己的女人一样爱大米。"一次，下村的米馃叔叔在我家喝酒时，谈到了大米。他隔三岔五就和我祖父喝酒。他们是忘年交。我祖父说："我是爱自己的血液一样爱酒。没有酒，哪吃得上大米。"米馃叔叔以前是个老单身，不是他人愚钝，而是他游手好闲。他是个蹩脚的油漆匠，穿件白衬衫，光亮着皮鞋，头发抹点茶油，在村里晃来晃去，晃到吃饭时就来我家。我祖父对我说，快把荷叶勺拿来。荷叶勺是个长柄的竹兜，伸进酒缸，提一勺，刚好一碗。一人一勺，两人都醉醺醺。米馃叔叔一醉，话特别多，说他的相好，哪个哪个村的，唾沫四溅。他一走，我母亲就把菜倒了。母亲说，老单身谈女人就像讨饭的人吃红烧肉下饭。在我外出读书的那年夏天，米馃叔叔的弟弟在耕田时，癫痫病发作，死于窒息。他弟媳妇连丈夫下葬的钱也没有，扔下三个小孩，逃走了。米馃叔叔找了六天，才在一个远房亲戚家找到。

弟媳妇成了他的女人。米馃叔叔像一头耕牛一样干活。他的头发和胡须，从油黑变成了苞谷须的颜色。每年年夜饭过后，他会来我家，他是躲债的。他是个乐观的人，说，等华华有出息了，问题就不大了。华华是他的侄子，还在读初二。华华三兄妹成绩出奇地好。米馃叔叔说，就是做死了，也要培养他们读大学。在我到市里工作的第二年，快过年的时候，米馃叔叔找到我，说："你给想想办法，我年都过不下去。明年开春，华华的学费还没着落。"他穿一件破片一样的棉袄，黑黑的棉絮油油地翻露出来。我说，我给乡政府说说，叫民政支持吧。我领着他到饭馆吃饭。他脚上的解放鞋湿湿的，因为冷而佝偻着身子。他的脸像悬崖，孤绝，贫瘠，刚硬。他把四个菜全吃完了，菜汤倒进碗里，脖子一仰，一口喝了。他说，他已经好多年没吃过这么有油的菜了，只是饭软了些。他要吃那种硬硬的饭。他是个爱说笑的人，他说："我问你，是钱好，还是米好。"我傻傻地笑了起来。他又自言自语地说，米好，米好，有米，人就不会死。米馃叔叔养了一头牛，他靠耕田养家。到了忙季，他晚上还耕田。他老婆在前面打着火把，他在后面扶犁赶牛。耕一亩田，二十块钱。前几天，我母亲对我说，米馃叔叔在今年四月死了。我很惊诧。我母亲说，米馃和易冬一起去坪坞耕田，易冬在上丘，米馃在下丘，边耕边聊，聊聊，下丘没了声音，易冬回头一看，米馃伏倒在田里，易冬慌忙去扶他，他的身子都硬了，满脸泥浆，手里紧紧拽着牛绳。我母亲说，米馃是做累死的，他吃一碗饭，真不容易，一个女人的两个丈夫，死法一样，是命。米养人，更伤人。

米，是那样的美好而惨烈。它向上生长的路蜿蜒绵绵。我目睹过它一个一个脚印地行走。米是父性的，血性澎湃。枫林的每一个秋天，在向上生长的路上，米的行走恍若苦役。

黑夜盛大，从大地上升起，又降落。秋天，月亮长满苔藓。在野草馥郁的村郊，一支枯死的蓖麻把黑夜举过头顶。盈盈的月光打在脸上又痛又寒。颀长的稻叶弯曲，悬一滴露水。饶北河在起伏，秋风向两岸铺展。父亲，二哥和我，匆匆用过晚饭，一闪一闪地弯过村郊，来到自家的田里。初秋干旱，饶北河的水并不能解决两岸的旱情。尤其我家在高处的水田，都要靠水车灌溉。

蛰伏在渠里，是一架疲惫的水车，仿佛劳累过度的耕牛瘫在水里休息。旷野冷寂，四周的远处有忽明忽暗的荒火。水车是杉木制的，龙头横一杆膀粗的圆木作扶手，底座是转轴，中间楔一个筛大的轴轮，两边安上棕兜挖的踏脚，龙骨呈半封闭，长约二十米，宽、高约半米，叶片因为轴轮的拉力，把低处的水经龙骨带往高处的田野。

父亲和二哥，一左一右，双手把着圆木扶手，肩上耸立圆月。他们细声地谈论水旱与收成，脚在踏脚上飞快地跳动，水哗哗地往田里吐，木链咿咿呀呀。我则守一条二华里长的水路，把塘里的水引进渠里。他们就像两只鸟，贴着大地飞翔，翅膀振动的声音在黑夜这只巨大的琴箱里逡巡，久久不息。月亮是一副行囊，挂在我们的肩上。黑夜是大地隐晦的部分，被劳作的人见识。

有时，我也会顶替他们中的一个。常常是父亲主动离岗，他摸索着，爬下龙头，双脚不停地抖擞，慢慢地挨低身子，在路边生一堆火。火堆边的父亲，清瘦的脸映衬着黑夜的倒影，村庄不远，阡陌纵横像一张大地的网。

那是一架老旧的水车，扶手光洁油亮，它不知浇灌了多少水田，也不知消耗了生命中的多少长夜。我尚年幼，很快就气喘吁吁，大汗淋漓，体力不支。而二哥已经靠在扶手上鼾睡，脚仍然有节奏地一高一低地踩踏。父亲头发稀疏，披一件秋衫，搓着干瘪瘦硬的手。仿佛他只有沉默，才能呼应旷野无边无际的冷寂，和冗长的黑夜。火堆边的脸却被放大，成为生命惠存的轮廓。我突然热泪盈眶。我想起父亲焦灼地在粮站门口排队，把刚收仓的稻谷卖掉，送我到县城上学。

脚下的水车转动一条绵绵羊肠村路，祖祖辈辈，厚实的脚在一根轴轮上周而复始，无穷无尽。他们隐身在大地，被黑夜暂时收藏。旷野，饶北河，我看见稻子在生长。

一架水车把苍老的身子佝偻在渠里，深深地佝偻在命运之中。田里的水满了，天也亮了。旷野只有灰烬的余温在萦绕，一块黏结的牛粪在冒烟。昨夜的一切仿佛未曾发生，仿佛只是稻子扬花时几声轻轻的喘息。

我们所谓的源头，其实就是米。米仿佛是一条亘古的河流，呼啸而来，寂灭而去。二零零四年九月下旬，万年县举行国际稻作文化节，我去了万年仙人洞和吊桶环遗址。仙人洞是个石灰岩溶洞，呈半月形，可容纳一千多人。吊桶环位于溶洞南侧山头上，形似吊桶，是原始人的屠宰场。一九九五年，中美联合考古队发现了打制和磨制的石器、骨器，以及人类最早的陶器，记事符号的骨标，更令人惊奇的是，出土了大量的栽培稻化石，距今已有一万四千年，是迄今为止地球上发现最古老的稻作遗址。稻化石把万年前的人类原生态呈现在我们面前，让我们手足无措。在这条时间的铁链上，米紧紧地把我们黏结在一起。

很难用一个词去形容米，它在人类的演变史上，扮演了怎样的角色。它一粒一粒地繁衍，一季一季地生长，一餐一餐地喂养。是米书写了人，是米还原了历史。历史上，所有的农民起义，不仅仅是为了政权，更是为了米。谁掌控了米，谁就掌控了命脉。米等同于话语权。米就是生命中最高的帝王。我们血管里流淌的是什么？说是血液，倒不如说是米浆。或者说，血液就是米浆。

而我们对米的描述，是那样的唯美。"稻花香里说丰年，听取蛙声一片"，八百年前，南宋爱国词人辛弃疾骑着高头大马，夜行在上饶县的黄沙道上，当他跨过溪桥，看见茅店村鹧鸪鸟一样安卧在稻花环抱的田野中央，他脱口而出。一个纵情于酒肆的人，他看不到埋在泥浆中的脸，看不到磨圆开裂的手指。辛弃疾也不例外。米包裹着旷古的黑，无穷无际。它就是稻田深处的背影，瞬间被雨水淹没。而在我们的眼中，它是洁白的替代词。是的，米，一个闺房（谷壳的一个象征）里的女人，圆润，丰满，在蒸汽的沐浴中脱胎换骨，成为至上的美人；米，一个子宫（谷壳的另一个象征）里的胚胎，它的发育使人疼痛，也使人幸福。

从小到大，我的胃口特别好，按我母亲的说法，是我童年时期红薯吃得多。母亲说，胃肠像下水道，不断地通，才会不阻塞。那时经常断粮，红薯成了主粮，红薯切成粒状，晒干，蒸饭时拌一些，通常是一半米一半红薯粒。我大姐端一碗饭，坐到门槛上吃，把红薯粒捡出来，喂鸡。我祖母看见了，就用筷子打她，边打边骂，说，红薯又不是老鼠药。大姐打开饭甑，看见红薯就哭，蹲在地上，抱着头。我吃饭，觉得特别香，慢慢嚼，有甜味。人生在世，没有比吃饭更幸福的事，也没有比吃不下饭更痛苦的事。一个人，对米饭的态度，可以说是对生活的态度。一个厌食的人，唾弃米饭的人，我会说他（她）是一个了无生趣的人。

我对米最完整的版本记忆,源于一个水碓房。水碓房位于村后的涧溪边,低矮,窗户阔亮。涧水引到蓄水槽,闸门一放,水哗哗哗地泻到轱辘上。轱辘有三米高,是厚实的松木制的,转动起来,会有咿咿呀呀的响声,像一支古老的歌谣。轱辘的轮叶,呼哒呼哒地打在舂米的吊头上。舂槽是花岗岩挖出的凹穴,而吊头是圆而粗的杉木柱,米倒在凹穴里,吊头很有节奏地舂下来,一下一下。枫林人说,舂米就像媾和。吊头有四个,不用的时候,各用麻绳吊在梁上,像一群马,整装待发。水碓房到处是糠灰,还悬着透明的蜘蛛网,麻雀扑棱棱地飞来飞去,嘻嘻地叫,犹如一群偷吃的孩子。晒透了的谷,倒进凹穴,慢慢地碎,再倒到风车里,吹,一箩是米,一箩是糠。守房的,是一个老头,有六十多岁,个子高高大大,常年吃斋,脸色是米瓜的那种蜡黄。他像个禅房的老僧,头秃光了毛,手里拿着芦苇扫把,一遍一遍地扫地上的糠灰。舂一担米,给他一升。他是个孤寡的人,我也不知道他老婆死于哪一年。他有一个儿子,叫春发,还没结婚就死了。春发和一个叫幼林的人打赌,他说他能吃三升米的糯米粿,幼林不信,幼林说,你吃得下,我出三升糯米,再出三升,给你带回家。打赌的那天晚上,幼林家围满了人。打粿的人趁人不在,吃了两个,有人碰见,说,烂是烂了,好糯米,就是糖少了些。春发吃完了糯米粿,被人抬着回家,那天晚上就死了。村里人说,春发好福气,是撑死的,来世不会做饿汉。后来村里通了电,机器取代了水碓,春发的父亲到山庙里做了烧锅僧。水碓房推了,垦出两分田。我年少时,经常去水碓房玩,把牛放到山上,就帮老头种菜。不是我多么乐于敬老,而是老头会炒一碗饭,给我当点心。坐在菜地的矮墙上,稀里哗啦,一碗饭没了,我把他的菜汤也喝完。他有时会摸摸我的头,不说话。我觉得他像饭一样慈爱。

村里有一个杀猪佬,一年到头杀不了几头猪,不是他技术差或品德有问题,而是能吃得上肉的人没几户,要吃,就从盐缸里切一块咸肉,炖炖菜。杀猪佬矮矮瘦瘦,爱喝酒,一喝酒就流鼻涕,一副想哭的样子。他老婆也矮,挑粪箕拖着地。她有一群儿女,两年一个。杀猪佬又做不来农事,更干不了重活,吃米饭也成了问题。有一天晚上,在杀猪佬的柴垛里,一个赌博回家的人,捉到一对男女光着身子野合。男的是一个癞痢头,老单身,女的是杀猪佬的老婆。第二天,村里都流传了这个事。事情就是这样,坛子里的烟雾一旦打开,便散得到处都是。这个干辣椒一样的女人,只要有男人找她,她都要,在菜地,在岩石洞,在油茶树下,在河埠。杀猪佬打了她几次,用刀柄抽。抽也没用。她裸露着脊背上的伤口,坐在门槛上,给路过的人看。同情的人,用猪油给她搽搽,她会抱住别人,说:"我又不是天生淫荡的女人,我又没犯法,为什么要这样打我。我和男人相好一次,就收一斗米。我没办法,孩子饿不住啊。"他就不再打了,当着什么也没发生。他喝醉了,逢人就说:"我的矮 × 是个粮仓。"

很多时候,我是这样理解的,一个热爱大米的人,必然是一个感恩生活的人。我回枫林老家,一年难得几次,母亲忙这忙那地为我烧一桌子的好菜。我过意不去,我对母亲说,我回家就是想吃饭甑蒸的饭。我说的也是实话。我想象不出还有比这个更好吃的东西。饭甑是杉木板箍的,上大下小,圆圆地往下收缩,打开盖子,蒸汽腾腾地往上翻涌。饭香袅袅,滚滚而来。米完全蒸开,雪一样白,相恩相爱的兄弟一样紧紧地环抱在一起。仿佛它们曾经受了无穷的苦难,如今要好好地享受血肉恩情。这样的记忆也相随我一生——母亲把一天吃的米,倒在一个竹箕里,放进清水,使劲地晃动,米灰慢慢地在水中漾开,米白白的,圆润,晶晶亮亮。锅里的水已经沸沸地冒泡,蒸汽一圈一圈地缠绕在房梁上。母亲把洗好的米倾进锅里,盖上盖子,旺旺的木材火熊熊地煮。锅里的清水变白,变稀,变浓,胶一样,母亲把米捞上来,晾在竹箕上,到了中午,用饭甑蒸,成了生香的米饭。剩下的羹水切两个大红薯下去,煮烂,我们吃得稀里哗啦。

米饭不软不硬,酥酥绵绵,细细嚼,有淡淡的甜味,不用菜也可以吃上三大碗。小时候,我最大的梦想就是建一个大谷仓,里面堆满了稻谷,怎么吃也吃不完。然而,美好的生活似乎并不需要谷仓。我现在的家里,一个二十斤的铁皮米桶,可以应付一个月。没有米,打一个电话给楼下的超市,他五分钟就送到。

不知道是否可以这样说,一个没有看见米生长的人,是没有家园意识的。一个有家园意识的人,当他再也看不见米的生长,他的内心是恐慌的。

现在,无论城市还是乡村,生活都变好了,米成了贱货,一百斤米换不到半只鞋,讨饭的人也不要米,嫌背在身上重。人种田是受苦,米出来了又遭罪。有些减肥的女人,不吃饭,只吃水果,或药丸。我爱人的一个同学,差不多有一年没有吃米饭啦。她有些胖,怕有钱的老公嫌弃她,她只吃水果,她觉得米是她不可原谅的敌人。她嫌弃米,米成了原罪。

米假如有人一样的心脏,必然是一颗痛苦的心脏。它有两种颜色的肌肤,一种是红色,一种是黑色。红的是热血,黑的是伤病。然而,米呈现给我们的,是珍珠一样的皎洁,让我们忍不住伸出双手,捧着它,久久不放。

烈焰的遗迹

后山的油茶花翻着跟斗抱来成捆成捆的香气。屋脊是灰白的，瓦垄是暗红的，雨水披散，沿屋檐而下，形成幕帘。在关于故土、家园的若干词条中，我对"屋檐"几乎是入迷的。它既是家的组成部分，也是外延部分。"屋"给人笼罩、封闭、躲藏的感觉，而"屋檐"透露出关怀、怜悯、眺望、等待的暖意。我对"瓦"还心存膜拜。它是坚硬、易碎、高蹈、遮蔽、安泰的隐喻体，也是人的象征体。瓦是拱形的（对古人居住的洞穴的模仿），均衡的（对自然的感应），对称的（确定地理的方向性），烧制的（对死亡的最高赞美），它有细腻的指纹和尚未褪去的体温（生命和炊烟的美学）。我不知道是否有"瓦史"这样的书，至少我没读过。"瓦史"存在了几千年，可能它寂寞地等待我们对它的书写，它的光辉比火耀眼。

在我家的右边，有一块空阔的场地。差不多在雨季后的五月，场地上摆满了圆柱形的瓦桶，垄上一码一码地叠着灰白的瓦坯，矮墙上是茅草编的雨席。通禾伯伯腰扎一条蓝色的大围裙，在矮房里做瓦。

他是有名的瓦师，瘦瘦高高，用弓状的丝刀，切下泥片，双手托平，黏贴在瓦钵上，像给小孩穿衣服，再用左手快速转动瓦钵，右手细致地抚搓泥片，在旋转中泥片变得光滑，结实，向上收缩，就成了瓦桶。午后的阵雨不期而至，我们掀起雨席把瓦场盖得严严实实。一般瓦桶要暴晒七天，泥白色了，瓦桶倚在下膝，手轻拍纹线，裂开，成坯。

瓦场在某种意义上，是我童年的瞭望台。后山是阴森的坟地，山尖的岩石反射闪闪的阳光，形成光瀑，湍急而下，油茶树遍野，岩鹰盘旋，带来季节的消息和死者的音讯。周边的炊烟往上涌，与泡桐香椿缠绕在一起。对面的灵山，壁立，连绵，给人压迫。瓦房低矮，四边的门是通风口。我们用稚嫩的脚踩瓦泥，黏乎乎的，捏狗，捏猫，捏兔，捏小汽车。我们对瓦房的阴凉有着似乎病态的迷恋。码起的瓦坯纵横，它的线条绷直，柔软，有臆想中的弹性。通禾伯伯的老婆，是一个患肺病的人，佝着身子，脸长而窄，像两把挂刀。我们听到她咳咳咳的声音，就围向门口。她端个饭箕，说："吃点心喽。"那时短粮，点心是一些烙薯、生地瓜、枣、煮土豆。大概在我读小学那年，她死于肺病。她阴暗窄小的家里，挤满了人，哭声从房间里奔涌而出，犹如放闸的洪水。前五年，通禾伯伯拖着残弱的身体，寂寞而去，他的两个儿子在外打工，只有扶棺痛哭。那片瓦房破败不堪。

他的大儿子三佗在三十一岁那年，妻子毫无征兆地暴死，拉扯两个子女长大。他的小儿子光春娶了个豁嘴的女人，在公路边盖了半边楼房。他毗邻瓦房的家成了老鼠的乐园，本来就阴暗的房子常年弥散腐败的霉味，毫无声息。我已经找不到我童年的踪迹。每次回老家，我都会去看看，无由地伤感。白蚁蛀空的柱子，悬着尘埃的蛛丝，二十年前烙薯的小柴灶仍然流淌着冷却的温暖，漏雨的瓦缝，我似乎看见两个小孩，一个是我一个是光春，在玩蚂蚁啃蜻蜓。扭断了翅膀的蜻蜓，一蹦一跳，扑闪着断翅，蚁群团团转地围咬着。最终蜻蜓像棺材一样，被蚁群抬着，没入洞穴。苍凉的时光映照，把我鞭伤。

进我家的路口，还有一个瓦场。场主是徐枸杓，敦实偏矮，眼白很多，还有眼翳，说话有满嘴的白沫。他生了十一个子女，夭折了七个。他小儿小名十一，大我五岁，和我同年进小学。教室少一张课桌，十一每天猫着腰背小饭桌去上学。一学年没结束，就到瓦场做了最小的瓦师。十一养了两只八哥。它们在茅棚，泥堆，凉衣竿，手掌，跳来跳去。它们会说"上学啦上学啦"，还会说"吃饭啦吃饭啦"。

徐枸杓做不来瓦，负责秤柴，记工，来往账目。他的算盘拨弄得哗哗响，数方圆十里一二的人物。他吃泥鳅，整条进去，整骨出来。瓦场办了近二十年，被机械瓦场消灭。十一在三十岁那年，什么活也不干——他坐在村口的断墙上，对过往的熟人说："哪里有合适的女人，介绍给我。"他的脸像磨钝的刀，粗糙，包裹着深寒。后来，他家花了三千块钱，从千里外的贵州买了个走路会掉裤子的女人。她是我村里的第十三个贵州女人。她们和另外三个说外地话的不知哪个地方来的女人，成了老单身在荒野偷窥的对象。

现在徐枸杓差不多有八十岁了，住在从前的瓦窑里，已经好多年，没人看见他出来走走，包括他的儿子——三个儿子躲瘟疫一样躲他。他要晒太阳，就用竹竿捅开窑窗。瓦窑长了两丛茂盛的芦苇，像小女孩头上的羊角辫。他老婆是我见过的最瘦的人。我没办法去形容这种瘦，像晒干的葫芦瓢？像枯死的蓖麻杆？像谷壳？记得我小时候，吃完午饭，坐在门槛玩，看见他老婆挑担空粪桶回家，桶里放了南瓜，薯藤，天萝，路上拾捡的柴枝。我问："回家烧饭啦？"她回："他们的肚子等不及啦。"她每天做的事是：浆洗一家人的衣服，磨两锅豆渣喂母猪，种菜蔬，洗菜烧饭，看守田水，请瓦场的帮工。她的老十说："我妈是根田七。"一辈子劳累了几辈子活的人,居然好端端地活着,年老了,脸上反而生了柚皮般的肉。童年时,徐枸杞巴掌大的厅堂,是我们看"说书"的地方,我们在饶北河游泳回来,就聚在他饭桌边。他说他老九在部队当志愿兵,怎么怎么。他的经典台词是"老九很快要转商品粮啦"。他说故事声情并茂,流长长的口水,还时不时空出间隙骂他老婆:"晚上的米在哪儿都不知,你还不去借?听我讲古就会饱么?"我们一哄而笑。他又骂几句。"你的石头×","你的南瓜×"。他恶毒的幽默的话,充满想象力,背书一样流利。

瓦窑一般在村口的荒地上,腰部埋在坡里,远远看上去,与坟墓没什么差别。窑门(像墓碑,让我想起"浴火而生"这个词)内凹,拱形,上下各一个口子,仿佛怪兽。也有垄窑,埋在斜坡,像僵死的蟒蛇。冬天,我们经常从天窗爬下去玩。它是浑圆的(天空的形状,也像屋顶),血红色,散发家园的(温暖的炭灰,尚未熄灭的鼻息)味道,悬浮的尘埃(给人在路上奔徙的痛感)让我们不停地咳嗽。瓦窑是人从洞穴迁往旷野的第一个母体。

垄窑的师傅必是温和的人,去却了燥热,浮华。枫林有六个窑,或小如坟茔,或大如庄园,或卧龙,或骷髅。它们出自一个我叫炎哥的邻居之手。十八年前,他母亲死于高血压。他举办了隆重的法事。那天的哀伤丧调改变了他此后的路。丧调成了他的生活旋律。他成了乡村唢呐手,热衷于他者的生老病死,婚嫁歌哭。

"死是容易的,而活下去更需要勇气。"他的老婆焦虑地对我说,"我已经很多年没好好睡觉啦。我好几次想死,可怎么能去死呢?"一个相邻十五年的人,我发现我还叫不来她的名字(这样的陌生让我羞耻,完全可以说是对乡村的漠视)。她的屋角与我家像一对牛角,我妈咳嗽,她就能听出我妈肺热病又犯了。她的脸有些浮肿,头发从中间往两边白,微褐,再黑,梳洗整洁。她老人一样喋喋不休。我安慰了几句,就准备回家吃饭,可她仍没有离开的意思,反而抓住我的手,说:"我到了晚上,蟑螂一样在屋里窜来窜去。你知道么?我养成了自己对自己说话的习惯。我成了另外一个人。那个人是阴冷的。你说奇怪么?你知道的,我患有健忘症,差不多有十年了,手里捏着锁匙却到处乱找。可到了晚上,我什么都记得清清楚楚。"我转身离去的时候,她还自语:"这样下去怎么办呢?"

  其实她只有五十来岁,她大女儿是我小学同学,叫秀英。秀英是被她收养的。秀英的生母坐满月子服毒自杀而死,生父是基层领导,和早有私情的民办老师结婚。她视如己出。炎哥大部分的时光在药品说明书中度过,偶尔扛一把锄头去挖车前子、金钱草、麦冬、百合根、金尾狗脊子。有时候,他还要在夜幕降临时,到荒芜的田地去找人——他老婆拎个菜篮出去,不知上哪儿了,幼儿一样找不到回家的路。"走了几十年的路,怎么会忘了呢?"他边找边嘀咕。寻找和失踪交织成一张蛛丝密闭的网。这个乡村唢呐手,他老婆得了怪病后,他再也不去田里了——他放弃了对烈日虫害于旱的搏斗,他说,明天在哪儿活都不知道,管这些干什么。他像个干硬的馒头,被热水一泡,肿胀了起来,他胖得脸圆。他成了某种意义上的享乐主义者,他靠走村串户吹唢呐维持生计,前胸挂个大鼓,后背布囊装把二胡,一边走路一边吹唢呐。在喜宴上,还客串悲喜交集的男高音。他唱歌的时候,微微地闭上眼睛,双手间或"哐"一下钹,头摇得像拨浪鼓,脖子会爬出两条蜈蚣一样的青筋,以加速感情的奔流。他翘一支烟,嘴角淌亮亮的油,牙缝塞着青菜筋。他的窗台上堆满了"柏子养生丸""六味地黄丸""上清清宫丸"之类的小药罐。屋檐下是一些黑药渣,零乱,霉烂,杂碎,暗伤,像丧失意趣的生活;孤零零地散在角落里,又像一个被抛弃的人。

上初中那几年,我经常晚上用石头砸他的瓦片——他和他的子女们组成演唱队,咿咿呀呀地练歌,吭吭哐哐地练铜乐器,吵得我没法温习功课。他家前厅围满了爱热闹的人,通常妇女的怀里抱个幼儿,男子吸着劣质烟,小孩拽着大人的衣角踮起脚尖,他们时而发笑时而评评点点。听哭起来的是老人,乐队哭丧的调子,腐蚀剂一样侵入,让老人想起后山的墓地,想起多年前消失的某些重要部分。烟尘,加深的夜气,锉刀一样的男高音,让夜晚布满梦境的伤痕和尖厉的喧哗。现在,他的屋子到处是疾病的留迹,像冬天的河床,凄清,冷涩,怆然。让我想起无人过往的驿站。他老婆问我:"以后我的坟墓有瓦窑那么大就好了。"

在枫林,炎哥老婆的病是个谜。但我们终究没有执着于谜底。它成了我们习以为常的部分。

是瓦窑把人类带进了农业文明。历史书上说,蒸汽机把我们推向工业时代,而我固执地认为,是水泥消灭了我们的庄园,楼房像叠起的火柴盒,水泥路是我们永远无法愈合的伤疤。我仇恨水泥。瓦在消失,窑成了废墟,作为村庄的胎记和摇篮,我们失却了。我们无法寻找歌谣扩散的地方,无法寻找那条出生的河流,虽然它有着哀与痛,血与泪。

生活会对远去的尚没消失的符号,进行篡改,让人觉得平静的生活隐藏着无形的暴力,它面目慈善,内心却充满憎恨。一座村庄,是浮出来的岛屿,也是生活的躯体,可以这样说,我在枫林看见的咆哮的油菜花,渐渐暗下去的天色,倒塌的房舍,断流的饶北河,都成了表象。或者说,那是时间的斑纹,是死去的某种呈现,也是让我们甘于陷入的泥淖。

一座村庄是大地的坐标,是天空的钟摆。它有着静止的优美的弧线,纷乱的掩埋的回音。它以沉默代表诉说,以从容完成坚贞。它包裹着旷古的过去，也预示着茫然的未知。让我确信，这一切都是亘古不变的往复。

在一个面目全非的村庄面前，我们成了一群不知所终的人。来去皆茫茫。

感谢晚餐

能够吃上晚餐的人,是幸福的。晚餐之后,还可以静静安睡,做恬美的梦,即使没有梦,也有小小的期待,新的一天被一缕白皙的光送进眼睑。我很少把应酬安排在晚餐,试想想,这么有限的烛火时光在家之外的场所度过,是一件多么浪费的事情。

南方人一般把晚餐看得不是很重要,简单应付自己的肠胃,把中午的剩菜回锅,热热,吃得潦潦草草。我或许是个特例。相对于午餐,我显得有些"隆重"。我是这样想的,中午是白昼的一个中间驿馆,赶路停顿下来,稍息片刻,又要勒紧缰绳,继续在尘土飞扬中奔波,哪有好的情绪去享用美食呢?而黄昏时分多么打动人心,夜色低垂,华灯初上,四周静谧,一家老小聚在厅里,说说笑笑。美食也需良辰。一般情况下,我都是自己下厨,烧两荤两素一汤。每餐,我女儿都吃得有滋有味。她吃饭是一个特别认真的人,不需要大人催促。要么是黄鱼或鳜鱼,要么是排骨,这是每个晚餐必备的主菜之一。我的原则是菜丰,少食,味淡。女儿最爱这两样。她把骨刺堆在桌上,满手都是油,翘着嘴巴说:"爸爸,我吃饱了。"女儿吃饱了,再好吃的东西都不再吃。

  我在外面吃到好吃的菜,也会在家里复制。去年十一月,我和周劲松、徐永俊、戴川等人去福建浦城,回来的路上,戴川说,在盘亭吃晚饭吧,有野味吃。盘亭是浦城乡间小镇,有曲流绕镇而过。其间,正黄昏的雾霭弥漫,田间菜蔬葱郁。小镇已掌起小灯。酒馆在一家民房里,我一脚踏进厨房,我的胃液就开始翻涌。厨房堆着干裂的木柴,大饭甑在锅里冒着腾腾热气,米饭的香味扑通扑通地扑打鼻孔。伙计蹲在地上给小炉添加木炭。老板娘三十多岁,穿一双保暖棉鞋,人干瘪,瓜子壳一样。老板娘说,火炉焖出来的肉有木炭香,城里人可吃不到。半小时后,桌上摆满了火炉,炭火旺旺的。火炉上,是麂肉、山羊肉、野猪肉。麂肉炖得鲜美,柔滑,以山药(木薯)作汤料,很合我口味(2014年之后,我拒绝享用任何地栖野生动物)。有一次,我表哥水银送来麂肉,说,村里有人套子捕的,给我尝尝鲜。我喜出望外。我中午郑重其事地对女儿说:"爸爸晚上要烧一个你从没吃过的菜。"女儿八岁,眼巴巴地望着我,说,什么菜呀,是不是清蒸口条。我说,等你晚上吃的时候就知道了。午休时,把麂子的腿骨剔出来,用热水焯一下,倒进高压锅,用啤酒(可当水,可去腥臊)、姜,把骨头压透,留着晚上做汤。下了班,我急匆匆地赶回家,把麂肉切成小丝条,芡粉酱油腌制,把山药切片剁碎。油锅烧热,把碎山药爆熟,再把骨头汤倾进锅里,直至汤油翻滚,把麂肉一小撮一小撮地撒进汤里,最后点几片香葱。那天,我小舅子和他女朋友在我家吃饭。他女朋友喝了两碗,饭也不吃,说,从没吃过这么好吃的汤。我小舅子也说,麂子肉小炒和红烧,都是浪费啊。

  当然,温暖美好的生活可能并不需要丰盛的美味佳肴,在对家的依恋和记取里，味觉只是浅层次的感知。我在十五岁之前，对晚餐的关键词是：萝卜、白菜、稀饭、芋头。

在我大哥二十五岁那年，大哥托邻居到车边村说一门亲事。大哥是个拖拉机手，和车边的姑娘已经谈了一年多的恋爱，该是瓜熟蒂落的时候。姑娘的父母回话说，旭炎（我大哥）家人太多，没饱饭吃，女儿去了傅家会吃苦。姑娘倒是铁了心，软磨硬泡了三年，才进了傅家，成了我大嫂。那年我十一岁，大嫂成了我家第十四张嘴巴。现在我大嫂已经五十多岁，做了奶奶和外婆，和我母亲关系也不融洽。我母亲经常和我唠叨，说大嫂气度小。但我始终对大嫂恭敬有加，我感念大嫂当年鼓着多大的勇气，跨进傅家破烂的门槛。

在枫林，我母亲不算生育最多的人，尽管生了五男四女，我对门的光罗生了七男三女，路口的国标生了五男六女，但我母亲的子女都健康成长，而光罗和国标的子女都夭折过半。我父亲是大队会计，所有的农活都压在祖父一个人身上。日常的吃食，也是可想而知的。晚餐一般是萝卜饭或白菜饭或芋头饭，大人一桌，小孩一桌，围在厅堂里吃。我母亲有一双巧手，把萝卜白菜芋头焖出各色各样的饭，让我们口舌生香。厅堂上，点着一盏暗黄的煤油灯，晃动的灯光扑闪在脸上。桌上只有剁椒、霉豆腐、豆瓣酱之类的咸菜。我从来没有淡忘过这样的情景。我母亲在门前的水池里洗萝卜，冬天的水面浮着缕缕白汽，她枯瘦的手指在水中变红变粗，她时不时地站起身子，捶几下腰，又蹲下，她的嘴唇干焦，身子略显佝偻。母亲把洗净的萝卜去皮，切成丝，热锅干炒去萝卜味，和半熟的米湿炒，加水焖。水蒸气在灶台上萦绕，木柴在灶膛吐出红红的舌苔。我和弟弟妹妹围在灶台边，手捂在青石的台面上，木柴的热气闯过青石，由掌心传入心里。水蒸气笼罩着母亲的脸，半是虚拟半是慈蔼。

初冬季节，大地蒙霜。油榨坊里自是热闹非常，灯火通明，茶油的香气绕梁三匝。祖父是个榨手。油茶饼码在榨槽里,开口处用活塞锲死。梁上吊着一根原木,祖父赤脚赤膊,用手拉原木,撞在活塞上。活塞挤压油茶饼,茶油顺着槽口滴到油桶里。这是高消耗的体力活,一般的劳力做不了两天,而祖父要做一个冬季,报酬是每天两斤茶油。油榨坊离我家不到一华里,而祖父吃住都在坊里,以防外人偷油。我们都争着给祖父送饭。母亲每个晚上,都给祖父备了一大钵蛋炒饭和一大碗热米汤。母亲通常让我送。祖父坐在焙炕上吃饭,我坐在祖父身边。他吃几口,看我一眼,把饭里的蛋挑出来,送进我嘴里,到最后,留下小半碗给我吃。他说:"你妈饭炒得多了,吃不完,小孩子蹦蹦跳跳饿得快。"他端起大碗,仰起脖子,一口气把米汤喝了,然后用手摸摸我的头,点起旱烟抽起来。如今,祖父已仙逝多年,而那样简单温暖的晚餐依存在我心里,我的头上仿佛仍有祖父粗粝手掌的余温。他的温度丝丝缕缕,化入我的血液。

"最后的晚餐"。我觉得这是世界上最残忍的词汇。可以想见,这个词汇的外延是殉道、临刑、赴义。在意大利米兰圣玛利亚德尔格契修道院饭厅的墙壁上,有一幅名画,取名《最后的晚餐》,作者是光耀宇宙的达·芬奇。这是世界美术宝库里的巅峰之作。作品取材于圣经故事:耶稣预知自己被叛徒出卖,在受难之前与其十二门徒一起庆祝逾越节的晚餐,他说"你们中有一个人要出卖我"。画面所描绘的正是耶稣说出这句话后引起门徒们骤然震动的场面。画面以耶稣为中心,十二门徒有规律地每三人分为一组,分列在耶稣两旁,最左边是巴塞洛缪、小詹姆士和安德鲁,接下来是犹大、彼得和约翰,右边是托马斯、老詹姆士和菲利普,最右边是西蒙、达太和马太。他们有的惊奇地站起来,有的在沉思,有的愤怒地握着切面包的刀子,有的向耶稣询问,有的相互议论……而叛徒犹大手捂钱袋,侧着身,显出异常的惊恐。

殉道、临刑、赴义，这都是一些胸怀主义或教义的人最后告别。对于苟活者，"最后的晚餐"同样悲凉。二零零九年初秋，枫林的邻居姜氏，是个拐子，杀了一头猪，卖了一千三百元。屠夫把肉拉走，拐子在门槛上点钱。拐子的老婆是个弱智，烧锅煮饭，准备晚餐。猪肝细肠洗好，和一块排刀肉挂在竹杈上。拐子六十多岁，脸上洋溢着笑容。他的大儿子光荣骑一辆破摩托回家。光荣在市区开摩的，但营生不好，自己的胃都填不满，更别说养小孩了，三天两天回到拐子这里要钱。光荣看见父亲在点钱，哀求父亲给八百块。拐子说，哪有剩余的钱啊，外面还欠着诊所和货店化肥的钱，全还上还差一些呢。光荣说，你今天不给我就砸这个破房子。拐子一看儿子的气势，知道他寻事滋事。拐子把茶木拐杖捏在手上，说："你结婚四年没给过我一分钱，吃的米是我种的，摩托车也是我买的，你还要我做死了你才甘心。"光荣乒乒乓乓，从橱柜里摸出碗，摔在地上。光荣的妈妈拉着儿子的手，说，晚上有肉吃，不要吵架了，饭面上蒸了米粉肉，快熟了。拐子一拐杖过去，打在儿子的大腿上。光荣把妈妈一推，他妈妈重重地倒在地上。光荣拿起柴刀，把木头大门劈开，说，你不给钱，我以后不要这个家啦。"看样子，你今天就是要我死你才舒服。"拐子边说边走到窗台，拿起半瓶敌敌畏，扬起手，说："你想我死，我死给你看。"光荣说，你把敌敌畏当雪碧喝，你敢喝我敢看。拐子吹啤酒一样，一口把敌敌畏喝干。光荣靠在门框上，一言不发。拐子倒在橱柜下，说，你舒服吧。光荣看着自己的父亲脸色转紫转黑，口角淌白色的唾液。拐子的身子在地上扭动，用手抓地。光荣的妈妈爬起来，哭着说，救救拐子。光荣从拐子口袋里，搜出八百块钱，逃犯一样从家里跑出，鬼影一样无影无踪。邻居赶来，把拐子抱上平板车，在送往诊所的半路上，拐子已经没了气息。

在有限的恋爱经历中,我从没有过烛光晚餐。都说烛光晚餐是恋人之间最浪漫的情事,在温馨的空间里,盏中的葡萄酒和夜色一样酡红,玻璃杯上印着女子樱桃般的唇印,殷红,斑驳。烛光多姿,恋人之间款款耳语,情话似窗前的河流,绵绵。即使沉默,男子深情地看着对面桃花色的脸颊,自是一番沉醉。可惜我已没机会"补课"。

在我看来,酒馆里进行的晚餐更适合离别,而非相聚。"明天你就要走了,今晚为你饯行。"这是我们通常说的一句话。这样的晚餐是每个人都有的。而离别有时是一种永远的告别,只是身处其中茫然不知。一九九七年初春,我和梅在南门口的一家酒馆里吃饭。这是我们新年的第一次相聚。我是酒馆的常年顾客,我把它当作自己的食堂。老板见我带着女孩子,更是客气,烧了半只鹅、排骨海带汤,还有两个炒菜。席间,梅说,今年就要毕业了,有留校的机会。她的声音很低,眼睛瞅着我。她在省城的一所干部学院进修,已经两年,一直是学院里的学生会主席,她是学院留校生的首选。我说,你自己的意思呢。她说,你怎么定我怎么做。我说,你回到乡下小镇教书没有多大前程,留在省城空间大,你素质高,有前途的。我们一直沉默地把饭吃完,但都没有离开酒馆的意思。我知道她等我的表态。我们认识七年了,恋爱了两年,我也供她上了两年的大学。我掏出四千块钱给梅,说,你留校需要到有关部门走动一下,尽量留校吧,我们的事情以后再谈,不要因为我而影响选择,选择恋人的机会很多,选择前途的机会很少。我们走出酒馆已是街空人稀。天上飘着零星细雨,我们都没有打伞。我拥着她的肩穿过街道,春寒扑面。我回到单身宿舍,整整睡了三天,不吃不喝。这是我们最后相对而坐的晚餐。她几次写信给我,要和我见面,我都拒绝。有一次她在我楼下,给我电话,要看看我,我把电话搁了。我趴在办公桌上,失声痛哭。是的,我是一个决绝的人,我不能给她任何希望。她留校手续办妥之后,给我来信,希望我调往省城,我信都没回。十多年了,我们再也没有见过面,彼此都有了自己的家业。但愿她过得比我想象中的更美好。

成家之后,我很少在外面用晚餐,尤其是小孩落地之后。小孩吃完饭,偷偷把我拉到边上,说,爸爸,我要看一集米奇妙妙屋,在电脑上看。小孩每天如此。我说,谁同意看的。小孩说,妈妈。我说妈妈同意爸爸不同意。小孩马上噘起小嘴,说,你不给我看米奇,我就不给你钱。小孩从口袋里摸出两个硬币。我只是逗逗而已。我说,离电脑远点看,只能看一集。小孩兴嗒嗒地开了电脑,至少看四集。这是我一天最美妙的时光。幸福就像滑进喉咙里的温开水,自己都不知不觉。我不会把事情托付给这样的男人:天天晚上不回家吃饭,醉醺醺,又说爱家小。当然,我也经常犯浑,稀里糊涂。我明白,人是一个变数,而生活是一个常数。我珍惜和家人相处的每一顿晚餐,我愿意每一顿晚餐坐在家人身边,默默地看她们,默默地吃饭。

感谢晚餐。

棉花，棉花

饼肥 30 公斤、磷肥 25 公斤、钾肥 15 公斤、碳铵 10 公斤、硼砂 0.25 公斤。父亲用木炭把每亩用肥的参考数，写在厕所土墙上，供母亲拌肥用。母亲记性不怎么好，她一边拌肥一边看墙上的数字。父亲说，这些混合肥在六月底以前要埋完，不然棉树坐不了桃。在盛蕾（第四层果枝开始现蕾）前后，棉树要肥催——从盛蕾到初花期，时间很短了。父亲每天傍晚，端一把锄头，到棉田上走走。棉田有两亩多，父亲一垄一垄地看，翻翻棉叶，摸摸杆杈，还不时地蹲下身子，扒开泥土，捏捏泥团，辨识泥的成色、湿度、酸碱度。他的脸上降临着黄昏时分的从容，慈祥，安谧。大朵的棉花仿佛在他眼前映照了出来。

映照出来的，还有祖母，不知道父亲看到了没有。祖母的面容已经熔化在时间的火炉里，与一粒糖溶化在水里没有区别。"脚踏一州两县，身坐金龙宝殿。手拿苏州干鱼，口抽夏县白面。"祖母坐在后院的偏房里，一边织布，一边教我唱民谣。织布机是木质的，由一个梭架、挂布架和踏脚组成。木最好是古旧樟木，拙朴，芳香，牢固。后来我才知道，这首民谣是织布的谜语。祖母坐在梭架上，踩着踏脚，手中的两只梭在纱帘上穿来穿去，像两条不知疲倦的鱼。梭是毛竹片制的，外面包着铁皮，铁皮被祖母手摸得深黑发亮。祖母的腰上绑着牛皮做的皮幅，用两个硬木的瓜扣把皮幅扣紧。祖母脚一用力，身子会前倾，皮幅绷得饱满。祖母织布，我站在边上，为祖母打扇子，把棕榈扇打得呼呼响，打不了几下，手就酸了。我不喜欢看祖母织布，虽然织布机咿呀咿呀，唱歌一样好听，但还是归于单调。祖母的夏天都是在后院度过的。祖母是祖父的续弦，他们一生恩爱。前几天我回老家，翻祖母在十年前留下的遗物。遗物在木楼里。我打开柜子，看到了一面铜镜和四脚支架。铜镜蒙着灰，我一抹，看见一个中年人。我们从出生到老，不知道要用掉多少布，得到多少温暖，而纺纱的人去哪儿了我们都不知道。

棉花，皮肤上的故乡，在饶北河边漫溢。那是一个乡间少女的成长——萌芽出苗，抽苗，绽蕾，花铃摇曳，吐絮。从春分到立冬，十六个节气是她一路走来的十六个驿站。我们在这条路上繁衍，奔波，相互热爱。而这条路是那样壁立，孤决。

几次回家，我都觉得屋宇空荡，走到祖母房间，只看见一张床，永远空着，被子还是折成长条，悬着蚊帐。仿佛温度还在，仿佛走出去的人还会回来。我坐在床沿上发呆。以前我回家，祖母一听到开门的声音就唤我的小名。祖母见了我，就把火钵给我，说："你读书，还没钱。外面冷，暖暖身。"祖母几乎没什么记忆，一年到头抱着火钵，怕冷。那时，我已经工作几年了，她却还以为我在外求学。一个人的时候，祖母会摸索着到后院，坐在织布机上，一边抚摸木架一边对我说："你小时候，都是我抱着去奶妈家吃奶的，一出家门口，就两眼望着奶妈的房子。"祖母喜欢和我说她年轻时的事。每次闲聊，祖母总这样结束梦游似的回忆："现在人老了，我要去了，免得大家嫌。"她说

缺席的旷野

"去"的意思是死亡。祖母年过八十,开始怀疑自己为这个家吃了那么多苦是否值得,怀疑身边每个人嫌她。姑姑说,祖母临终的那几天,一直在喊我的名字,可我不在。我赶到家里,见祖母躺在床上,脸色蜡黄眼圈墨黑,身子没有反应,像干涸的河床。我喊祖母,祖母空洞地睁着眼,眼角是两道深深的泪痕。祖母颤动着,想坐起来,但已经不可能。一条白布盖在了祖母身上。

秋天,阳光一层一层地脱落,灰烬和焦土的气息悬浮在空气中。一个弹花匠背一张弓,一手拿棒槌一手拿碾盘,沿饶北河的水路,到村里来。他的肩膀上坐着一个拖鼻涕的儿子。他走到哪家,我们就跟到哪家,帮他捡地上的棉花,帮他拉经纬线。他是临近镇里的人,他要做到过年才回家,假如谁愿意留他过年的话,他也会留下来——他的老婆生小孩时,难产而死,他的鼻涕儿子靠米糊养大。他的弹弓和棒槌,是我们欢乐的秘密所在。他歪着头,下巴抵住弓把,左手把弓拉得饱满,右手用棒槌,梆,梆,梆,用力敲打弓弦,嗡,嗡,嗡,棉花被抽得蓬松,成丝絮,在厅堂里飞来飞去。我们被嗡嗡嗡的响声所迷惑。我们一直以为那是歌谣,以为秋天是歌谣的秋天。弹花匠说话有浓重的鼻音,像涵洞里的水声。他的脸窄而长,手圆腰粗,他穿一件蓝色的对襟短褂。

弹花匠会唱许许多多的民谣。我记得有一首《光棍歌》是这样的:

> 东方不亮西方亮,不讨老婆好清闲。
> 日上省得半升米,夜间省得半张床。
> 省起谷米吊烧酒,省得铜钱买竹山。
> 上半年头有笋挖,下半年头有纸担。

弹花匠一边唱，一边摇头晃脑。他的鼻尖上有一滴浑浊的鼻水，长长的，悬着，不落。他还会吹口哨，口哨是鸟叫声，有旋律：

各公，各婆，家家栽禾。（布谷鸟催种）

清明——打醮，

坟头——挂纸。（黄梅鸟唱的清明歌）

爬起了，爬起了，耕田了，耕田了……哥哥，哥哥。（鹁鸪鸟催耕）

水哗哗，水哗哗……（水涧鸟在溪边叫，要下雨了）

酒——嚼嚼，

酒——嚼嚼，嚼嚼嚼嚼，嚼嚼嚼嚼。（河边翠鸟叫，欢迎有客来）

个大，个大，个大，

个个大，个个大，个个大……（野鸡下蛋）

他唱完了，会低下身子，对我们说："我唱了歌，你们可不能打我的屁屁啊。"屁屁是他儿子。我们都讨厌这个鼻涕儿子。屁屁身上有泥斑，光着上身，肚子滚圆，像个青蛙，但人很瘦。弹花匠说，屁屁的肚子有青虫。我们冷不丁地用石头打他，还用竹梢抽。抽了，我们就躲到后院去。屁屁挨了抽，眉头往中间挤，嘴巴收拢，声音憋在喉咙里。屁屁什么东西都吃，红薯，地瓜，黄瓜，他的嘴巴像个搅拌机，哗哗哗，一下子搅得粉碎。

我家差不多每年都要弹棉絮。我家人多。母亲把旧棉絮抱出来，晒两个日头，给弹花匠，说，加点棉花，加工一床新的吧。弹花匠姓周，四十来岁，爱喝点小酒，喝一盅酒满脸通红，眼角有豆腐花一样的眼屎。喝了酒，话特别多的老周，反而话少了。他说话，两道眉毛往上一拉一拉。他的屁屁早在饭桌上睡熟了。他一说话就是诉苦。老周说,你看看,这么多年也没添过一寸纱,还是一身破片背在身上。他说话的时候,还不断用手扯自己的衣服。我母亲讨厌老周,私下对父亲说,老周的棉絮弹得不结实,小孩子蹭一个冬,就破出洞。

不知道是哪一年,弹花匠成了村里花菇的上门女婿。花菇是个寡妇,比弹花匠大好几岁,南瓜脸,屁股大得像磨盘,特别能生育,有四个孩子。弹花匠上门,好心人劝他,花菇小孩多,屁屁会受苦。弹花匠说,一个男人没有棉花被盖盖,真是难熬。没过两年,弹花匠死于胃癌。屁屁成了一个无家可归的人。他在村里要饭,在别人家的柴垛里过夜。到了冬天,他裹着弹花匠的长棉袄,腰上绑一根草绳,穿一条单裤晃来晃去。后来,一个来村里卖唱的老头,见屁屁可怜,把他领走了,说卖唱也是一门手艺,比弹棉花好,不需要看别人的脸色做事。

从我家门口往东边望过去,是高高低低的菜地,再远些是涟涟的棉花地。黑色的屋顶在棉叶间若隐若现。在我十五岁那年初秋,我穿过十里棉花地,离开了枫林。我躺在厢房,一夜没睡,看着窗外的星光。母亲也一夜没睡。她在拣拾我上学用的衣物和生活用品,拣完了,一个人坐在灶房的木凳上。她一直在咳嗽,咳,咳,咳。唉,唉,唉,她不断地叹气。长年的肺热病消耗着母亲的肌体。她的身子像晒干的刀豆荚。母亲把我叫起来,说,煮了两个蛋和一碗面条,你去吃吧,吃了去镇里坐车。我从来没有离开过家,更没有过与母亲的分别。我窸窸窣窣,三下两下就把一碗面吃完了,把蛋留在碗底,用水勺盖住。我吃面的时候,喉结在蠕动,脸颊上有湿湿的东西在爬。我背对着母亲。煤油灯在灶台上,扩散淡淡的光晕。我第一次不敢看母亲。我感觉到母亲的双手,捂住她自己瘦削的脸,咳嗽声在她胸腔里变得沉闷,结实,像没有炸开的雷。母亲帮我打开厚实的木质大门,月光涌了进来。我挑着木箱和棉絮,沿着土公路,往小镇走。

棉树还没有吐絮,红艳艳的花缀在丫上。月光一片银白。空气湿润,棉叶的青涩气息淹没了整个大地。我走到小镇车站,天还没有发亮。我坐在木箱上抱着棉絮,眼泪一下子奔突出来。我想起和我同龄的邻居,也是这样,背着棉絮,从镇车站,坐车到浙江去打工。棉絮是唯一的行囊。假如把一个人的生活,删减到最低程度,只会剩下棉絮和碗。世上也没有比棉絮和碗更重要的东西。

事实上,我对棉花的理解是极其浅显的。甚至有些怨恨。到了秋天,我们全家人都去棉田里,捡拾棉花。我们挑着箩筐,腰上扎一条布裙,太阳晃晃,大地烤炉一般。走进田垄,把絮一朵一朵地摘下来,塞进布裙。棉壳和棉枝会把脸和手的皮肤,划出一条条血痕,汗水流过血痕,盐撒伤口一样生痛。晚上睡在床上,烧灼感在皮肤蔓延,火烧山一样迅速吞没整个身躯。这是可怕的记忆。而那样的日子仿佛永无尽头。母亲的肺热病会在这个时候发作。我听见棉田里有剧烈的干咳,针一样刺人。母亲坐在田头,手按住胸口,弓着腰。我会跑到一里路外的山塘,舀一勺山泉水,给母亲喝——母亲的身子像旺烧的炭火。我听得见母亲喝水时,炭火哧哧哧熄灭的声音。母亲不是一个善言的人,也很少会打骂我们,她见我不愿读书,就说:"读书是你唯一的出路,你不愿读书,就回家种棉花。"棉花在我心里引起的恐惧,使我觉得,棉花不是白色的,而是无边的黑。

一个男人和一个女人,一到了晚上,就躲进棉花垛里,偷情,做爱,乐此不疲,棉花给了他们生活的激情和生理的乐趣。这是莫言在《白棉花》所描写的。赤裸裸的不是人,而是棉花,这样有些让人难堪。虽然我们的大部分做爱是在棉花上进行的——床垫和棉被只是我们的道具。

碗是父性的，意味着耕种和口粮，棉花是母性的，是抚摸和慰藉。尤其是我当了父亲之后，我这样去理解生活，它们是生活的本源。我们所寻求的，也不需要更多。二零零一年，我和蔡虹结婚，母亲说，父母年老了，帮不了忙，也没钱，送你们两床棉被吧，棉花是自己种的上好棉，很结实。

第三辑：沉河

屋顶上的河流

"迟早有一日，阿的驳壳枪要抵到你脑壳，杨疤面，阿死，也不要你收尸。"歪头重重地甩了大门，跳过水坑，往旧公路走。歪头今年二十二岁，头发卷得鸡窝一样，头圆脸瘦，汗衫往上卷，露出干瘪的肚脐眼。公路上有车等歪头。

"阿个屄多事，你最好死在外面，世上少了一个害人精。"杨疤面对着走路转圈的背影，呸呸呸，吐唾沫，又说："这辈子，阿造了什么孽啊。"歪头是杨疤面的儿子，半年难得回家两次，至于他在外面干什么，杨疤面不知道。

隐隐传来收割机噗噗噗的声音。旧公路在石灰窑厂右拐，便消失在一片杂树林里。夕阳久久不落下去。天边，似乎有柴火喷出的火焰荡漾在海水里。夏季的田野多了驳杂和疏朗。稻田大多已收割，有的已翻耕，栽了晚稻，白洋洋的水映着稀疏的秧苗。杨疤面拉了一把平板车，往河滩走。他的稻田在河堤下。割稻客坐在高高的驾驶座上，侧着身子对杨疤面说："喝一嘴冷粥再做事，天太热了，受不了。"杨疤面从平板车的车把上解下一个蒲袋，说，带了一钵头冷粥，你解渴吧。收割机停在滩头，河水呼噜噜在柳树下回旋。割稻客扶额，眯起眼睛，看看快下山的夕阳，说，可以割两个小时，早收早回家，你把歪头一起叫来，收谷也快。杨疤面苦笑着说，他不收谷子，吵了一下午，他还是不来，跑出去瞎混了。割稻客瞥了一眼杨疤面，说，孩子要燖育，不能让他变形，变形了，人会废。

人会废，阿是燖育不了他了，唐僧瞎子说得绝，阿杨家三代会绝，以前不信，现在信了。杨疤面自言自语地说。"唐僧是个青光瞎，他的话，怎么可以信呢？"割稻客说。割稻客以前是养牛耕田的，养了两头大水牛，轮着耕，牛休人不休，晚上还打火把耕田。耕一亩三十块钱。十余年前，农机站推广小机械耕田机，他也买了一台。耕田机不用养，不用吃草，吃柴油，省事。耕田机挣钱，他又买了台割稻机，二十分钟割一亩，割一亩两百块钱。割稻客叫霜槌，额头高高，走路脚往两边撇。

杨疤面坐在车把上，低着头，把蛇纹袋一个一个理出来，用来装谷子。他的右脸被太阳光照着，冒出蜡黄的汗渍。收割机轰轰轰，沿田垄四边往中间收割，稻草屑飞落在他肩膀上头发上，像一只只死去的蜻蜓。他的话，割稻客听不见。他自己也听不见。他的嘴唇在嚅动。厚厚的、有疤的嘴唇在嚅动。那是习惯性的嚅动。嘴唇嚅动的时候，他左脸上的疤瘌会抽动，他脸部肌肉会有往中间挤压的轻微变形。他的脸，这个时候，像一块被开水烫了的比目鱼。

割了半个多小时，杨疤面在河坝底的稻子割完了。稻田散着机碎的稻草屑。霜槌开着割稻机，噗噗噗，去割别处的稻子。夕阳最后一抹余光，斜斜地弯过树林，碎花一样落在河滩上。河滩由北向南，高低起伏，稻田一块一块，如织锦。青蓝色的，煦黄色的，炭火色的，黑黝色的，晚霞下的大地，空空阔阔。杨疤面用蛇纹袋装稻谷，装满了袋口，摇一摇袋身，谷子嗦嗦嗦，落下去，空出袋口。他把五根稻草搓成一束，扎袋口。田里落了稻穗，他捡起来，塞在空袋里。他细细地嚼谷粒。谷壳有一层毛，壳嘴有芒刺。他一节节地嚼谷粒，白白的米浆水，有淡淡甜味。他喜欢这种味道，阳光包浆的味道，生涩清甜。他抿嘴嚼了又嚼，谷壳也成了浆液。

数了数，整整有三十袋稻谷。杨疤面坐在田埂上，把最后半钵头粥喝完。他也不用筷子和碗，扬起脸，钵头里的粥慢慢滑入他的口腔。他伸长了脖子，喉结在动，粥窸窸窣窣在食道里响动。他的喉咙像钻进了一条响尾蛇。天完全黑了下来，他拉着平板车，牙齿狠狠地咬住自己的下唇，涎水滴下来。一车拉八袋。沙子在他脚上破碎地响。他又骂了一句歪头："这个不死的，野狗也知道找家。"村中屋子，亮起了暗黄灯光。渐渐阴凉的暮晚有一层白翳。灯光，让人想起水井边的栀子花，明天又会开出七朵，玉质一样的花，一直开到姑娘的发梢上。

饶北河在湾口，噗噗噗，冒出了月光的气泡。

莲心坐在小方桌边看书。莲心十八岁，头发用一条红布丝扎着。小方桌上有一碗红烧黄南瓜，一碗煎辣椒，一碗炒四季豆，一碗米粉肉。菜是莲心烧的，罩在竹罩子里。苍蝇停在电线上，吸在墙上。走了四趟，杨疤面把谷子拉回了院子里。莲心帮忙搬稻谷，一袋一袋抱进厅堂里。杨疤面说，阿来搬，你别弄污了衣裳，你去吃饭了，别等阿，不要饿着了。杨疤面疼爱女儿。莲心也给父亲盛了一碗饭，夹了两块米粉肉压在饭面上。杨疤面端着饭，坐在门槛上，筷子扒着饭，慢慢嚼慢慢咽。咽着咽着，他又大口地扒饭，狼吞虎咽起来，嘴巴包得鼓囊囊。吃了一碗饭，他把碗放在门槛上，抖抖地，摸出裤兜里的烟，吸了起来，靠在门框上，眼眶里分泌出一种海水一样的液体。

月光慢慢发白。水洗了一样的白。院子里银亮起来。香椿树上，蜷缩着两只打瞌睡的鸟。知了在叫，吱——吱——吱呀，吱呀吱呀吱呀。

哗哗哗的河水，却是一种安抚。流萤在屋檐下，一闪一闪，和古老的谜语差不多。

怎么说呢？狗都十六年没叫过了。狗养了十八年，整天伸出舌苔，流涎水，黏液一样的涎水。它的眼睛有一层白翳，耳朵卷塌，黄毛脱斑。它跟着莲心。莲心趴着睡了，它也蹲在她脚下。它见了杨疤面，尾巴都难得摇，只轻轻扇动一下耳朵。金玉生莲心的时候，一条小黄狗在院子里转了两天，也不走。金玉说，狗通灵，把这条狗养下吧。金玉说一口难懂的黔东南方言，除了杨疤面，谁也听不懂。杨疤面不叫她金玉，叫她老鳖。老鳖是老姑娘的意思。老鳖来到杨家，都已经二十六岁。过了三年，老鳖生歪头。

"你个死吃的，一餐要吃一钵头饭，阿哪有那么多粮食吃。"老鳖吃饭厉害，每次吃饭，杨疤面用筷子打她头。老鳖恶狠狠地瞪他。杨疤面说，你是阿花钱买来的，打一筷子还打坏了？三十二岁的杨疤面讨不上老婆，托洲村的张家黄粟糊找一个外地女人来。黄粟糊是专门给鳏夫、老光棍、二锅头（二婚男人）介绍女人的，介绍成了一个，他实收三千块钱。黄粟糊说，阿带你去乐平，你看中了，带回来，去看的时候，带上钱。

乐平有一个村庄，只有四户人家，在一个偏僻的大山里。黄粟糊带着杨疤面坐了半天的车，走了三个多小时的山路，到了村子里。一个四十多岁的男人，带他们去了山坞。山坞有两栋三层简易的土砖房，被一圈高围墙围着。土砖房里，都是女人，上百个。杨疤面紧紧捏着手里的蛇皮袋，生怕蛇皮袋里的钱被人抢走，山坞潲热，蚊子多，女人穿着大短裤或破旧的连衣裙，让杨疤面眼睛发热。女人从十七八岁，到四十多岁，都有，有说外国话的，有说贵州话的，有说云南话的，有说四川话的，有说广西话的。乐平人啪啪啪拍了三个巴掌，女人懒懒散散地汇集在院子里，排了三个歪歪斜斜的队列，等客人。每天都有外地人来选女人,由中间人介绍,单线联系。

在村子里过夜。杨疤面和乐平人谈起了价钱。乐平人从电视机柜子里,拿出一本大相册,翻给客人看,说,讲外国话的三万,讲西南话的四万,三十岁以下的加五千,二十二岁以下的再加五千,四十岁以上的少五千,无生育能力的少一万。这个价钱,也是上路前黄粟糊和杨疤面谈好了的。杨疤面看看黄粟糊,黄粟糊跷着二郎腿看电视,说,价格也就这个数,选一个好女人是一辈子的事,明天再去选选。杨疤面说,能不能再便宜,阿的钱都是从妹夫手上借的,还不知道要还几年呢。乐平人说,哪有带女人还价钱的,又不是嫖娼。杨疤面说,买牛都还价,买敌敌畏也可以还价,买女人怎么不可以还价。乐平人被说乐了,说,哪是买女人呢,是带老婆。杨疤面说,给了这么多钱,带一个女人,就是买女人。乐平人呵呵地笑起来,说,好,买女人,你这么不爽快,舍不得钱,你去别的地方找吧,生意不成仁义在,我和黄粟糊是朋友,不伤感情,吃住算我请客吧。

七磨八磨,少了两千块。黄粟糊出面了,算是优惠吧,赚多赚少也是赚。杨疤面从相册里,选了金玉。相册里,有女人照片,生辰八字,家庭住址,家庭情况,文化程度,有无婚史,有无小孩。杨疤面选金玉,看中了她无婚史,身体健壮,黔东南离枫林远。当晚杨疤面付清了钱,对黄粟糊说:"晚上可以带她来过夜吧?"黄粟糊说,在别人家里怎么过夜呢?明天就到家了,你想怎么样都可以。杨疤面说,那该明天付钱了。

在饶北河流域,黄粟糊介绍了二十几个女人过来。"黄粟糊可以,路数清,女人包有生育能力,三年内包不跑路,跑路了全额退钱,买女人比较划算,也省事,比娶亲少了三四万。"黄粟糊也算是有口碑的人。他平时在饶北河养鸭,戴一顶凉帽,拖一根长竹梢,鼻子有些歪。他在家里也戴凉帽,他斑秃得厉害。鸭子吃河里的螺蛳、鱼虾、游虫,也吃玉米。玉米是腐烂了的,五块钱一大蛇皮袋。他早晚撒一次,撒在大柳树下,他嘘嘘嘘地吹哨子,鸭子哗啦啦地围在树下,撇着脚抢食。

带了女人回来,杨疤面摆了五桌,请巷子里的人和至亲吃了一餐饭,算是结了婚。"疤面,还是你好老,不声不响,老婆上了门。"邻居说。杨疤面嘿嘿嘿地笑,嘴角淌长长的涎水。好老是有本事的意思。腐木嘀咕了一声:"有什么好老的,他没一分币,还是老妹给的钱,哪年还上还不知道,这不是拖累人家吗。"腐木也是个老单身,快四十岁了,在瓦厂里搬砖。腐木一大口把半碗烧酒喝下,夹了一块肉塞进嘴巴,说,还是酒过瘾。

巷子里,还有三个老单身。一个叫灰炎,一个叫菜虫,一个叫弯藤。都是快四十岁的人。还有两个人半单身。一个叫水桶,一个大石。怎么叫半单身呢?水桶牛高马大,说话像嘴巴里塞了麻布,哄哄哄哄,谁也听不清他说什么。他有一个哥哥,也是三十多岁讨上老婆的。他嫂子像个干扁豆,又瘦又矮。这也没什么,但是他嫂子有一只眼睛始终往上翻白,不能转动眼球,让人心里发毛,起鸡皮疙瘩。他妈叫米粉团,圆滚滚,像个箩筐,走路像筛糠一样。有一年,村里来了一个弱智的女人,头发乱麻一团,满脸泥浆,在垃圾箱里,和狗一起找东西吃。没人知道这个女人是哪里来的。有人说,是解押流浪汉的车沿途放下来的。那几年,城市不让流浪汉待了,在街头,看到讨饭的,智力低下的,精神不正常的,集中起来,用一个大巴车,拉到隔壁市的辖地,沿途放下来。米粉团把弱智女人领回家,梳洗干净,给水桶当了老婆。米粉团坐在我家院子里乘凉,摇着大蒲扇,说:"这个女人可聪明着呢,她和水桶上床一次,要一块钱,不给钱,她还不搭理人,比鬼还精明着。"我妈说,她自己知道吃饭,知道穿衣,知道要钱,不算呆傻了。米粉团说,衣服还不会穿,吃饭还专门找肉吃呢。米粉团

缺席的旷野 | 107

带弱智女人一起出来乘凉，坐在一条长板凳上。弱智女人玩自己的手掌，翻上翻下看。

躺在地上口吐白沫，四肢僵硬，眼睛像死鱼眼，是大石的女人。她叫什么名字，邻居都不知道。邻居叫她鱼干。她是余干人。鱼干是余干的谐音。她像块鱼干。她有严重的癫痫症。大石有一个小名，叫山驮。从小力气大，可以把一座山驮起来。他不识字，自己的名字也写不来。二十来岁，在浙江义乌工地扛水泥，被落下来的钢筋砸到膝盖骨，成了走路摇船一样的瘸子，再也肩挑腰背不了。他在村里拉垃圾，管理山泉直饮水，一年有些微薄收入。五十岁那年正月，瞎子唐僧给他算了命，说，人生五十才开始，老婆自上门。唐僧坐在椅子上，拉着二胡，跷着腿，边拉边唱："饭餐有酒肉，女人暖被窝。"大石有一次特意把我拉到他屋角，发一支庐山烟给我，瞭了四处，轻轻地说，阿今年有老婆了。我说，早就应该有的好事啊，摆酒可得叫我，老婆哪里的。大石说，不知道。我拍拍他肩膀，说，老婆在丈母家。他拍拍我肩膀，说，是唐僧说的，阿还花了五块钱呢。

老婆真的上门了。过了中秋，大石家里来了两个人。一个中年男人，一个中年女人。他们是一对夫妻。男人过了一夜，走了。女人再也没离开过村子。在屋檐下坐一天，女人也不会说两句话。坐了一个月，女人也不说话。邻居以为她哑巴。男人走的时候，给了大石五百块钱。这个女人有癫痫病，三五天发作一次，像鱼被电打了一样。

带一个女人回来，杨疤面值钱的家产被洗劫一空。牛卖了两头，一百来斤的猪也卖了，屋角一棵大樟树也卖了。钱筹不足的，由他老妹蓝英代借了。杨疤面人瘦弱，干重体力活也不是一把好手。金玉成了老婆之后，杨疤面觉得养家很吃力。他花了一担谷，跟五炎学打铜钹和锣。打铜钹和锣，晚上学，坐在五炎的厅堂，一起七八个人，排练傀儡戏。打铜钹和锣是傀儡戏中，最简单的戏班表演角色。

傀儡戏也叫提线木偶戏，是玉山地方小戏。枫林毗邻玉山县的樟村和临湖两乡，小戏百年前便传入饶北河流域。玉山是闽浙皖赣交界县，人员往来频繁，在宋代，是南方戏曲活动中心地带，自古"偶像迎神"的社祭活动非常频繁。盛行的"社祭"灵像活动，木偶渐渐被尊为"神"，受宋杂剧和南戏的影响，木偶戏渐渐发展为戏剧班社，并在赣东广为流行，有了专业傀儡戏剧社。元代贝琼（1314年—1378年）在《玉山窟傀歌》中写道："玉山窟傀天下绝，起伏进退皆天机；巧如惊猿木杪坠，轻如快鹘峰尖飞。"明代治内有碑文记载："松柏有灵，夏殷为社，梨园崛起，世俗相沿，由来旧也。"玉山文成镇杨宅村古碑《下洋社重修记》载："老郎吕望、傀阵破殷……"杨疤面喜欢学打铜钹和锣，轻巧，外出演出一次，有双倍的小工工钱。班社要求严格，得学满一年才能上场表演。白天做工，晚上练戏，练四个小时。

过了半年，村里有了传言，说，有人看见腐木站在杨疤面窗户下，偷看金玉洗澡。金玉喜欢在河里洗澡。她的身子被很多人看过。我也看过。一天下午，去河埠头洗箩筐，我看见一个浑身黝黑的女人，在柳树底下的河湾游泳。她赤条条地站在水里，鼓胀胀的乳房像两个圆瓜。村里的女人，从不在河里洗澡，都在家里洗。家家户户有大木盆或大圆木桶，人蹲在里面洗。或在井边淋浴。我一边洗箩筐，她一边若无其事地游泳。村里有人对杨疤面说，你老婆在河里游泳，伤风败俗，还赤条条，怕别人看不见她身子。有男人到了下午，躲在对岸的芦苇丛里，看金玉脱裤下水游泳穿衣，边看边流口水。杨疤面狠狠打了他的老鳖几次，说，一个现世宝，身子让大家看光了，阿老脸都绿了。金玉再也不去饶北河洗澡了，蹲在木桶里洗。

在矮山冈的大柚树边，有一栋矮瓦房，一个没有篱笆墙的院子。这是偏僻的村郊。房子住了三代，到了杨疤面这一代，已经是第四代了。站在院子里，可以看见宽阔的盆地和饶北河。盆地是一个不规则的圆形，像个破烂的谷筛。一块块稻田像筛眼，阡陌如横竖有致的竹篾丝。饶北河沿山边，圆舞曲一样流过。傍晚太阳从三角岔的松树林落下去，落到荡漾的河面。白色的雾岚在田畴上空，淡淡萦绕如织。矮房子有一个厅堂，两个厢房。厢房的窗户是木格窗，窗已破败，用两张旧报纸糊着。报纸被风吹出破洞。金玉坐在厢房的木桶里洗澡。腐木在窗下垫一块石头，踮起脚尖看屋里的人洗身子。腐木第三次看，被一个夜间去打野兔的人看见了。

两年后，金玉生了胖娃。肥嘟嘟的娃，其他都好，就是头有些歪。金玉以为娃没睡好枕头，可到了三岁，头还是歪。歪头敦实，怎么看，也不像杨疤面，倒有几分像腐木。村里有人说，杨疤面外出演傀儡戏，腐木去和金玉做夫妻。歪头自小有戾气，喜欢打架，不打赢不撒手。八岁的时候，还把邻居朝富的锅砸了。朝富有一个十二岁的儿子，和歪头打架，把歪头的耳朵扯出了血。歪头当晚翻进朝富厨房窗户，用大石头把朝富锅砸烂。

"这个孩子以后会行凶。"邻居这样说。

"这个孩子，以后怎么收终都不知道呢。"杨疤面这样说。

十六岁，歪头很少停在家里了。他有几个玩伴，十五六岁，身材魁梧，腰上吊着螺纹钢刀。他们不在村里打架，却专门在镇里滋事，看谁不顺眼，便无故打人，若被打的人恶语，便是一钢筋打下去，也不管别人死活。杨疤面家里便经常有人来讨说法讨医疗费，可杨疤面哪来的钱赔呢。前几次来讨医药费的人，杨疤面也赔笑脸，赔饭餐，赔医药费，赔了几次，杨疤面再也拿不出钱了，说，这个儿子，从来不回家，阿管不了这样的儿子，被公安抓了，被人打残了，被人拖到河里淹死了，和阿都不相干。讨医药费的人还不走，杨疤面脱下自己的鞋子，狠狠地掌自己的脸，左边一下，右边一下，脸掌得红肿，掌出嘴角流淌血丝。讨钱的人还不走，杨疤面把鞋子递过去，扬起脸，说，要不，你拿鞋底掌阿的脸，掌得你解气。

几个玩伴，都是小镇中学辍学的孩子。他们一人骑一辆高大的摩托车，呜呜呜，在街上穿来穿去。车子后面坐着年龄差不多的小女孩。他们住在孝忠驼子楼上。孝忠驼子的孙子潮发是这一伙人中最小的一个。潮发的父亲前几年死于浙江义乌的工地里，被脚手架倒下来压死。他的母亲改嫁到湖南醴陵，再也没回过村里。孝忠驼子用儿子的赔偿款盖了三层的毛坯房，空拉拉的，连墙也没粉刷。歪头几个人，便在三楼，铺了床过夜，男男女女分三间住。

"驼子，你家老鼠窝那么大，你不管管，你生了后代也会没屁眼。"村里人当面骂驼子。驼子挑着补鞋机，说，恶的人靠天休，阿休不了，管好自己嘴巴吃饭。

过了两年，发生了一件杀人的事。人没杀死，把人脚筋挑断了。小镇有一伙人，有二十几个，开赌场，开沙厂，收矿山保护费，放高利贷。有一次，歪头对潮发几个人说，这伙人不灭，阿大家在镇里不会有出头之日，要出头，要开上小车，先灭红毛。红毛是赌场的头，练过二十多年的散打，靠拳头打出了小镇地盘，已经跑火了十几年，有车有美女，在城里有房子，在小镇街上有五层楼房。"红毛靠什么发家？和阿一样，没读三册书，他老头也是卖洋芋的。他靠横靠狠，靠六亲不认。"歪头说。歪头晃晃拳头，说，我们只有这个征服世界。

灭了红毛就可以在镇里横，能横就有钱，打色子可以一万一万往桌子扔，可以抱着女人打麻将。歪头说得几个人眼睛冒火光。

一天，红毛开车到水库钓鱼。红毛喜欢钓鱼，三五天会去一次水库钓鱼。歪头几个人早守在水库，也钓鱼。钓着钓着，几个人越挨越近，靠着红毛钓鱼，给红毛发烟，泡茶抄网。红毛哪会防他们呢？他们还是毛崽啊。红毛站起来拉鱼的时候，潮发一把把他推落了水库。红毛落在水库里，再好的武功也用不出来。潮发四五个人手上拿着毛

缺席的旷野

竹竿，见红毛靠近岸边了，用竹竿打下去。红毛游得极度疲乏了，瘫在水坝台阶上，瞪他们。

两只脚的脚筋挑断了。红毛成了一个废人。杨疤面拿着一把剪刀，在驼子家找到自己的儿子，说，你也敢杀人了？你不怕挨枪子壳啦？阿求求你，把阿也杀了。杨疤面把剪刀往歪头身上一扔，说，菜里的虫死在菜里，你也会死在别人刀下。歪头说，你看看你像个什么样子，一辈子就会打铜钹，房子像个破鸡笼，阿活在杨家屋檐下活厌烦了，村里有谁正眼瞧过你，阿不想一辈子被人踩在脚板底下，阿不想活得像条狗，吃地上的碎骨头。杨疤面捡过剪刀，狠狠地插在自己大腿上，说，你不死，阿死，阿死了，清静了，你爱死爱活，都由你了。红红的血从裤子映出来，沿着腿部，往脚踝淌。歪头看看血，说，你要死别死在阿面前。说完，歪头拎起汗衫的衣领，抖了抖，往肩膀上一搭，边走边骂："你死了，看看阿会难过吧。"一个女孩子跟在歪头后面，看看杨疤面的血，看看歪头，惶然地站了几秒钟，跟着歪头走了。驼子听到响声，跑过来，看到一地的血，说："小侄啊，各人有各人的命，你何苦这样呢？"

瘸着腿，还得去演傀儡戏。莲心从镇中学回家，看见父亲臃肿的大腿，抱着父亲号啕大哭，说，阿自小没有娘，阿不能没有你，阿会懂事的，阿长大了，会照顾你。杨疤面抱着女儿，说，阿失败啊，唱不了戏，还只是个打铜钹的，讨个老婆，还是买的，买来的老婆，还是走了，阿失败，阿以后好好活，再艰难也要好好活，阿要你安安顺顺长大。莲心两岁，金玉撒开孩子，回了贵州，口信也没留下一个，留了一个娘家的电话号码。金玉背了一个布袋，装了一个碗装了两斤芸豆种，出门了。她连衣物也没捡一件。她怕邻居起疑心。邻居还以为她去种豆了呢。在枫林这些年，金玉从来没离开过村子，八里外的小镇也没去过，更没坐过车子。金玉在村里的生活，一直在邻居的视线里。她离不开这些人的视线。金玉背一个布袋,走了六七里路,绕过了公路,沿饶北河走。到了下余村,才弯过公路,搭上客车,去了火车站。为了这次离开,她准备了大半年。她在村里生活不下去,她和这个村里的人合不来,和村里的人没话说。她不是这个世界的人。初来的两年,杨疤面走到哪儿,带她去哪儿。去种地,去砍柴,去挑石灰,去亲戚家做客,都带她去。杨疤面防着她,防她逃跑,钱也不给她一分。她可是花了杨家几万钱的。

两岁的孩子没了娘,杨疤面整天把女儿背在肩上,唱戏也背去,割稻子也背去。他的背,像个摇篮。走的时候,孩子还没断奶,杨疤面熬米糊熬面糊,蒸蛋羹,一勺一勺喂给孩子吃。莲心到了七岁,杨疤面对孩子说,你去跟云霞婆婆学唱民歌吧,唱民歌好。云霞婆婆六十多岁了,唱了一辈子的民歌。云霞婆婆目不识丁,但会唱歌。她从十几岁开始唱民歌了。她是饶北河流域最有名的民歌手了,县里、市里,有大型的文艺晚会,都会请她去唱歌。她的歌声嘹亮,热情,昂扬。她唱的主要歌曲是《开口就唱共产党》《好粮好棉卖给国家》《方志敏》《上饶渔鼓》等,她还有即兴填词、即兴演唱的绝活。最耳熟能详的是《开口就唱共产党》:

> 不唱山歌喉咙痒,
> 唱起山歌心舒畅,
> 东不唱来西不唱,
> 开口就唱共产党
> …………

在双抢季节,她在田间唱民歌,给收割的人鼓劲。在水利劳动现场,她站在河坝上唱民歌,给水利工人鼓劲。她一辈子都扎一根麻花辫,她精明能干,能说会道。她一身衣裳整洁,虽然是粗布。一件蓝印花布的大围裙扎在胸前,头上戴一朵月季花,她站在棉花田里唱:

摇起(那个)橹来把路赶(啰),
打起(那个)山歌离(呀)家园(哪),
打起(那个)山歌离(呀)家园(哪)。

前面(那个)划过白银龙(啰),
后面(那个)追来船(呀)船金(哪),
后面(那个)追来船(呀)船金(哪)。

金船(那个)银船盖满河(啰),
前船(那个)后船紧(呀)紧连(哪),
前船(那个)后船紧(呀)紧连(哪)。

好粮(那个)好棉卖给国家(啰),
好歌(那个)好曲献(呀)给党(哪),
好歌(那个)好曲献(呀)给党(哪)。

摘棉花的人听多了,觉得闹心,说,云霞婆婆歇歇气,喝一口水,天天唱,嗓子会干燥,会得咽喉炎。云霞婆婆除了会唱民歌,啥农活也不会干。村里人不喜欢她。她对她老公就像对待一个抱养来的儿子。不是自己生的儿子,摔死了也不知道心疼。这是俚语。老公给她盛饭,给打洗脸水,还给她洗脚,这是谁看了也无法忍受的。不喜欢她,也有嫉妒的成分——她仅仅因为唱民歌,每个月领一千多块钱工资,三个高中都没毕业的儿子,都被政府安排了工作,一个在乡税务所做收税员，一个在中学做会计，一个在木材检查站做站长。不喜欢她，也是因为厌恶，她一辈子就唱这么几首民歌，一辈子就那么几个舞台动作，唱到献给某某时，翘起大拇指。听到她唱歌，村里人会说："神经病又发作了。"

有一阵子，云霞婆婆组织老年妇女唱歌队，请十几个老人吃饭。可没一个人去，也没一个人跟她唱。她又订做红咔叽布上装十几套，送给老人，老人也不要。云霞婆婆气得脸色发紫，说，这些人觉悟真低啊。她宽阔的脸拉得老长，像一块晒了的猪肝。杨疤面对莲心说了几次，去学唱民歌。莲心说，阿要读书，阿不唱民歌，唱民歌不是正经事。杨疤面只好作罢。

院子里，太阳还没亮上来，莲心便坐在矮板凳上读书。孩子爱读书，懂事，七八岁的时候，就知道洗米做饭，知道给杨疤面浆洗衣裳。孩子成绩好，上中学，学校每年还发给她两百元奖学金。十五岁上高中，学杂费全免，伙食费也不用交，学校还给杨疤面每年两千块钱，算是对孩子的奖励。孩子成绩太好，几个高中学校抢着要莲心去读书，说，孩子是个好苗子，可以好好培养，将来是县里的好人才。几个学校校长轮番来杨疤面家里，做杨疤面工作，安排孩子读书事宜。杨疤面哪知道什么学校好不好呢？请来初中班主任，由班主任定。班主任选了县中，说，县中管理好，路途近，老师熟，将来也好照顾，可以随时熟悉孩子情况。杨疤面乐呵呵的，流着涎水，说，孩子好，将来好，杨家好。杨疤面说着说着，捂着脸，呜呜呜地哭了起来，泪水泥鳅一样，从他掌缝间钻出来。

矮房子里，空空荡荡，又剩下了杨疤面一个人。他十三岁，他父亲海佬得了肺结核走了。他十七岁，他母亲改嫁，下了洲村。他和妹妹蓝英过生活。他二十四岁，蓝英嫁给了沙溪炸油条的早餐师傅。他一个人在屋里生活了八年。在那些年里，屋子像一座冷冰冰的坟墓，腥腐，阴寒。现在，自己五十多岁了，成了老鳏夫。但屋子不再阴寒。他一个人在家，拿出铜钹，敲打起来，唱：

　　暑往寒来春复春，
　　夕阳桥下点红灯，
　　一阵春风来吹火，
　　只见清风哪见人。
　　暑往寒来夏复夏，
　　江南第一是谁家，
　　三点五点春前雨，
　　一枝二枝摘仙花。
　　暑往寒来秋复秋，
　　人将白骨葬荒丘，
　　蝴蝶梦中家万里，
　　望乡台上泪双流。
　　暑往寒来冬复冬，
　　劝人行善莫行恶，
　　苦苦甜甜随着过，
　　劳劳碌碌一场空。

　　餐餐喝小半碗谷酒。喝了酒就打铜钹。杨疤面以前不喝酒。莲心上了大学了，他也没了太多心事。歪头，他管不了，也不会管这个儿子。傀儡戏，他演了二十年，虽然还是一个打铜钹的小角色，私下里，他也能唱几段了。他晃着沉重的头，脸疤发红。平时他跟着戏班走村串户，挣一碗饭吃。他背一个宽大的皮袋，腋下夹一把雨伞，皮袋里放着麻线串起来的锁匙、烟、茶杯、铜钹、小金锣、小棒槌。

十多年了，他从来没有和莲心谈论过孩子她娘，他甚至没有孩子她娘的照片。起初的那几年，他用杂货店的电话，给金玉打几次电话。他知道那个他叫作老鳖的女人，再嫁了两次人，生活也一直不如意，还生了孩子。老鳖也会打电话来，问问孩子的情况，可她再也没来过村里。后来，他们再也没有联系了。

暑假了，莲心回到了家里，帮着杨疤面烧饭，做家务。杨疤面收割稻子，晒谷子。他越看孩子，越觉得孩子像她娘，皮肤黝黑，额门宽宽，鼻梁挺挺，眉毛细长。杨疤面坐在门槛上，吃完了饭，看着孩子，说，莲心，等阿积了些钱，阿带你去贵州，找你娘，你娘年轻的时候，也是美美的，阿看你娘第一眼，便估摸着把你娘从乐平带回枫林，都是阿不好，没留下你娘。

怔怔地看着头发麻白的杨疤面，莲心说，爸，什么时间你想去，阿陪你去。

星辰埋在河边

很多年之后,我明白了,雪花是星宿的碎片。

落雪的时候,我没看到雪,也没听到声音。我睡在三楼,在听隔壁邻居七八个人唱戏。也听不出是什么戏文,铙钹、二胡、唢呐间歇地响起,苍老的男声和尖厉的女声交叉传来,让黑夜多了几分冗长。我知道哪几个人坐在厅堂里摇头晃脑地唱戏。唱男声的是大炎,唱女声的是大炎的女儿兰英。拉二胡的是赵家三胖。打铙钹兼打锣鼓的是山木。敲木鱼兼吹箫的是古蒙。吹唢呐的是余生,一个月前是雨溪。雨溪在立冬那天,随乐队给西山一个老人送葬,在圆坟的时候突然倒在墓碑前,四肢僵硬,死了。有人说,雨溪死于心肌梗死,也有人说,雨溪死于脑梗,到底死于什么,谁也不知道。反正是死了,怎么死的,谁也不会刨根问底。他的儿子也不会。他倒在地上,嘴巴里还含着唢呐,一句话也没留下。他才五十来岁,让人觉得,人就像一支唢呐曲,随时可能断,断了又没法续气。他们都是我很熟的人,听了几十年,看了几十年,每天晚上在大炎厅堂练戏唱曲。我在床上,也可以想象,大炎唱戏文撇着嘴巴，头摇得像水勺，喉管胀开，太阳穴两边的青筋像两条扭动的黑蚯蚓。兰英唱戏文，眼睛看着屋顶，翻出眼白，鼓鼓的乳房在抖动。

"这么冷的天还唱戏文，雪落得台阶发白了。"我母亲把木门哐当关上，插上门闩，自言自语地说。母亲八十岁了，发黑齿白，耳聪目炯，只是肺火旺盛肝脾虚弱，吃饭没胃口，用热水泡饭吃，因常年的劳动而身子佝偻着。

看看窗外，一片漆黑。我想着，下一夜的雪，田畴里会皑皑一片。

天还是麻麻亮，巷子里有了吆喝声："买粉吃吧，新鲜压榨的米粉。"不是人在吆喝，是一个喇叭筒。嘟嘟嘟，声音有些含混。电瓶三轮车在巷子里嗤嗤嗤嗤快速闪过的声音，显得巷子特别清寂。我披上旧军绿色大衣，站在窗户前，一粒雪也没看到，稀稀的冷雨若有若无，湿湿的田野略显迷蒙。对门房子的瓦檐悬挂着冰凌。玻璃上，蒙了一层白白水雾，凝珠冻出了冰花，一朵朵，雏菊一般的形状。雪怎么就这么快融化了呢？

门前的溪水冒白白的水汽，在蒸腾。水汽扑在溪沟里，散了两圈，萦萦，又没了。枯死的竹节草悬着水珠，晶白。倒伏的芭蕉叶硬硬的，叶面上的水，结成了冰片。我坐在水井边喝水。大兴在清理垃圾。大兴戴一顶长耳帽，扎一条蓝布围裙，把垃圾桶拎起来，倒扣在平板车，拍拍垃圾桶，砰砰砰，又把垃圾桶摆回原地。大兴是拉垃圾的，拉完了巷子里的垃圾再干农活。他四十三岁时，从上村入赘到下村。他父亲是个老师，四十来岁便故去了，得了出血热，在床上躺了五天才发现得了出血热，死在去医院的路上。大兴是家里唯一的劳力，把四个弟弟抚养成人，自己耽误了婚事，成了老单身。下村有一个死了丈夫的妇人，拖儿带女，吃一口饭都难。东莲婆婆说了媒，大兴做了上门女婿。想想，这都是二十五年前的事了。

上两个月，拉垃圾的人，是烂瓜。烂瓜是一个有老婆的老单身。他老婆在哪儿，谁也不知道。他老婆和他结婚一年多，还是姑娘身，便跑了。有人说烂瓜得了男人病，也有人说烂瓜不知道行房。有一次，做箍桶的钱发，和烂瓜开玩笑，说："你××都不会挺啊，留着老婆给别人用。"烂瓜拿起白菜刀追着钱发，追了三里地。老婆跑了，他懒得去找。前五年，村里找人清理垃圾，一个月八百块钱，烂瓜托在医院上班的侄子说情，谋了这个差事。巷子的人不怎么喜欢他，说他清理垃圾不干净，垃圾桶倒半桶留半桶，地面也不清扫。也说他拉一天，荒一天。烂瓜怕村主任，像毛毛虫见了火。有人揶揄他，说："烂瓜，你还不去清理垃圾啊，主任马上来检查卫生了。"他慌里慌张地拉起平板车，斜歪着头，黑舌帽盖着半边脸，又去清理。他喜欢吃葵花子，边走路边往嘴巴里塞，连瓜子壳一起吃。又有人揶揄他："烂瓜，大家都说你不愿拉垃圾了，有上好的事等你去做了吧，弄堂里的大胖已经找了村主任，要接替你这脚事，村主任同意了。"大胖牛高马大，是个弱智。烂瓜说，大胖要做这脚事，我没米也要和他做三个粿。

霜降后，烂瓜没拉了，没拉，是因为烂瓜死了。死于高血压发作。烂瓜喝了两杯酒，在床上睡了两天。垃圾堆在路边，被野狗翻来翻去找骨头，撒了满地。巷子的人找烂瓜，发现烂瓜僵硬了。

喝好了水，母亲煮的粥也熟了。我顾不上喝粥，往饶北河边走。我看见河对岸山梁上，铺上了雪。出了巷子，过两块稻田，便是饶北河。河水从山弯呈半弧形，缓缓而下。河滩的芦苇丛积了不多的雪。山梁是稻草垛的形状，一座山梁堆着一座山梁，向上堆高，形成绵绵山峦。山峦的高处，白茫茫，银灰色，山巅飘荡着丝丝缕缕的淡雾。从雾中浮出的山峰，是皑皑雪山，深重的白，凝重的白。半山腰也有不多的白雾，棉絮丝一样，一圈一圈团成了棉花糖。雪色深灰，被墨绿的灌木叶衬托出来。满山的灌木，如深蓝颜料，封冻板结。山底是毛竹林和松树林，不多的雪在林梢，泛着浅灰色的光。

大雁从河面上空，以"人"字形列队，掠过。嘎，嘎，嘎。天空铅灰色。岸上的洋槐树，已经没有叶子，突兀的树枝张开，像一个奔跑的人突然停下来。在苍茫和浩渺之间，枯叶落尽的树，以隐喻的方式存在。树桠上空空的鸟巢，让人想起在夏季起起落落的鸟群。那是一些我们熟知的鸟，有长尾巴的喜鹊、全身乌黑的乌鸦、羽白如雪的苍鹭，还有猫头鹰和斑鸠。和我同庚的粉良，婴孩时期，他父亲扛一把楼梯，上树摸鸟蛋给孩子吃。鸟蛋是粉良的主要营养物质来源。粉良有了一个名号，叫鸟蛋。小时候，我也会去摸鸟蛋，用藤条编织绳子绑在腰上爬树，把鸟蛋敲开，倒进嘴里，浓烈的咸腥味灌满口腔。有时敲开蛋，露出绒绒毛稚雏，被黄黄的浆液裹着。摸蛋，还会摸到花蛇，抓出来，长长的，溜滑，冰凉透骨，浑身鸡皮疙瘩。

露出河面的石块，有了一层鎏光的冰面。冰面的边沿，倒挂着筷子长的锥柱冰凌。冰凌耸起一圈圈的圆层，像蒸糕。河面铺着一层翻卷的水汽，野鸭三五成群，浮游觅食。野鸭麻绿色，唧唧唧唧地叫。轻浅的河水滴滴滴嘟嘟嘟，清亮激越，细小的水花漫过低低的水坝。

与对岸河滩毗连的是一畈水稻田。冬日萧瑟，水稻田却长出鹅毛草，稀疏青涩如涟漪。白白黄黄的稻茬纵横有致，质朴素雅。稻田往南，是几户人烟。屋顶上淡淡炊烟，一直绕到竹林，和叶雪，形成清晨的底纹。

在枫林，我不知道，还有什么比这条河更贴近人的。我们在河埠头挑水，一担担挑回家，倒进水缸。我们淘洗洗衣。我们摸鱼摸虾，把石块一个个翻开，找螃蟹。河水从拦河坝边的水渠，推推搡搡，从一个个水洞口分流，灌入一块块水稻田。我们无数次站在河边，毫无目的又若有所思地凝视着河水，看着它从不远处的山弯流过来，在埠头深潭，打一个凹陷水窝，水的皱纹一圈圈旋转，河水继续向东。我最后一次在水潭洗澡，是在二十岁那年冬天，下着鹅毛大雪。我在河里游泳。雪落在水里，悄无声息，被水漂走。雪飞旋地下，蒲公英被大风吹起四散一样，河面散满了雪花。上了岸，我的头发落满了雪。我的身子嗞嗞嗞地冒着热气。我被热气和冷雪裹着。

以后很少下雪了。即使下一次，也很快融化了。十几年才会有一次大雪。有一年，我还是七八岁，下了两天两夜的雪，把门槛都盖了。河水封冻，厚厚的冰面上，堆了十几个稻草人一样的雪人，用木炭嵌眼睛，红萝卜嵌嘴唇，草木灰织头发，红薯嵌鼻子。河滩冻死了很多鸟，撒开的翅膀像断了篾丝的风筝。黄鼬在雪地里跑来跑去。再也没见过那么厚的雪了。

"你在看什么呢？这么早，一个人在河滩。"从蚕豆地走来一个人，毛线围巾裹着头，露出两只窟窿一样的眼睛。我辨认了几秒钟，说，雪积不起来，天冷得让人发抖。裹围巾的人，说，我养的蜂这两天全冻死了，从蜂箱里扒出来，有一大钵头。原来是养蜂人五毛。蜂比人难熬严寒。我说。

回到家里喝粥，母亲抱一个火熜，坐在我身边，说，昨夜姜家五公死了。公是爷的另一个称呼。我说，五公才七十八，不算老啊，怎么就死了呢。母亲低下头，用铁丝扒旺火炭，说，老人在冬天，熬的是骨头水，骨头水哪经得熬呢。我看看母亲，看看屋檐的冰凌，说，天每年都要熬人，热也熬人，冷也熬人，不会四季让人舒舒坦坦的。五公年轻时，可是村里的好汉，赤膊挑担，赤脚上山，赤手摔倒一头牛。我是见过的。在生产队，过阳历年社员聚餐，要杀牛。他喝一碗酒，长手巾扎在腰上，赤手把水牛摔倒在地。他是一个过一个门槛可以吃三大碗饭的人，到老了，熬不过冷。母亲说，午边，准备香纸香烛，你去送送五公，他这个人好，没作过恶。母亲又说，走得太突然了，说起来，昨夜的雪也不大，过了年走也好，腊月了，人走了，在阴间,都是凄清的。

午边,我去了五公家。傍晚,我又去了五公家。他家里也没人哭,假如没有录放机里播放的哀乐,别人还不知道他家有丧事呢。屋前矮墙上,放了一个破脸盆,送五公最后一程的人,在脸盆里烧几张草纸。脸盆有半盆纸灰,黑灰色的纸灰被稀稀冷雨打湿。几个小孩在院子里嬉闹,从地上捡起散花炮,砰砰,零星地炸一个。

天又下起了雪。雪子夹雪花夹颗粒一样的雨。沙沙沙。风卷起来,从东边田畴涌过来。摇晃的路灯半明半暗。几个中年妇人在约伴,去杂货店打麻将。隔壁大炎家厅堂,又响起了唱戏声。木鱼,当,当,当,开场。铙钹,恰——恰——恰——,尾随其后。哐哐哐,哐哐哐,小铜锣越来越激烈。嘀嗒嗒嘀哒——,嘀嗒嗒嘀哒——,唢呐比昨夜吹得更欢庆。哩嘟啦哩嘟,二胡一下子把悲凉的调门提了起来。男声在唱:

> 扬鞭催马长安往,春愁压得碧蹄忙。
> 风云未遂平生望,书剑飘零走四方。
> 行来不觉黄河上,怎不喜坏少年郎!
> 拍长空逐浪高百丈,归舟几点露帆樯。
> 真乃是黄河之水从天降,你看他隘幽燕,分秦晋,带齐梁。
> 浩然之气从何养,尽收这江淮河汉入文章。
> 琴童带马把船上,艰难险阻只寻常。
> …………

"大炎真有劲,几句戏文唱了几十年,还唱,再好的戏文也唱厌了。"来我家串门的吊酒师傅彩平说。我说,喝酒的人还餐餐喝,也没见人说喝厌了。彩平呵呵地笑起来,说,一个理,一个理,饭也餐餐吃，没人说吃厌了饭的。我母亲说，厌了，就是到头了，到头了，和雪一样化了，渗了土里。

天黑得发稠。

台阶上很快白了一层。盆栽的棕榈这两天也冻死了，叶片焦黄。瓦垄里，当啷当啷，滚下雨，滚下雪子。溪水无动于衷，叮叮咚咚，不疾不徐，像时钟里的秒针分针和时针。

邻居三春媳妇从双排座的五菱车下来，穿着厚厚的睡衣，戴粉红毛线帽，抱着刚出生的婴儿。婴儿被一床棉被包着，严严实实。三春乐嘻嘻地给每一个人发烟发糖果。"胖嘟嘟的。""月娘快进屋，别吹了风。""奶水有了吧？""肥耳，长寿命。"婴儿啊啊啊，哭了起来，哭声响亮。

不远处的田野变成了墨水，滴在夜的容器里，和黑相融。我们烤着火盆，说着话，看着屋外下雪。似乎雪会越下越大，也似乎会随时歇下来。风拍打着窗玻璃，啪啪啪，像风雪夜归人的脚步声，急迫，无畏。窗玻璃有了凝珠，晶莹，不一会儿，有了水雾的窗花，像白水母。生病后，我很怕冷。我找来旧军绿色大衣披上。母亲说，这件军大衣还是你爸五十岁做的，后面的衣叉开得不正，穿起来拉身，不舒服，也就一直没穿了。母亲又说，铺了两层棉，暖和。我说，我得留着，当传家宝。

山又白了一层。人会白头，山也会白头。白了头的山，晒几天太阳，又还原回去。白头的人，却继续白下去。雪下雪的，头白头的，水流水的，夜黑夜的。

天下雪，只有天在最深情的时候下雪。什么是最深情的天呢？不知道。也许深情是因为雪下得特别有耐心，一朵一朵下，分开下，一层一层下，不像雨，浇下来，泼下来，倒下来。雪花是一封封写给人间的信，通知人上天堂，通知人来人间。收信的人，有明确的地址。

送信的人有明确的投递线路,从天空下来,从山顶下来,从树梢下来,沿着饶北河,寒风是一艘飘摇的船,摇着橹,投给每一户屋顶,投给每一个人,投给每一棵树,投给每一株菜蔬。无人收的信,放在地面上,信叠着信,等待太阳焚毁。

信的内容也不相同。

有的信上写着:"千山鸟飞绝,万径人踪灭。孤舟蓑笠翁,独钓寒江雪。"

有的信上写着:"今我来思,雨雪霏霏。"

有的信上写着:"浮生只合尊前老。雪满长安道。故人早晚上高台。赠我江南春色、一枝梅。"

有的信上写着:"乱山残雪夜,孤烛异乡人。"

夜太黑。雪太白。我们在说话。雪在下。

雪是天上坠毁的星宿,带来了星光,又埋在田畴里,埋在山梁上,埋在我们的屋顶上,多余的,全部埋在河边,听河水流淌。

山　巅

　　山巅之上，是什么？当我一次次走向山巅，是什么在召唤着我？
　　睁开混沌之眼，我便看见了高山。雄阔的高山，扬起高昂的头，像一匹快马，鬃毛被风吹出海水的波浪，四肢鼓胀起结实的肌肉，黑夜中，马蹄闪亮，雪白的月光如积雪撒落，缥缥缈缈。这是一座无名之山，在我家屋后。从十二岁始，我父亲才允许爬上山顶，砍柴。山顶名为三角岔。父亲说，上山顶，要经过一片石灰石岩，路陡险峻，豺狼经常出没。和结伴的伙伴，早早吃过早饭，拿着棕绳柴刀，从一条乱坟岗小路上去，经过一片油茶山松树林，走一个多小时，到山顶。山顶呈三角形，地势平坦，有粗大的松树和桉树，有一条深挖的旧战壕。我们把松树枝桉树枝，砍下来当柴火。站在山顶上，我感受到风呼啦啦啦地吹打脸，松树哗啦啦地汹涌，山脚下是村舍，匍匐在田畴之上，山脊分四支，缓缓伸向大地深处。高山像一只乌龟，山脊就是四肢，紧抓大地。郑坊盆地在山脚下，像一只脚盆，升起的炊烟在弯曲，飘散。山顶上，还有一个石片砌起来的坟墓，坟头塌陷，墓墙却还是圆形，石片压着石片，规则，严密，被稀稀的爬墙虎虚遮着。远眺间，还有一座山，高耸入云，闪着耀眼的太阳光，陡峭的岩壁绵绵，石峰嶙峋。那是灵山。饶北河在山垄回旋。

  岩鹰在山顶上盘旋，鸣呀呀尖叫。我对岩鹰过于熟悉。岩鹰通常是孤单的一只，在空中，顺着气流，盘旋，盘旋，然后降落伞一样慢慢沉降，突然一个俯冲，把院子啄食的鸡抓走。一般是在正午，院子已经没有人。在深夜，岩鹰也会尖厉地叫，呱啊啊，像亡魂的颤音，令人惊悚。据说，岩鹰是筑巢在山顶的岩崖缝隙里，但从没被人抓过——岩崖不是人所能攀爬上去的，峭壁上，岩水常年滴澹，苔藓上长满了石耳，人上去，便落入万丈深渊。还有一种乌鸦，也筑巢在岩洞里，成群地飞出来，栖落在高大的樟树上，日夜呜啊呜啊呜啊地叫。那是有人即将故去的前奏曲，随后，被村里某一间屋舍低低的哀号取代。

  比三角岔更高的，是岩鹰的翅膀。翅膀之上，是云朵，是太阳，是空空荡荡的瓦蓝天空。比三角岔更高的山峰，还有灵山。

  站在门口，便可以遥望灵山。春雨沿灵山北麓的山垄，一阵比一阵白，色泽如淘洗了的米灰水，泼洒而来，河面急溅起密密麻麻的水泡。水泡迅速破裂，细小的水珠在水面滚动，被湍急的水流带走。山麓雾蒙蒙，青黛色，村舍氤氲在一片树林之中。而大多时候，灵山如洗，山峦延绵，峭崖如屏，山腰上，青蓝色的树林似青花瓷上的一朵莲花。雪却来得早，小雪之后，空气凝滞，由露结霜，霜冻为雪，雨落成粒。我们打开门，搓着双手取暖，薄薄的阳光敷在地面上，屋檐悬着冰凌，灵山已经被雪覆盖了，白皑皑，金光射透了云层。整个冬天，雪不融化。那是一座什么山呢？怎么会有那么多的雪？我不知道，还有哪座山，比灵山的雪更多。我要到灵山顶上去，我要触摸山顶上闪耀的金光，在积雪上，滚雪球，滚稻草垛一样的雪球，然后推下山崖，听听轰然而落的声音。我拿起绳索，腰挂一把砍刀，上灵山。我父亲问我："你干什么去？"我说我要上灵山，我每天打开门，灵山伫立在眼前，那么高，和天空接壤了，我要去到灵山顶上，看看山顶上，到底是什么样子的。父亲说，村里从来没人上过灵山，以前有一个采药人上去过，可再也下不来，豺狼也很多，有一种豺，看起来像狗，很温顺地跟着人走山路，在无人的时候，便扑上来，把人脖子咬断，把大肠扯出来吃。但我还是去了。我不怕，我十四岁了。从樟涧村上山，到了一个叫天堂的小村。天已经完全黑了。小村只有三户人家。屋顶上，柴院里，树桠上，岩石上，全是厚厚的雪。猕猴在柴院的茅棚下，缩着身子，见了人，吱吱吱地跳来跳去。猕猴有十几只，脸部有淡淡红毛，全身体毛松糕一般黄。但它并不怕人。东家对一个外人的到来，很诧异。天堂村在灵山山腰，处于一个大坳口，山涧激越地穿过密林。东家了解了我的来意，看看我这个单薄的少年，说，要上灵山，也要等积雪完全化了，那时，已经到了山樱花开了。东家说，我们上过灵山，山顶上，什么也没有，是一块大石盘，比村子还大的石盘。

登上灵山山顶，我已经二十八岁。之前，去过很多次灵山，路线也是一样的，从清水乡前汪村，上水晶山，在水电站过一夜，便下来了。水晶山离山顶，还有半天的脚程。为这次上山顶，我们已经作了长时间准备：线路的安排已被当地人勘察了，路上的饭餐和饮水各自背在身上，医护人员备了急救箱随行，向导有三人，每人有一把拐杖可做防身武器。清晨从水晶山出发，上山约两华里，便是一个古朴村子，房子是泥墙红瓦的老屋，七八栋，松树参天，溪涧沿山边直泻。村后是一条古驿道，石头铺砌一级级六尺宽的台阶。驿道被蕨类植物和茅草掩埋着，约三华里，往山梁斜上去。山梁上有一座石堡，算是南北山脊的分界。沿山脊而上，花岗岩石开始整片整片裸露，寸草不生。

约行四华里,便到了山顶。已是正午。我们站到了最高的山顶,伸开了双臂,啊啊啊啊,欢呼,尖叫。极目远去,全是黑黛的山,浪涛般起伏。山跪伏在山的脚下。山仰视着山。山高高在上。山低下了全身,尽可能地紧贴大地。山像地下的树根,盘根错节,又井井有条。山推着山匍地而行。山高高隆起,掀起滔天巨浪。我高声朗读辛弃疾的《沁园春·灵山齐庵赋》:"叠嶂西驰,万马回旋,众山欲东。正惊湍直下,跳珠倒溅;小桥横截,缺月初弓。老合投闲,天教多事,检校长身十万松。吾庐小,在龙蛇影外,风雨声中。争先见面重重。看爽气、朝来三数峰。似谢家子弟,衣冠磊落;相如庭户,车骑雍容。我觉其间,雄深雅健,如对文章太史公。新堤路,问偃湖何日,烟水濛濛?"万马奔腾的灵山,疾风呼啸,波倒浪立。

山顶是平坦的花岗岩石块,石块与石块的缝隙里,有松树。松树矮矮的,斜斜地峭立,作飞翔的姿势。山顶蜿蜒又断裂,如一排脊椎骨。身边是壁立万仞的悬崖,崖岩下,鹰在翱翔。丝缕的云绸,在萦绕。头顶上,是白白一片的天。白得深邃,白得遥无边际,白得空洞茫茫。

沿东边山梁而下,在石人峰的南风堂入住。这是灵山东边最高的山顶。南风堂是岩崖上的寺庙。峰峦交错,峰刃如削。吃了晚饭,同行的人在寺庙的偏房里喝茶聊天。我一个人坐在石梁上。石梁呈桥状。黄昏降临,泛红的西边天空,被最后一缕白云遮掩。云渐渐兑黑,丝缕状。山风从岩壁包抄而来,摩擦着岩石,嗞,嗞嗞,嗞,嗞嗞,如砂纸摩擦金属。天慢慢模糊,像一碗清水滴了浓浓植物汁液,扩散开来。稀稀的薄光,浥下来。我第一次感觉到夜光,仿佛是液体,如空气中的雾珠。不是飘洒,也不是沉降,而是濛下来,濛了空气所能渗透的地方。红月亮从东边浮浮荡荡,升起。像一枚樱桃。黑魆魆的山峰,像苍老的时间雕塑,沉默不语。山峰也是液体的,与夜光融为一体。山下是稀落的人烟，隐隐约约豆灯闪闪。萤火虫在寺庙前的坪地上，飞来飞去。天又渐渐明亮。夏夜，山顶上的蓝天，月亮如肥胖的梭鱼，星星如瀑珠跳溅。夜空不时爆出丝绸裂开的声音。柔软的，荡漾的，漂洗的夜空，只属于高高的山顶。清凉的，透明的，静虚的夜空，只属于高高的山顶。繁星如泻，星光似冰。头顶绚丽的，是另一个纯蓝的大海。

很多人都崇尚站在山顶上，像一个孤独的王，为此，哪怕舍弃自己的生命。我不知道，是什么在召唤这些人。如登山运动员。喜马拉雅山脉的珠穆朗玛峰是世界上最高的山峰，海拔 8844.43 米。珠穆朗玛，藏语是"大地之母"之意，尼泊尔语是"天空之女神"。人类认识珠峰 200 多年来，登山遇难者有 100 余人。1960 年 3 月 19 日，登山家史占春率领中国登山队抵达珠峰大本营，从北坡向珠峰发起冲击，历尽艰难，王富洲、屈银华和贡布最终在 5 月 25 日黎明 4 时 20 分胜利登上了顶峰。人类第一个登上珠峰的人，是新西兰登山家埃德蒙·希拉里，于 1953 年 5 月 29 日登顶。他实现了无氧单人登珠峰。也是第三个登完七大洲最高峰的人。

有人说，登山者，是征服欲望极其强烈的人。有人说，登山者，是站在翅膀上的人。我不了解登山者，也没见过职业登山者。我自己也只是一个只有脂肪没有肌肉的人。我徒步登过的最高的山，也只是黄山。海拔最高的莲花峰是 1864.7 米。清早出发，从南门上山，在山顶吃午饭，下午下山。这是游客的线路。我戴一顶太阳帽，喝两支藿香正气水，拿一大号矿泉水，晃悠悠上去，晃悠悠下来。除了人头和脚跟，我什么也看不见。有很多年轻人，行头很是夸张，背一个很大的旅行包，鼓鼓的，拄着拐杖。至于这样吗？不蔑视这样的人，我做不到。

我是一个不适于登山的人。有严重的恐高症，有低血糖。我很少登山。但有时候，在特定的气氛下，自己也会豁出去——我想去山顶，到山顶去眺望，没有目障地眺望极目所及的远方。2008年夏天，在三清山，二十多位远方来的朋友要登山，去玉京峰。不记得去了多少次三清山，却从未登山。小说家田瑛老师说，我心脏有问题，都要上山，怕什么，一起上。坐缆车上山，朋友们叽叽喳喳，拿起手机、照相机狂拍。我特意买了一条毛巾，把眼睛包起来。下了缆车，便是人工栈道，弯弯扭扭悬在山岩下。栈道之下，是深深的峡谷，悬崖万丈。峡谷里开满了杜鹃花。三清山杜鹃花，闻名世界，如猴头杜鹃、云锦杜鹃、鹿角杜鹃、变色杜鹃等，树龄均在千年以上，且三清山独有。我哪有气魄去欣赏杜鹃呢？我面向岩壁，扶着岩壁，一步一移地走，连个大气也不敢喘。这不免受到朋友们的奚落取笑。陈蔚文说，你这个形象给我的反差也太大了吧。我还是坚持到了山顶，虽然我的膝盖已被岩石磕碰烂开。峰峦过于陡峭，列阵式，我的双腿瘫软，再也站不起来，我感到心脏压力太大，要蹦出胸膛，吧咚吧咚，明显听到了自己剧烈的心跳。我坐在山顶的石块上，见峰石如林，松海如涛，云海铺满了天空，世间已无人烟，云海之上，是太阳，脚踏风火轮，身披七彩的光，沿着亘古银河的环形跑道，默默移行。

我半徒步登过的最高的山，是黄岗山。黄岗山是武夷山的主峰，号称华东屋脊，最高海拔2157.8米。黄岗山坐落于福建与江西交界处，处于铅山县境内，是国家动植物保护区。第一天，在半山腰的一个林场旧招待所过夜。招待所有一个大院子，长了很多阔叶树，有两个花圃。我们进招待所，已经完全天黑了，糨糊一样。雨特别大。我们个个饿得如狼似虎，上了桌，推土机一样把饭菜干光。雨又大又密，噼噼啪啪击打在阔叶上。我们少有地自觉散回自己的房间，既不喝茶也不聊天。房子是木质的，屋上盖瓦。雨敲打在瓦楞上，叮叮当当。院子外的溪流，哗哗哗。除了雨水声，什么声音也没有，稀蒙蒙的灯光在水影中摇曳。我很快入了梦乡。第二天中午时分,我们到了山顶。山顶是一片草甸,正值五月初,油绿的青草在风中起伏。獾和兔子在草甸里窜来窜去。草甸里,有很多石窟,可住人。据说是上个世纪五十年代开凿的,且还建了瞭望塔。现在只留下空空石窟,没有任何的生活遗存。当年生活和工作在石窟里的人,或许是世间最能忍受寂寞的人。山风响亮,山风也寂寂。星光响亮,星光也寂寂。站在山顶上,闽北和赣东,尽收眼底。弥眼而望,山峰苍翠。我想起古龙笔下描写的木偶山庄。人在一定情境下,会出现幻觉。比如站在黄岗山上。我们所看到的世界,其实是非常小的,不会比一个沙盘大,假如把人同比例缩小成一只蚂蚁的话。黄岗山可能只有土豆大,桐木江也只是一条小蚯蚓,有鬼门关之称的分水关也是一粒沙。我想起遥远的天山。2007年9月,去新疆,在天池,仰望高高的博格达峰。博格达峰海拔5445米,是天山东段山脉主峰。山峰并没耸入云端,尖尖的,白雪闪耀,像是纯银锻打的。当时我记下了山巅之上的云朵:棉絮般的、荡漾的、花白鬓发的双亲般的云朵。那么圣洁,是神的居所。我没有去过天山腹地,更没攀登过,但我从山巅之上,飞掠而过。坐在飞机上,空乘员提示我们:飞机下面,是我们祖国伟大的天山山脉。我靠舷窗而坐,眼睛紧贴着玻璃,俯瞰下面。天山被积雪覆盖,一个个山峰像隆起的肌肉,板结的肌肉。横亘几千公里的天山山脉,也是银白一片,像一列押运满车雪团的列车,在狂奔。是的,在不同的高度,不同的天气里,我们眼睛所看到的,会发生变形和移位。

  暴雨即将来临,风呼啦啦,把我们的衣服吹得扣子掉下来。女同志的头发也被吹成了浮荡的海草。乌云整块飘移,翻滚着飘移。向导说,快躲起来,暴雨来得非常快。我们躲进石窟,暴雨冲泻了下来,脚步慢的人,全身湿透,虽然穿了雨衣。雨点像飞来的石头,击打在岩壁上。这是我见过最大的雨点了。风把草往草甸中央挤压,抱成一团,绞在一起。人在野外,也是会被风扑倒的。天特别低,低得只留下一块厚厚的乌云罩下来,犹如一块泥巴。黄岗山被盛大的雨所包裹。

是的。我不爱登山,但我没有停止过对山顶的向往。山顶让我内心空旷,山顶让我知道,大地不但有无限的深度,也有让人恐惧的高度。这种恐惧不仅仅是来自人的渺小,也不仅仅是来自山体的庞大,而是人对天空的敬畏,和对大地深度的有知。2012年10月,我进入四川岷山。车在松潘沿途峡谷,整整开了四个多小时,峰回路转,山不见顶,山上有山,再有山,植物稀稀,山石嶙峋,十分贫瘠,地势险峻,岷江滔滔。据说,这一带适合种花椒、苹果、樱桃、川贝,且是国内最好的。快入岷江源了,我看到盘山公路,我已经完全晕了。公路,远远看上去,像一节肥肠挂在竹杈上。弯道,弯道,弯道,一箍箍地卷起来。我坐在车上,眼睛都不敢睁开。到了山顶,却是开阔地,有稀落的集市,还有矮矮的山冈,哀哀的茅草给人荒凉和悲伤感。山上的人,已经穿起了笨拙的羊皮袄。山野旷无,羊和牦牛零零散散地在岷江边吃草。风冷冷的,刺骨。这是海拔约3000米的高山地带,已经极少有阔叶树,茅草也零落。我所读过有关牛羊的诗歌,无论是当代的,还是古代的,没有比"风吹草低见牛羊"更精妙的了。那是一种苍莽,孤独,和坚忍,是天空下最广阔动人的呈现。山顶的小山冈,看起来,给我大雪融后的错觉,瘦瘦的山体,冰凉的阳光,低垂的茅草,飘动的经幡,在黄昏来临之前,一片静默。天葬台就在眼前,神秘的传说在每一个人心里扩散。天空浑圆,像一块反扣的大时钟。

每年都有登山爱好者,要么坠崖而死,要么迷路饥寒而死,要么被野兽侵袭而死,要么雪崩被埋,要么山岩坍塌被葬,要么山洪暴发被吞没。这是意外。这些意外的常发事件,非但没使登山者停下脚步,反而更加坚定他们攀登的决心。他们要战胜饥寒,战胜恐惧,战胜疾病,战胜死亡,战胜自我,攀登到最高的地方去,去领略。他们是孤独的王，精神的王，到无人可到达的地方，到无人可结伴的地方，领略苍茫的山风，领略寥落的星辰，领略张开双臂的呼号。他们是另一种形式的航海者，在空茫茫的海面，他们悬起帆，日夜兼程，风雨无阻。他们热爱风暴，热爱恶浪，热爱阴霾，也热爱冉冉而起的旭日，和熔金的夕阳。他们紧紧拥抱自己孤绝坚忍的命运——既然出发，必将义无反顾，哪怕船毁人亡。

据说，有一种自杀，是攀爬到高山之巅，伸开双臂，纵身跳崖而死。从生命角度而言，我反对任何形式的自杀。我也在想，纵身跳崖的人，其实不是在选择自杀，而是尝试自己是不是可以飞翔，张开的双臂像两只翅膀，被风托起的身体，慢慢变轻，肺消失，有了气囊，皮肤长出了羽毛，秃鹫一样，巡视大地……

作为一个庸常的人，一个在街道上疲于生活的人，我面对高山，常常无言。我登临过屈指可数的高山之巅。我没有能力去登临更多的高山之巅。一个人的生命长度，是极其有限的，不可能走完高山，也不可能丈量大地的长度。这是一个生者的无可奈何。登有限的山，走有限的路，是对时间的一种妥协。但我能听到高山对我的召唤，以渺渺的季风捎给我，以孤悬的游月捎给我。即使我登临不了高山之巅，我也愿意深入山林，登上哪怕海拔不足千米的山巅。昨夜，无由的难以入眠，想起了武陵山区，想起了武夷山区，这些都是我常去的大山。又想起我小时候那个叫三角岔的山顶，其实它很矮，海拔还不到 600 米，但它是我心中的第一座高山，我登顶的第一座高山。不知怎么的，我继而又想起埋葬祖父祖母的矮山冈，徒步十分钟就可以登顶的矮山冈，茅草比油茶树还高，坟前的蜀柏几年了也不见长，乌鸦不停地飞来飞去。我淌了热热的泪水。

每一座山，都有自己的山巅，每个山巅也不一样。一样的是，离星辰更近。我似乎看到了一个人的老年：在一个山巅上，有一栋木舍，黑瓦，不多的山泉仅够养一小池的荷花，菜地有两畦，种了黄瓜和苦瓜，指甲花在霜降之前便凋谢了，听着厅堂外的乌鹊唧唧咯咯叫，穿麻布蓝衫的老人，喝着温热的野山苦茶，月光朗朗地照到他的床上……

铁

我爸是个喜欢谈白讲古的人，和别人聊天，爱提很多怪异的问题。诸如"什么东西最重""最长的又是最短的东西是什么"。他向杨家大寒又提出了"什么东西是又硬又软，又韧又脆"的问题。答案，一直是在他舌头上。前面几个问题，我听了很多次，每次答案也不一样。大寒五十多了，在我爸侧东座位，用手指扣着碗，喝着酒。我爸看看他，老脸笑起来，像一窝泉眼，可爱慈祥。"铁是硬硬的，也是软软的。是韧韧的，也是脆脆的。铁和一团泥差不多。"大寒用碗碰碰我爸的碗，说，"想听听叔的意思。"我爸呵呵地笑，说，不能说你不对，也不能说你对，我说这个东西，不是铁，是命。

"怎么解？"大寒说。大寒用手抹一下头发。头发黄黄的。三十来岁，他头发一年比一年黄了。全黄了，鬓毛开始发白。

"命硬的人，韧得像弹簧，受多少苦，挨多少饿，都死不了。命脆的人，软得像棉花糖，被别人一口吞了，连个气泡都没有。"

"有理。有理。解得好。和太平山主持解得差不多。"

他们又开始喝酒。酒是我到官葬山买的，糯米高粱烧，头酒，十三块钱一斤，买了五十斤。我特意对吊酒的懒汉师傅说，是我家老头子喝的，酒不能差，不然他把碗摔到你头上的。懒汉说，知道，给他差酒，我不是作死吗？我老爸都过八十啦，脾气确实不怎么好，当他喝苦味的酒时。我爸有三个酒坛，一个酒坛能储五十斤，放在他睡的床前，酒坛盖用破棉絮盖着。去年十月，我带了好多酒回枫林，两箱"金门高粱"，两箱"八八坑道"，四箱"四特蓝韵"，二十箱"小蜜包酒"，准备过年喝的。到了年前，我去储藏间找酒，全是空瓶。我问我爸，酒去哪儿了。"酒不是在酒坛里，就是在我肚子里。"我爸说。我爸把所有酒打开，倒进酒坛里，几百块钱一瓶和二三十块钱一瓶的，糯米烧、高粱烧、谷烧，混合在酒坛里，放人参、当归、党参、枸杞等各种药材，泡起来喝。满满两酒坛。我说，爸，有这样喝酒的吗，要不要冲啤酒红酒下去呢？老爸说，啤酒红酒度数低了，不能算酒。我哭笑不得。我带回家的东西，就是放在楼梯上，他也看不见，要是酒，放在阁楼木箱里，他也能翻出来。我爸秉承了他父亲。我祖父曾常说："酒是最硬的东西，也是最软的东西。酒进了血液，骨头硬朗，再重的活也干得了。酒进了脑子，身子是一堆烂泥，软不拉稀的，别说干活，走两步路也成不了。"我祖父一生喝酒，却从不醉。不是他酒量大，而是他懂得分寸。

当然，作为添酒的人，我赞同杨家大寒的说法。他是个打铁匠。铁就是他的泥。铁就是他的生活。铁就是他的精气。铁就是他的命。

大寒的手艺是父传的。传了三年，他父亲死了。大寒十六岁。打铁铺在土地庙边的一间破泥房里。一个大火炉，一个鼓风箱，两个铁锭，两个水桶。他父亲力气奇大，一肩挑两担露水谷，箩筐压箩筐，棕绳结绑在扁担上，他弯下身子，整个胸腔鼓起来，脚肚子发胀，肩膀抖两下，把担子挑走。谁也没这个架势。他父亲是个高大身材的人,叫杨钱粮,给大队部打铁,打铁锤打锄头打刀具,脸膛黝黑,有两排白亮的牙齿,眼睛铜铃似的。钱粮的死,是因为捞一条死鱼。在水库尾的山田里,生产队的人在割稻子,有一个人看见库面上,浮了一条死鱼,七八个人扔下活,跳到水里,抢捞一条死鱼。大家游泳过去,水把死鱼荡到库面中间,其他人游了回来,钱粮继续游,捞到了鱼,人却沉了下去。大家看着他沉下去,啪哒啪哒打着水面,不见了。水库太大,水又冰骨,没人敢下去。临近傍晚,撑了竹筏,生产队才把他捞上来。他手里还死死地抓着死鱼。大寒的母亲是前几年去世的。叫豆香。是一个走路像抖筛子一样的女人,笑起来,整个眼窝都不见,像两个核桃。包产到户前,她时常断粮,水烧在锅里,抱一个畚斗,四处借米。似乎大寒的二姐水篮,还背一个米袋子,去附近的村子,讨过饭。村里有两个人讨过饭,另一个是巷子路口的蒿豆花。蒿豆花每次讨饭回来,都会在床上哭一天,哗哗哗。她们都是十七八岁的姑娘,背一个米袋,扎个头巾,穿老旧的破棉袄,手上打叫花板,进一户,打叫花板几分钟,边打边唱:好东家,行行好,寒冬没有棉花袄;好东家,行行好,有柴没米怎么熬……

  打铁铺隔壁是个牛圈,养了四头牛。我负责一头。老七负责一头。山神负责两头。山神没上学,一直没上学,自己名字也写不来。山神是大寒的弟弟,年长我一岁。天冷的时候,我们躲在打铁铺,玩跳房子打纸板的游戏。火炉红红的,墙壁上映着通红的光,炉灰扑腾腾地从炉口扬起来,灰白白的,落在衣服上,头发上。我们的脸上也跳着火光,暖烘烘的。我们从红薯窖里,偷出红薯,从生产队的芋头地里刨出芋头,从生产队谷仓里偷玉米棒,焐在炉膛下的炉灰里,焐到满屋子有了香味,扒开炉灰,剥开吃,吃得打饱嗝。豆香大婶做大寒的下手,拉鼓风箱,吡噗吡噗,风哼呼呼呼地吹进炉下的膛口,火苗一张一熄,硬木炭红黑红黑,转成殷殷的透红,铁片喂在木炭里，黑黑地亮起来，颜色和炭火融为一体。屋外北风呼呼。小寒后，雁北飞，鹊开始筑巢，雪粒扑撒屋顶，扑撒刚抽芽的油菜。石板路走起来，沙沙沙。夜晚，风止了，雪大朵大朵地塌下来。梅花从墙角边枯涩的树桠报了一张嫣红的脸。山茶在雪地里，打开了花苞，像一盏油灯。

钱粮死后一年多，也是快过年了，门前的稻田积了厚厚的雪，屋檐悬挂的冰凌始终没有融化。独眼的石皮用蓝布手绢包了四个鸡蛋，找到我妈，说，大寒打铁需要一个帮手，总不能让豆香嫂拎铁锤吧。石皮是文革时期外来的移民，一直单身，比我父亲小不了几岁，一个人住在半边倒塌的破房子里。我妈说，合适倒合适，豆香还可以生育。过了两天，石皮挑了一担箩筐，去了豆香家，做上门女婿。箩筐里，有碗筷有矮板凳，有换洗衣服，有两双草鞋一双解放鞋，有不多的米面，有两只鸡，还有两卷新买的布料。大寒叫他叔。叔是继父的另一个称呼。

1983年，包产到户。我去镇里读初中。

打铁铺繁忙了起来。铁锤，条锄，薅锄，板锄，铁锹，铁镐，钢钎，大铲，两齿钳，烟叶铡刀，柴刀，砍山刀，割草刀，镰刀，菜刀，肉刀，剔骨刀，剁骨刀，斧头，锅铲，铁挂钩……挂满了打铁铺的墙壁。二十出头的大寒，像他父亲，肩膀像块磨刀石，手腕油茶树一样粗实。山神却文弱，打不了铁，负责砍杂木。杂木三厘米粗，剥皮磨圆，做锄头柄、刀柄。山神也上山割棕毛，棕毛切成巴掌大的一片，卷在杂木头，插进锄头套口，再挤压三块木楔进去，算是结实齐整。

有一年，我从上泸镇实习回家，去打铁铺玩（去镇里之后，几乎没去过打铁铺）。我说，大寒，我来打几锤。我拎拎大锤，至少十五六斤重。大锤柄不是木头，是开裂的竹片，用布片包着，弹起来，击打手掌生痛。我锤了两下，手臂发麻。石皮叔叔嘿嘿地发笑："这碗饭，不是一般人能吃的。古话讲，学艺容易打锤难。"大寒看看我的手，说，你那个手像豆腐，我这个手像钢板，什么样的手吃什么样的饭。大寒打赤膊，穿一件糙羊皮的大围裙，说，热，受不了，身上流油。石煤燃烧的气味有些呛人。石煤是后山拉的，成本低。火炉上的铁，被一只铁钳夹着，气浪翻上来，铁屑一粒粒地脱落。把红铁放在铁锭上，石皮叔一小锤，叮，大寒一大锤，咻。叮，咻。叮，咻。叮，咻。叮，咻。你来我往。铁软软的，红红的，铁屑一层层落下来，铁渐渐乌黑，渐渐地发硬，有了器具的雏形，夹起来，吧呲，扔进水桶里，一股白烟潽上来，小小的水泡，咕噜噜地浮了一层，密密麻麻。淬火后，夹起来，又放进火炉里烧。

村里人，两齿钳断了，菜刀卷刃了，到打铁铺加工，大寒是不收钱的。

五家坞，在饶北河边的一个山窝里。山窝只有五家人，叫五家坞。说来也是怪事，五家人从大梁山搬迁来，有一百多年了，还是五家人。人丁不旺，靠上山砍柴为生。刀是锋口锐利的砍刀，锋刃长一尺二，刀头内圆，像鸟喙。五家坞的大头，每年都要买两把砍刀，只要大寒打的。大头说，大寒的刀，看起来乌黑黑，摸起来糙糙，拿起来笨重，但吃木头，锋口越砍越白亮，木疙瘩也能吃进去，砍荆条像吃肉。又一年，买刀，大头说，大寒，今天买了刀，要去你家吃餐饭。大寒说，请都难请，邀客不如撞客，菜是没好菜，酒是有的。大头第一次进了杨家，见屋舍矮矮的，但宽大，有六坪，还有后面两个大猪栏，猪嗷嗷嗷地叫着想吃食，门前是一个大院子，种了三块菜地，香椿树有两棵，树腰比腿粗，黄泥的矮墙围起来，盘满了凉粉藤。门前是开阔的田，再过去，是饶北河，河岸洋槐油绿绿地摊开。两只喜鹊在香椿树上，喳喳叫。过了两天，村边卖杂货的金花嫂，给大寒说亲。亲，是五家坞的，大头的女儿。大头很喜欢大寒，屋舍也不差，他女儿梅花也来偷偷瞧了，对男人对东家，都满意。

大寒儿子落地那年，石皮和豆香的女儿也落地，前后相差几天。婆媳同坐月子，算是大喜事。大寒和他叔，只有没日没夜地打铁。铁锤砸在铁锭上的生铁，火星四溅。叮，哨。叮，哨。铁成了刀，成了锤，成了锄，成了斧，成了钎。铁成了刀锤锄斧钎，还是铁，但更硬，更尖，更生寒，可以深深吃进土里，把泥翻上来，种菜种稻谷种玉米；可以把比圆桶粗的树砍倒，锯成木板，打板凳，打桌子，打香桌，打花窗，打花床；可以把青石岩钎出一块块，凿成青石板，墓碑；可以把一座石头山砸碎，世世代代砸，一年一年砸，一天一天砸，一锤一锤地砸，砸碎的片石烧成石灰，和上泥浆，修墙建庙，架椽盖瓦。生寒的铁，有了人的体温，有了人的血性，也有了血脉。淬火后的铁已不再是铁，是人的手与脚，是人的牙齿和胃肠，是人的骨骼，是人捍卫尊严的武器。

"1959年，是最苦的一年，苦得像药渣。"我妈常说起那年公社大炼钢铁，哀哀地叹气，说，"各家各户都把锅砸了，炼钢铁。全村的劳力都在饶北河洗铁砂，脚都浮肿了，我挺着大肚子，也去洗，饭都没的吃，吃红薯渣当饭，后来红薯渣都没的吃，吃棕籽吃观音土。白山底的放鸭佬，站在河里洗铁砂，昏倒在水里，被水冲了三里多，才被人发现。管食堂的酸尼好，人真好，每餐多给我打一碗，没这碗饭，还不知道有没有你们。"酸尼是个驼子，鳏夫，他死的时候，我都十几岁了。我也几次把这个话，说给大寒听。大寒说，洗铁砂和淘金砂差不多，比打铁累人。我爸倒是说得轻松，一个时代是一个时代的事，现在不可能再去洗铁砂吧，一斤牛肉可以买好几斤铁呢。

山神哪年结婚的，我真不知道了。山神在三十来岁，石皮叔叫红旗从贵州带了一个女人回来。红旗是邻居，专门从贵州带女人来饶北河一带，一个两万七，女方得一万五。我见过那个女人，夏天赤身裸体在饶北河游泳，黝黑，鼻梁塌塌，乳房像两个发胀的小柚子。在枫林生活了六七年，生了一男一女，还是回了贵州。前几年，石皮去世，山神打电话给贵州女人，贵州女人说，正在盖房子，小孩还在喂奶，来不了。山神死了心，女人再也不会来枫林了。腐冬瓜的老婆说，不能怪贵州女人，山神实在养不了家，瘦成一条藤了，四十多岁的人，端午了，还穿棉袄。发炎的老婆说得更恶毒一些："黄门狗买了个老婆来，没买老婆之前，一直和贵州妈相好，黄门狗养了上百只鸭子，卖鸭蛋的钱，都是给贵州妈的，你们没看出来，山神儿子和黄门狗长得差不多，鼻子朝天，眼皮往下塌，看起来就是笨死人。"石皮打了半辈子的铁，一直是抡锤的。抡到后来，再也抡不动了，双手垂下来，躺到了床上，躺了一个多月，便走了。全身干瘪，剥了豆肉的豆荚一样。他的老婆，豆香，先他三年走了，葬在茅棚坞，和捞鱼死了那个人葬在一起。为此，石皮一直伤心到死。大寒打了八副棺材钉，铁锤哨哨哨，把棺材钉钉进棺材板里。大寒说，叔是一个好人，一天的清福也没享过，要给叔大号的棺材钉，钉结实，免得叔饿着肚子爬出来。石皮带走了人间属于他的两斤铁。石皮的女儿蓝经，十六岁和本村的一个人生了小孩，一直没过门，后来又外嫁到很远的一个镇子里，我都十余年没见过了。只记得蓝经有一头天生的卷发，爱穿豌豆花裙子，很美的一个人，只可惜，一册书也没念过。

打铁铺，炉火一直没熄灭过。叮，哨。叮，哨。也一直没断过。远远听上去，像是木鱼声。大寒还是像以前一样，特别能吃。他买板油肉吃，一天吃两斤。板油肉的价格，一般是五花肉价格的五分之一。他说，把板油肉，蒸熟，拌白糖，空肚子能吃三大碗。他是特别勤快的人，冬天挖葛根，洗葛粉能洗半箩筐。他家三十年的老葛粉都还放存着。每年过年，我都去他家买肉过年。我看着杀猪的团叔，把白亮的尖刀，捅进猪脖子，血哗啦飚射出来，落在木桶里。猪嗷嗷嗷嚎叫，四肢奋力挣脱，身子肥肥地滚，直至四肢僵硬，嘴角淌一丝丝的黑血。团叔用挂钩，挂住猪下巴，拉进热水，木勺舀水烫身，刮毛，拉上木头肉墩，扒开四肢，剁刀开膛，掏出内脏。大寒提着黄黄的肥肠，说，真是好肉，这头猪一勺饲料都没吃，全吃菜叶花草。我就买两样：口条，排骨。大寒说，排骨有什么好吃的，肉少，啃骨头还不愿烦。肉还是热乎乎的。狗在肉墩下，转来转去，啃食零散的碎骨头。

酒，是他嗜好之物。但贪杯，也是近年之事，他儿子出事之后，便逢酒必醺。他要喝到自己摇头晃脑，脸涨得像猪肝，才放下酒碗。他儿子坐牢，坐了三年。六年前，他儿子红铁，到东莞一家五金厂打工，出了事。五金厂生产如螺丝钉、铆钉等各类金属物件。他第一天进厂，便被厂区里的金属，镇住了。他从没看过那么多铁、不锈钢、铜、铝。厂区有枫林小学几十个那么大，车间是金属，仓库是金属，货场还是金属，一码一码，一捆一捆。仓管主任给大家上培训课，说，是金属构建了这个世界，是金属发展了这个世界，没有金属便没有世界。他相信了，这是真的，这是一个金属的世界。他打电话给大寒，说，爸，铁真多呀，什么样的铁都有，这些铁打成柴刀，全国可以每人发一把。红铁是个仓管，给货物标号，进货出货，负责登记。一天上班十二小时，繁忙时，还通宵加班。年轻人躁动，贪玩，厂区是封闭的，人出不去，就上网瞎聊天。上了半年多，在手机上，看到一则倡议捐款的启事。启事说，一个叫田英英的女孩子，自小丧父，母亲改嫁，随祖父祖母长大，祖父前两年去世，现在她自己患了血癌，需筹钱治疗。红铁很同情这个叫田英英的人，可自己又没钱，睡在床上，翻来覆去，睡不着，连续三天。他决意要帮她。他从仓库里，假签单，偷铁钉，装在电动四轮车上，卖给外面的工地。卖了三车，得了3270块钱，寄给了田英英的筹款单位四川省×县×乡政府办公室。寄出第四天，红铁被厂保卫处抓了，送进了派出所。过了两个月，红铁被判了三年刑。大寒拿着法院判决书，说："我不理解，乡长小舅子喝醉了酒，开车撞死人，陪了28万，看守所都没进，我儿子偷铁钉，判三年。人命还不如几千块钱的铁钉。这是什么法律呀。"

他狠狠地打铁。火星四溅，溅在羊皮围裙上，溅在大寒的头发上，溅在手臂上。红红的铁，软软的，像面团。他的铁器，一直是饶北河最好的铁器。

铁到了1535度，开始熔化，红得像鸡冠花，软绵绵，到了2750度，沸腾，沸水一样，噗噗噗。再硬的铁，也可以熔化，再硬的铁，也可以沸腾，只要有足够的高温。这个道理，大寒应该知道。他打出他自己想要的铁器，要给铁器足够的生命期，锋利，笨拙，硬如铁。但再硬的铁也会断，钢钎会断，条锄会断，斧头会断，柴刀会断。没有不断的铁。和人的力气一样，再大的力气也会断。断了的铁器，熔在炉子里，铁匠继续锻打，成了新的铁器，把铁的魂还了回来。没还魂的旧铁器，挂在墙上，搁在屋檐下，扔在阁楼上，慢慢生锈，一层层剥落，牛皮癣一样，烂了全身，铁成了废铁、死铁。

我爸年过八十了，还种地，还把废弃的纸壳箱扎成一捆一捆，用板车拉到郑坊破烂站卖，卖个三五块钱，他喜欢找一些杂七杂八的事做做。实在没事做，他磨刀，磨得亮亮的。磨完了刀，磨斧头，磨完斧头，擦锄头，擦两齿钳，擦钢钎。刀斧锄，和粪箕箩筐一样，始终没有离开过他。他握起圆溜溜的刀柄锄柄，和握起碗筷的感觉是一样的，圆润，有掌心的汗水和油脂。我熟悉它们，却很少握起它们。没有握起，就是陌生。我总是吃了饭，往杂货店走，看别人打牌，看别人打桌球，或者去饶北河边，看水漫过石桥，小鱼悠然斗水。经过土地庙的时候，叮，哨，叮，哨，叮，哨，打铁声不紧不慢地传来，铁在铁锤下变硬，变形，变得乌青发黑，变得锐利，铁慢慢融进了打铁人的脾性和沧桑。即使是雨天，噼噼啪啪的雨声，也淹没不了叮哨叮哨的打铁声,铿锵悦耳。叮,哨,叮,哨。那么倔强,那么孤独,那么坚韧。叮,哨,叮,哨。铁锤像是随时要停下来,又像是一直要打到天黑。铁是坚硬之物,但此时是柔软的,叮,哨,叮,哨……

第四辑：灵源

圣 鹿

一头小鹿爬上厅堂的饭桌，啃香蕉吃，被午睡起床的明启看见了。他刚踏出厢房门，见小鹿嘴巴里塞着香蕉，吃得津津有味。小鹿见了人，迟疑了一下，继续啃，一节香蕉啃完了，又咬了一根香蕉。明启走到桌边，伸出手，想摸摸小鹿的下巴，小鹿跳下凳子，惊慌地往屋外的山林跑去。

明启是河南信阳人，来雁坞生活有三年多了。他是一个久病的人。在雁坞生活的七个人，都是久病的人。至于谁得了什么病，只有自己清楚，甚至自己也不清楚。病是一种奇怪的东西，有时候没办法诠释。

两条自北向南斜缓下去的山梁，夹出了一个狭长的山坞。某一年，大雁向南迁徙，嘎嘎嘎的雁声如暴雨飘落山谷。有一只大雁因翅膀被风所伤，而暂落于谷中山塘，长鸣三日，它的伴侣返身伴游，成双成对戏水觅食，繁衍生息。山坞因此得名雁坞。雁坞有人烟七户，山田数十亩。1998年，雁坞人外迁至四华里外的公路边，山田荒落，芒草丛生，瓦房破败。2007年，主持兴修太平圣寺的妇人徐氏，见雁坞瓦房和田产败落，从山民手中流转过来，对民房着手修缮，在网上招收生态养生者，入居时间不低于一年，免费提供屋舍、山田。第一年来了两人，第二年来了五人。

雁坞远离集市和公路，无商店无诊所，通电通网络，通土公路。这里树木茂密，饮水洁净，适合养病。来的七人都是久病的中壮年人，三男四女，各居一栋瓦房。他们来自湖北、河南、山东、吉林。有的人住了两年，返乡了，空出的瓦房又来了养生者。有的人一直住在雁坞，过年也不回去。养生者欲入居逾百，在排着队，等待有屋子空出来。徐氏又把坳头村的十几栋瓦房流转过来，修缮，供外人使用。

太平圣寺与雁坞、坳头，呈三角之势，有土公路互联，即使是步行，也仅需一刻钟。养生者自己种水稻种菜种黄豆，自己榨油，自己酿酒制豆酱，自己养猪养鸡鸭。他们与外界没有交往，甚至与家人都很少交流。明启第一个入居雁坞。

山坞野猪多，他是常见的。他见过大野猪带着七八头小野猪在翻藕吃。大野猪跳下烂田，嘴巴拱烂泥，拱出鲜嫩的白藕，嗫着吃。他吓坏了，他爬上田埂往屋里跑。有一次，他把番薯堆在养猪的茅棚里，野猪也去吃。他拿着棍子，想打野猪。野猪扇了扇大肥耳，向他瞭眼，哄哄哄地叫。他撒腿跑进屋里。可他没见过小鹿。这是他第一次见到了这种名为黄麂的小鹿。

有一次，一个来山里挖草药的人，有七十来岁了，在明启家搭膳午饭。挖药人对明启说：村里有人藏了黄麂骨吗？我收黄麂骨。

"黄麂？我没听说过，见了也不知道。长得啥样子？"明启有些疑惑。

"南方小鹿的一种，皮毛红棕，雄麂长两支小鹿角，雌麂不长鹿角。这一带，黄麂很多，叫声像狗又像鸭。黄麂因此也叫吠鹿。"

"黄麂骨很值钱吗？"

"黄麂骨磨粉,给孩子吃,孩子长得高。"

"人只有一条命,黄麂也只有一条命,动物不能随便杀害。我是一个不敢杀鸡杀鱼的人,何况屋后就是太平圣寺,菩萨在看着呢。"明启说。

挖药人每年来山中两次,每次都在他家搭膳。他见了小鹿后的一个月,挖药人又来了。他对挖药人说:黄麂来了我厅堂,很友善,吃了好几根香蕉。

挖药人说:黄麂乱闯进了屋子是有的,可进屋子吃东西,还是第一次听说。

明启说:说来奇怪,黄麂跑出屋子,还回头两次看我,我当时很激动。可这一个来月了,它再也不来了。

"这是莫大的缘分。兴许才开始了缘起。后面的事谁说得清呢?"挖药人说。

半年过去了,黄麂还没出现过。在夜深时,明启经常听到山边有"喔喔喔"的叫声,像狗叫又像鸭叫。嗯。这是黄麂在叫。叫声离村子很近。有时候,这几天在东边山窝叫,过几天在西边山窝叫。叫声绵柔,节奏短促。他站在屋前院子看着山窝。他用手电照一下山窝,叫声便停歇了。明启想,黄麂真是既敏感又聪明的动物。

山塘下有一块沙地,明启在沙地种上了花生。山坞所种植的农作物,都是他们自己育种。花生是土花生。九月,收花生了。他收了满满一箩筐。夜里,他听到窗外有啃花生的声音。箩筐加了竹编盖子盖着,老鼠爬不进去,那会是什么动物在偷吃呢?他披衣起床,灯亮开,啃花生的声音没了。他站了一会儿,又没听到什么响动。他又睡下去。第二天起床,他发现箩筐盖被翻落了,花生少了,地上又没花生壳,抖落的花生泥倒有不少。

花生撒在两张大圆匾上，晒在屋顶。花生晒上八天，水分便抽干了。早上端上去，晚上收下来，搁在两条长板凳上过夜。有一天深夜，他听到了有人在推自己的门，门闩在咯吱咯吱作响，但门始终没推开。生活在雁坞的七个人，晚上8点以后，便无人亮灯了。早睡早起，是他们的生活习惯，也是他们信奉的修养信念之一。他问了一声：谁找我啊，这么晚了，有什么急事吗？

无人应答。推门声也没了。他侧耳听，也没听出其他动静。是不是自己有幻觉呢？有一阵子，他经常产生幻觉，老觉得有人叫他。他回头一看，一个鬼影也没有。他还听到了他前妻对他说：天冷了，记得加衣服。他患病第三年，他前妻和他办了离婚，已十余年了。他以前是个油漆匠，做了二十多年的油漆。他脸黄黄的，有些肿胀。他去了很多上海、北京医院就医，都查不出病因。医生说，查不出病因的病最可怕，胆红素代谢出现了问题是肯定的，为什么会有代谢障碍，不得而知。他服用降胆红素的药，服用了一年多，也没什么效果。他停止了服用。哪有那么多钱呢？天下雪了，他偎在火桶边烤火，他前妻对他说：我没能力照顾你啊，你也没能力照顾我和孩子，你在外面，记得天冷多加衣。他四顾惘然，屋子别无他人，他流下了滚热的泪水。

是谁推门呢？他端着早粥，去串门，问了其他养生者，都说昨夜早睡了，没推门，推门得先喊名字啊，不然还以为来窃贼呢。我们生活在这样一个山光水净的地方，没一件值钱的东西，谁会来盗窃？明启这样想。

又过了两天，夜里又有了推门声。他轻手轻脚开了后门，拿着一根铁条，贴墙边走往大门。他挨着墙角，看见一头没长鹿角的黄麂用头顶木门，门轴咿呀咿呀，门闩咯吱咯吱。他无声地发笑。

黄麂爱吃花生。明启夜里不闩门了，虚掩着。他撒了一斤多花生在厅堂，等黄麂来吃。他开了厢房的门，靠在床头打瞌睡。等了三个晚上,黄麂也没来。

一日清晨,明启去山边的菜地拔青豆。他种了三块地的豆子。青豆完全饱满了,拔3株,可以剥一碗,切青椒小炒,是他百吃不厌的。他坐在厅堂剥,凳子上摆一个碗,低着头,指甲剜开豆荚剥,豆豆青青,水色充沛。他还没走到地头,看见豆秆在动。豆秆摇动得厉害,他捡了一个石块扔过去,一头棕黄的黄麂惊慌地抬起头,见了人,它一跃一跃地跑走了。他察看了一下,有一垄豆子被黄麂踩倒了,有十几株豆子被吃得精光,叶子也吃了。

前些时候,他就发现有豆子被吃了。兔子和松鼠也吃豆子,但不吃豆叶。他还以为是獾吃了的。黄麂还真贪吃。他砍了桂竹,编了两米高的竹篱笆,围了豆子地。

拔豆子了,他多拔3株,放在门口过夜。放了两次,豆子被吃了,啃了一地的豆壳,叶子也没吃。这是老鼠吃的。他便把豆秆用一个麻线捆起来,挂在晾衣杆上。挂了几次,黄麂也没吃。

春节了,屋主来看自己的老房子,提了3斤香蕉、3斤脐橙当伴手礼。屋主七十来岁,随儿子生活在上饶市。屋主是个质朴厚道的人,每年春节都要来看看明启,说:我这个老房子多亏了你照料,房子三年不住人,便破败了。老房子还在,我也有了念想,外面再好,都不如一栋老房子好。

明启陪着屋主在四周山边走走。雁坞有一条直通山外的石头铺的山道,因多年没有走,芒草丛生,灌木比人高。屋主走着山道,又说:世世代代走的路长满了草,心里荒凉,心里也幽静。他说起年轻时挑木柴去山外卖,卖了钱,买农具回来。那个时候是真苦,可又不觉得苦,雁坞虽贫窭,但养人。明启也嗯嗯地应着。明启说,在这里生活了几年,我哪儿也不想去了,这个地方清净,适合我这样的人生活,活到哪年算哪年。

不能有这样的想法。你还年轻呢。我七十多岁了,我还想多活几年呢。花花世界花花目。世界是用来看的。在世上走一遭,都是来看看世界。人是天上的鸟儿,飞不动了会掉下来,飞得动就要飞高飞远。以后我老得走不动了,我也回到雁坞。我的根在这里。屋主说。

屋主喝了茶,便走了。明启陪他走到了镇上。在回来的路上,明启心里有些凄惶。他是一个有家无归的人。住在雁坞的人,都是有家无归的人。他们各干各的活,各吃各的饭。只有端午、中秋、过年,七个人才共一桌吃饭。只有收割稻子了,他们才在一起干活。谁做了豆腐,给每人送一块过去。没干活的时候,他们坐在院子里喝茶说话,或者散步。他们大部分时间在散步,在爬山。山海拔只有400来米高,走走歇歇。山上多阔叶灌木、刺棘、芒草、芭茅。

来回走了十几华里路,明启有些累,热了碗饭吃,倒头便睡了,门也没关,碗也没洗。他做了一个梦。他梦见自己被别人刷了油漆,脸上身上全是白油漆。他浑身痒,他抓痒,双手并用,抓出了血泡,血泡溃疡。一只山鹿伸出淡红淡黄的舌苔,舔他血泡。它舔过的血泡收了创口,恢复如初。明启从大汗淋漓中醒来。他坐了起来,天有些发白。水朦胧的天色倒映着青山。他看见黄麂站在长板凳上靠在桌沿,吃香蕉。黄麂约1米身长,体重约20公斤,没有长鹿角,它用唇部叼起香蕉,横在嘴巴啃食。它吃得很快,吃得很专注。屋子昏暗,他看不清山鹿的脸部。

它吃完了香蕉,跳下桌,在厅堂站了一会儿,一个纵跃,跳出了门槛,向山中跑去。明启看着它跳下田埂,穿过紫云英花开的稻田,往油茶林奔去。

那是一片无人打理的油茶林,蕨、茅草、金樱子很密匝。明启沿着黄麂的足印上了油茶林。他第一次认出了黄麂足印,偶蹄并如一对鞋楦，拳头大，深深陷入泥里。在低矮的茅草丛，他发现了一堆黑色动物粪便。粪便还是新鲜的，松软湿润，呈丸状。他沿着山坡走，发现了好几处动物粪便，有的已晒硬了，模样和核桃差不多。他有些兴奋。他包了一颗"黑丸子"带回来。说是动物粪便，却有一股草香，色泽也光鲜。

油茶林可能是黄麂的窝，要不也不会晚上常有黄麂的叫声。

明启和其他养生者说，凌晨有黄麂来厅堂吃香蕉了，吃得很利索。他们都很惊奇，说，山麂几次推你的门，是和你相惜呢。

明启说，我得好生待它。

在山塘右边，有一块七八亩大的番薯地，已多年无人耕种了，长了很多荒草和地锦。明启请拖拉机手，把荒地翻耕了出来，撒了豆种。他割了3天的蕨，铺在地上。铺了蕨或茅草的地，不会长草。这么大的地，一个人种不了，任由豆子自己长吧。只要不长草，豆子就会结豆荚，出好豆。守太平圣寺的长脚师傅见这么多地种了豆子，问明启：至少出产两担黄豆，哪吃得完，可以卖一些出去。

能收多少就收多少，收了豆子再说。明启说。

山塘离村子很近，走十分钟的脚程便到了。饮用水也是从山塘以空竹引涧入各家各户。水清澈，是地下泡泉涌上来的，冬暖夏凉，四季丰沛。

黄豆有三种生长期，分别为60天、90天、120天。120天生长期的黄豆是赣东土黄豆，豆秆矮小，耐旱耐湿，叶茎节口挂满了豆荚。这种黄豆晒出来，颗粒小，但饱满圆润，有黄铜色泽。当地人称此豆为铜豆。8月，豆荚鼓鼓的。每一个豆荚似乎有孕在身。明启去了几次豆地，发现有黄麂来吃豆子。他看足印和地上的粪便，便知道了。他有些欣喜。

虽然他近距离见了几次黄麂，可他还没真切地看过它。他在山塘边,搭了一个高高的草棚,既可以守豆,免得被野猪破坏,又可看到黄麂。

一个地方(如一块庄稼地,一截河道,一座山梁,一片屋顶,一棵树,一口野塘)成了食场,吃了食的动物便会三番五次来找吃。

七月流火。明启在草棚夜宿。夜宿了十几天,黄麂也没来。野猪也没来。他不打算再去草棚了,那里蚊子太多。蚊子是大头蚊子,脚细长,叮在皮肤上长红疹。他摇着蒲扇睡觉,熟睡不了。

一日,他送西瓜去寺庙。他种了两分地的西瓜。他自小种瓜,他干这事很在行。这是最后一批瓜了。瓜皮薄,瓤甜蜜蜜,又不太粉。寺庙里的人对雁坞的养生者颇多照顾。他们的电路坏了,是寺庙里的人来修;瓦漏雨了,是寺庙里的人来加瓦。他们断药了,也由寺庙里的人代买。他送了瓜回来,已是夜幕降临。8月的山中夜幕,并不昏暗,也不浑浊,而是一种瓦蓝色的透明,光色如水印。远处的山峰,最后一片红云在烧,烧出灰黑的天际线。他去豆地看看。

在山塘边,明启看到豆秆在摇动。他猫着腰,蹑手蹑脚地走进。是黄麂在吃豆子。他看清楚了。黄麂的下腹有些鼓。它伸出舌头撩豆荚入嘴巴,上颌的犬齿呈斧头形,粗长却不成獠牙,磨豆子一样嚼食物。这是一头没有鹿角的黄麂,狭长的脸门呈上宽下窄的梯形,毛色微黑,泪窝像一个掏空的扁豆荚。它的背部毛色暗褐,腹部毛色灰白,下颌部和咽部毛色淡白,后腹是淡黄色渐变到白色,身体呈赭褐色。

黄麂抬起头,望了望四周,看见了明启。它怔怔地望着突然出现的明启。明启站了起来,微微笑。黄麂纵跃了一下,跳到另一垄地,回望。它不吃豆子,又不跑走。明启退身下来,站在山塘堤坝上。这是一个俯视的视角,他可以看到黄麂,但黄麂看不到他。

黄麂在晨昏或夜间单独活动。无论是雄麂还是雌麂,都会有自己的窝，无论走了多远的路外出觅食，都会回到自己的窝睡觉。自己见了三次的黄麂，会不会是同一头麂子呢？如果是同一头黄麂，那我和它的缘分不薄。明启心里这样想。

又一春。春风更冷，山塘的水面蒸腾着白汽。其中的一个养生者，已在雁坞生活了四年多。他是湖南人。他们称呼他老辣椒。他六十来岁，是一个冠心病患者。他熬不了。他熬过冬，却熬不过春。他死在元宵夜。到了第二天中午，他才被明启发现。他上午没开门，中午了，烟囱也没冒烟。明启敲他门，屋里一点响动也没有。明启唤了两个人来，撬了门闩，进了屋，发现老辣椒横在床上。明启去太平圣寺报丧。寺庙有老辣椒家里的联系方式。寺庙的管事联系了他家人。他家人说，人都死了，还报什么丧信，哪里死埋哪里吧。

管事挂完了电话，泪水直流。管事说，他家人说的话比他死了更让我难受。

老辣椒的后事由管事料理。管事很是伤心，抱着老辣椒的头，给他剃头，沙哑地说：你何苦来世上走一遭。

这是在雁坞去世的第一个养生者。每一个人都很悲伤。悲伤不仅仅是因为老辣椒病故。他们都是养生者，都是久病的人。生命的山道特别叵测，诡异，让人忐忑不安。似乎他们都是身处悬崖的人，稍一松手，便会下坠。

料理了后事，明启伏在饭桌上，给家人写了一封信。这是他有生以来第一次写信。他只读了初中，文化水平不高，他写了三五句，又把纸揉皱了。有些字写不来，他全忘了。他从未有过地想念前妻和儿子。他的儿子已成家了，和他多年没有往来。一个没有尽到为父之责的人，很难得到孩子的理解。他伏在桌上，呜呜呜地哭了起来。

信，最终没写。他不知道说什么。这么多年，他习惯了不表达。雁坞的养生者都不喜欢说话。他们的处境和内心秘密以神色、眼神、处方告诉别人。

春雪又大又厚。这是第一场春雪。雪覆盖了雁坞。梨树的芽孢裹着雪。没有收上来的萝卜，被雪冻坏了，烂在地里。他踏着雪，去曾发现了黄麂粪便的油茶林。雪光明净，山川更显得寥廓。黄蜡梅在一栋倒塌的老屋废墟上，寂寞盎然地盛开。他心情舒畅了许多。他想起自己的信阳家里，也有这样一株黄蜡梅，从屋角撑开。那是他母亲嫁给他父亲那年种下的。他的双亲已不在多年。

他站在一棵黄檫树下，往山窝里看，他激动坏了。他看见黄麂在雪地里分娩。

母麂舔着裹在幼崽身上的黏膜（胞衣）。黏膜白白的，如一张无孔蛛网。幼崽黑黑，躺在草丛，嘴巴一张一翕，蹬着后腿，眼睑被黏液蒙得睁不开。母麂想站起来，晃了晃身子，又颓然地躺下了。母麂太虚弱了。它用尽了力气，把幼崽生了下来。它舔着幼崽的嘴巴，舔着幼崽的鼻子，舔着幼崽的眼睛。它用脚撑着幼崽的臀部，欲撑幼崽站起来。

明启从屋子畚了半圆匾的黄豆，放在山窝一块平地上。草芽被雪覆盖了，黄麂觅食较为困难。黄麂是非常谨慎、爱安静的动物。被人惊扰了，它就会挪窝离去，会一直沿着山梁跑，跑去十几华里外的地方，找另一个僻静的山窝生活。明启有些忐忑，记挂着黄麂能否吃上黄豆。每隔半天，他去一次油茶林，远远地看那块圆匾。

过了两天，他去收圆匾，豆子一粒不剩。他也没看到黄麂。他又端了半圆匾黄豆去。

幼麂出生，两个小时候即可站立，睁开眼睛，围着母麂舔奶水吃。母麂护犊子深切，无论哪种体形较大的动物接近幼麂，它会蹦跳起来，踢或撞对方。黄麂是独居动物，有较强的领地意识，以尿液标识领地。

母麂带幼麂约七个月，幼麂独立生活，一岁性成熟。吃奶期间，母幼形影不离。明启站在山梁，往下望，常看见母幼在山窝吃草。初春，草叶嫩绿，尖芽细黄。

豌豆开花了。一日，明启睡得沉，他恍恍惚惚，似乎听到有谁在撞门，哐当哐当。夜深，天黑如浓浆。门撞得很激烈。他听得真切，但又像在梦里。他听到门哗啦一下，被撞开了，继而，房门又被谁在撞，咕咚咕咚。他拉开灯，见一只大黄麂站在门口，望着他。黄麂"哦儿，哦儿"地叫着，往屋外跑去。一股被烧的塑料味扑来，让明启冷不丁地打了个喷嚏。他皱皱鼻子，发现塑料焦味是余屋（非主屋的屋舍称余屋）传过来的。他打开后门，看见厨房失火了，火光透出了小小的窗户，瓦缝冒出浓浓黑红的烟。他拎起水桶，往余屋里泼水，大声叫喊：快来救火啊，火烧房屋啊。

灭了火，已是凌晨了。五个打火的人坐在屋里，被吓得脊背发凉。余屋毗邻主屋，屋后又是茅草山。七间瓦屋依山相邻，主屋若烧起来了，雁坞将片瓦不存。

"深更半夜的，厨房怎么会烧了呢？"明启想起来了。他在灶膛下煨马铃薯吃，忘记盖灰遮火星了。火星燃起了木柴屑，慢慢烧了起来。

"要不是有黄麂敲门，烧了房子不说，还说不定出人命了。"明启心里这样想。谁承想，黄麂救了人，救了雁坞。生活在雁坞的人，和来雁坞走走的人，都为这头黄麂惊叹。相邻村镇的人都知道了雁坞有一头黄麂会敲门，"哦儿，哦儿"地喊人救火。

有一天，一个中年男人背一个帆布袋，拿着一个榔头，来到雁坞。他很好奇地问雁坞人有关黄麂的事。雁坞人也诚实地回答。雁坞人问他是干什么的。他也只是笑笑。问了话，中年男人穿山绕坞地慢走，走走看看，走走停停。他翻开的衣领像一副熏大肠。

走了一个上午，他回去了。他的榔头插在帆布袋里，沉沉地下坠。

明启拿了一把铁锹，沿着那个中年男人走过的山坞，走了一圈。

第二天早上，那个中年男人又去了山坞，转了一大圈，在山塘边问明启：你看到谁去了附近几个山坞吗？

谁会去山坞呢？山坞除了茅草杂木，还有什么啊。你为什么这样问呢。明启斜着眼看他。明启一边回话一边给花生地拔草。

那个中年男人哼哼哼地鼻子哼气，啥话也不说。

明启知道那个中年男人是干啥的。他在有黄麂蹄印或粪便的草丛和草径，设了13副铁套子，还在油茶树设了5副绳套。他是来捕黄麂的。黄麂肉值钱，附近村镇有人在打黄麂的主意。明启见他神神秘秘、眼神躲闪的样子，就知道他没啥好事可干。明启把他设的铁套子和绳套破坏了，埋在一个泥坑里。

隔了一个星期，那个中年男人又来了，背着帆布袋，拿着榔头，去了附近几个山坞。趁他走了，明启又去破坏套子。明启正在埋套子，被那个中年男人当场逮住了。他抓着明启的衣襟，嘴唇哆嗦，说：我就知道是你挖了我套子，你这个不干好事的人。

说清楚，到底谁不干好事，你就是来捕黄麂的，我就是要破坏。明启反拉着中年男人的衣襟，不甘示弱。

黄麂又不是你家的，你凭什么破坏我的事。中年男人说。

不是我家的，难道是你家的？黄麂是雁坞的，天天在雁坞。是雁坞的，我就不能让你抓走。明启说。

争执了一会儿，雁坞人听到了争吵声，跑去了。他们知道那个中年男人在闹事。见了人来，中年男人往山垄外跑。明启被他重重打了两拳，脸上肿了红块。

在雁坞居住的生态养生者，有七人，其中有两人在雁坞病故。有一个脾脏肿胀者在雁坞居住了三年，病不治而愈。有人回了老家，也

缺席的旷野 | 159

有人离开了雁坞却不知去了哪儿。明启自来了雁坞,再也没离开。他的病痊愈了。他种了7亩大豆和花生。他还种荞麦。这里种的农作物都是自己育种的,不用化肥不打农药。他养了32箱蜂。这是他的生活来源。他几乎不离开雁坞,用他的话说:这个世界,还有哪个地方值得我去呢?

黄麂常常出现在雁坞的豆田、花生地、院子、山塘。雁坞在种菜,黄麂在菜地溜达。它不畏惧雁坞人。雁坞人手托一根香蕉,或摊一把花生,黄麂就咕嘟咕嘟啃食起来。但它从不在院子或草垛过夜。不认识黄麂的人,还以为它是长开了骨架的黄牛崽。

有一次,明启得了急性出血热,去镇医院住院了七天。他回雁坞,站在岭上的方亭,看见黄麂卧在他屋檐下,四肢伸直,晒着太阳。他站了好一会儿。在几年前,他养过一条黄土狗,骨架大,隆背长腿,竖耳晃尾。黄土狗养了两年,他把狗送走了。黄麂怕狗。狗汪汪汪,狂吠几声,黄麂落荒而逃。狗不咬人,也不咬其他动物,它只是警觉,有异样动静了就狂吠。雁坞没有狗,也没有猫。

黄麂是胆怯的动物,非常警觉,脾气暴躁。关在屋里的黄麂,会自己撞墙而死。这是山里人都知道的事。山里人不知道的是,雁坞的黄麂怎么都不畏惧雁坞人呢?

山塘边有一棵百年香椿树倒了。寿终而亡。过了两年,香椿树脱皮,裸露出褐黄浆色。七个雁坞人把树根盘了下来。树根粗长,四支粗根须拱起鼓鼓的大树肉。树根立在村口的大石块上,如一头酣睡的牛犊。一日,一个来雁坞游玩的人见了树根,长久地凝视。他对明启说,这个树根是个好东西,做一个动物造型的茶桌再好不过了。

明启说,香椿又不是酸枝、红豆杉,做了茶桌也卖不出好价钱。

老香椿不开裂,浆色不逊色红木,做老茶桌可好了。客人说。

客人这样说了,明启有些动心,说,雕刻师工价贵,哪雕得起呢?

我就是做木雕的，要不卖给我吧。客人说。

这个树根是雁坞的，不是哪一个人的，谁都不好做主。老香椿这么好，我想雕一只黄麂呢，你看它都像一只黄麂啊。明启说。

两个人很有话说，说了半个上午。客人说，你们虽是外地人，久病之后而来到雁坞，祈着福缘，黄麂与你们如此结缘，我收个低工价给你们雕一只黄麂吧。

黄麂雕好了，明启给它搭了一个木亭。木亭四角飞檐，盖石瓦。木亭取名"鹿回头"。

明启熬了生漆，买来桐油，给木雕上色。他本来就是个油漆匠。他给木雕刷桐油，刷着刷着，他哭了。他多少年没做过刷桐油了。他曾在浙江、江苏一带做了那么多年油漆匠，走街穿村，为了生计，年年奔波。他来到了雁坞，像一棵树一样活着，像一只山鼠一样活着。除了一个肉身，他什么都没有。

说来也奇怪。明启自见到母鹿雪地分娩之后，他的身子恢复得很快。自己的饭量，自己的脚力和体力，他明显感觉到变化。他很喜欢夜间黄麂叫。黄麂的叫声低低而洪亮，有山野的粗犷和草木的细腻。他听得心里暖暖的。尤其是黄麂的求偶声，让他心潮澎湃。似生命在召唤他。当黄麂在叫，他便打开窗户，静静地站在窗前，望着对面的山窝。月色轻轻笼罩，山峦黧黑，星斗翻转。他的心也明亮起来，月光翻涌。

不是每一个夜晚，黄麂都会叫。

黄麂为什么只在晚上叫呢？他不明白。

一年之中，会有好几个晚上，黄麂会推开他的门。他的门虚掩着。黄麂蹬上凳子吃桌上的花生或黄豆，偶尔还吃上香蕉。

守林员老胜是经常去雁坞的。他有脚疾，患了骨髓炎。骨髓炎治

缺席的旷野

好了,脚却用不了力,留下了瘸的后遗症。他是个乐观的人,满口烟牙。每个星期,他要巡山一遍,看看哪个山坞有哪些树被砍了。他去了雁坞,和明启喝一会儿茶。他对明启说:这几年,雁坞的树长得很快,黄麂会越来越多,黄麂多,山就变成了神山,生活在神山里的人叫神仙。

明启被老胜说得笑了起来,说:神仙日日承受凡胎的肉身之苦。

你不能这样说。肉身之苦是命定的,神仙之福是修炼出来的。雁坞可是个修炼的好地方。老胜不以为然地摆摆手,说。

这个话,我认。雁成仙的地方就是神居的地方。明启说。

我走山走得多,雁坞有大气象,两边山梁像两条长龙腾空,背靠大山,山形朝南。山垄平坦,田多地肥。黄麂不在这样的地方生活,还去哪里生活?这里的黄麂会越来越多。老胜说。

怪不得黄麂天天在叫,叫得我心里发痒。明启说。

黄麂有胎不离身之说,你知道吗。老胜说。

听人说过。黄麂生育旺盛,是黄麂之福,也是雁坞之福。明启说。

喝了茶,老胜还在明启这里吃一餐中午饭。老胜自己带菜带酒。老胜自己下厨。喝了杯小酒,他又瘸着脚,在雁坞走一圈。每次离开雁坞,老胜不忘对明启嘱咐:黄麂千万别被人偷猎了,山中黄麂如家中老人,好好看护。

因为黄麂,明启有了很多事做。他种黄豆,种玉米,种花生,种豌豆,种黄瓜,种番薯,种马铃薯。四季的吃食,他都种一些。他自己吃,也种给黄麂吃。

同在雁坞生活的生态养生者,其中有三人和明启一起种。有剩余的物产,他们卖给来村里游玩的人。他们有一个小型商场,专门卖雁坞特产,价格不菲。也有不种的人,或因体力不够,或因想法有异。想法有异的人说:活到什么时候都不知道,还操心那些事干什么。

这是一个非常特殊的群体，一个曾经或正在处于绝望的群体。他们远离家人远离朋友，远离人群的浪潮，退守在一个鹿鸣月明的山坞里。他们是一群自救的人，虽然其中有人放弃了自救。放弃了自救的人，又会再次自救。他们的自救就是重燃生活之火。

生活之火熄灭，才是最可怕的绝症。

主持兴修太平圣寺的妇人徐氏在当年，怎么想到在雁坞创建"生态养生者"实施计划？无人知晓。她生活在广东。她很少来寺庙。为此，她变卖了大部分家产。辛丑年清明，她回了寺庙一趟，去了雁坞。居住在雁坞的人，她一个也不认识。雁坞的人也不认识她，只见一个背棉布翻口袋的中年妇人，身材高挑，戴一顶黑色太阳帽，穿一件黑色长披风，从山塘边小路走下来，和一个个人亲切地打招呼。她去每一家喝茶、聊天。他们才知道，这个说话语速很快的人，就是为他们提供屋舍和土地的人。

黑熊的一生

良生抱了一只小黑熊回家,这是他用一头大肥猪从六毛手上换来的。黑熊漆黑色,皮毛有光泽,眉毛有稀稀淡淡的白色,胸部有一块"V"形的白斑,下颏白色,吻部短而粗,额骨饱满。六毛在李家坞养蜂,被野猪三番五次地破坏。李家坞是高山小盆地,四周林木密匝,一条溪涧从山顶泻下,穿过平缓的草地,积出一个幽清的水塘。他在水塘边茅草地,下了三个套子。野猪没夹到,夹上了一只比猫大的黑熊。

在大茅山山脉与灵山山脉之间,高山延绵,森林茂密,溪水飞流。黑熊偶有出没。但无人见过黑熊——见过黑熊的人成了尸体。1995年除夕夜,值守矿山的人轮班吃年夜饭,叶村的茶壳戴着矿灯,骑自行车沿河边土公路回家,在第二天早晨被人发现,死在茅山路口的河里,头被啃了半边,腰部被啃了一个大窟窿,手剩下半截,左腿也不见了。人没了人样。警察来现场看了,说,这是狗熊干的。

马家湾有一个捉石鸡(棘胸蛙)的人,叫胖松,身壮如牛,手如钢叉，有一身好气力，胆量奇大，没有他不敢去的山。他捉石鸡捉了二十多年，还没碰上让他惊吓后怕的事。石鸡生活在海拔600米—1500米的阴湿崖石或涧水边，白昼隐藏在石洞或石缝，夜间蹲在石块上，以大黑蝉、蚱蜢、蝗虫、金牛、金龟子、蜈蚣、蜂蛛、蜗牛、溪蟹、蚯蚓、小蛙等食，冬春时休眠，一生不见阳光。1998年夏天，有一次，胖松背一个竹篓，戴一个头灯，去捉石鸡。他再也没回来。

村人找到他，他卧在一个山潭，一条腿不见了，脑壳破裂。"腿是被硬生生撕扯下来的，脑壳被拍裂，只有狗熊才下得了这样的黑手。"验尸的法医说。

六毛是第一个捕获黑熊的人。他去收套子，小熊"嗷呜嗷呜"地惨叫。套子夹住了它后左脚。良生在李家坞铲茶叶山，对六毛说：这条小狗熊卖给我吧。

你出多少钱。狗熊不便宜呢。六毛说。

800块钱。这可是十担谷子的价钱。良生说。他抱了抱狗熊，估摸狗熊有十来斤重，又说，我还真舍不得十担谷子。

少说也得1400块钱。一条狐狸毛还值280块钱呢。六毛说。

两人坐在地头边吸烟边谈价钱。良生说：圈里有一头140来斤的猪，用来换这头小狗熊，这样可以吧。

六毛说，老哥说了算。

小黑熊被关在一个铁笼子里，嗷呜嗷呜，孤怜地哀叫。它叫一声，良生用木棍敲一下铁笼子，骂一声：畜生，吃了也叫，不吃也叫。

黑熊叫，鸡鸭呼呼飞走，不敢在院子里吃食。狗也汪汪叫。

"你赶快把狗熊卖了。它叫起来烦死人，没有一天可以清静一下。"良生的老婆九燕烦他，不给他好脸色。九燕有轻微哮喘，爱清静。

"狗熊是个好东西，胆汁很值钱。你听了几天便习惯了。"良生说。

"猪去了一头，钱没赚来一毛。万一熊死了，猪毛都捞不回一把。"

"你就知道猪猪猪，我还不是想来几块钱用用。"良生有些恼火。

"你是不是想和我翻脸啦？你翻脸，我就毒死你。"

"你这个堂客真是一条毒蛇。"良生边说边挑着簸箕割草去了。

黑熊是杂食性很强的动物，吃草吃树叶吃鱼吃猪肉。良生每天割满簸箕的草给它吃。吃了两天的草，它见了草便拱草，索然无味的样子。良生又去买猪肝给它吃。肉太贵，他舍不得买。半副猪肝要七块钱，他掏得心疼。黑熊见了血乎乎的猪肝，在笼子里顶铁栏杆，嗷嗷叫，很兴奋。半副猪肝被黑熊三口两口吞咽下去，舌头舔着嘴巴的血，伸得老长，望着良生，还想吃。良生用木棍敲铁笼，瞪着眼，说：哪有那么多猪肝吃，七块钱被你一口吞了，汤水也没让我喝上半口。

吃了半年多猪肝，良生想着取胆汁的事。他买来针管、云南白药，随时准备抽胆汁。兽医来村里阉猪卵，一天阉8头。良生低下脸问兽医：老三师傅，熊多大了才可以取胆汁？

"哺乳动物的性成熟期是寿命的10%—20%。性成熟了也就成年了。狗熊性成熟期是三年。没有成年，取了胆汁，狗熊很容易死。"兽医说。

再多的钱也填不满狗熊的喉咙。良生后悔出栏的肥猪换了狗熊。

良生暗地里四处打探，是不是有人收狗熊。他想把狗熊卖了。

可没人买，嫌价钱贵。良生算了算，卖2300块钱才算是保本，还不算工钱。良生去找六毛，说，养不起狗熊，你收回去吧，算个本钱。

六毛鼻子出气，大声说：哪有你这样的人，养了半年又想退货，人家卖猪仔才管半个月，你以为我和你一样傻啊。

"我怎么傻了？我不就是有了贪念，想来几块钱嘛。"

"有贪念就是傻啊。还说自己不傻。傻的人才说自己不傻。"

"你骂我傻？你骂骂看。"良生甩手一个巴掌打过去。

六毛顺手一拉，良生一个趔趄，倒在地上。六毛说：你敢上门打架？不看在同村的分上，我一刀剁了你。

良生回到家，用棍子打黑熊，打了十几下，气都打脱了，扔了棍子，指着熊骂：你这个畜生，死吃的，我自己舍不得吃猪肝，给你吃，你吃了又不来钱。

哐，哐，哐。黑熊撞着铁笼子。良生越打，它越撞，仇视地看着良生。九燕也仇视地看着他，说：儿子小时候那么聪明，现在躲着你，看死蛇一样看你，都是被你打坏掉的。

"狗熊不怕挨打，它的皮多厚啊。"良生说。

天热，黑熊喝水量大。良生在野外做事，九燕又不敢添水。黑熊用背脊、头部、嘴巴顶铁笼子，狂躁地打转，嘴巴淌白白的黏液，长长的。黏液也一股腥臭味，引来绿头苍蝇，嗡嗡嗡，叮得它满身都是。

有一天，山外来了一个戴渔夫帽的客人，说想买黑熊。良生忙不迭从地里回家，翘着短烟，嘻嘻地笑。客人是做野外儿童乐园的，买了羊驼、矮马、猕猴、火鸡、鸵鸟、孔雀、羚羊，供儿童参观。他想收一只黑熊，可没有收到。客人问：狗熊养了多长时间了？

良生说：8个多月，天天喂猪肝，还喂鸡杂，这可是皇帝的伙食。

"山皇帝啊。一般人可供不起山皇帝。"客人矮矮胖胖，腆着圆肚子，说话圆起嘴巴。像条鲤鱼。

"舍得本才长得起膘。你看看这身肉，肥嘟嘟的。"

"你肯卖，就出个价吧。"

"少说也得7000块钱，低于这个数字，对不起猪肝啊。"

"3800。狗熊又不是老虎，狗熊不值钱。再说了，你这头狗熊还没成年呢。"

"卖狗熊又不是卖肉，又不是菜馆卖龙虾，哪有按斤两算的。"

"我最多加200，多一分钱不加了。"

"我少一分钱都不卖。狗熊可稀贵着。头个月，有人主动出价6800，我还懒得抬价，我就不卖。喜欢充财神的人多，一般都是空口袋的。"

"你这样说话,我就不坐了。"客人站起来,捏一把车钥匙,摁一下,车锁"簌噜"响一下。

九燕抱着一只猫咪,不断地给良生使眼色。良生看着客人,没看九燕。九燕打了一下猫咪,骂:你不是懒死就是笨死,从来就不抓一条老鼠,老鼠把鞋咬烂了也不去抓。

客人去开车门,良生拽住了他肩膀,说:生意不就是谈出来的嘛,再谈谈。

"有什么谈的?你把我当肥猪宰啊。"

"不谈,也可以喝杯茶啊。"九燕说。

"茶就不喝了。凑个整数,4000。"客人扶着车门,躬身准备进车子,可又不进去,香烟从他耳朵边绕上来。

"你这个价杀得太狠了。你有心买,又是为了儿童事业,这样吧,6000块钱。不能再低了。"

"又不是卖广丰烟丝,讲一个价都要了大半天。你留着自己用吧。"客人进了车子,发动车子。

"5200。我够痛快了吧。"

客人不搭话,轰油门。

"你这个人太难说话了。4200块。"

客人下了车,说,按你说的价,过十天,我来拉狗熊。

"那你得付一半订金。不付订金可不作数。那个铁笼子算300块钱,我花了两天焊的,铁可不是一般的铁,都是钢筋条,用50年不烂。"良生说。

九燕收了钱,进了屋,娇嗔地对良生说:你也太没耐心了,再磨一下,保准可以卖5000块钱。

"他发动车子了,他要走呢。"

"你是真傻。女人买衣服讲价,看到越想买的衣服越要当作不在意,谈两下价格就走。"

"你也不和我说。"

"我假装咳嗽了好几下,你耳朵聋了。"

"我亏了。我要去喝狗熊的血。它吃了我那么多猪肝,我不喝它血,我划不来。熊血喝了,很来事。"

"什么来事。"

"到了晚上你就知道了。"说着,良生拿起针管去抽熊血。

良生把黑熊的两只后腿绑在铁栅栏,一根麻绳拉紧熊脖子扎在铁档上。针头扎进去,黑熊嗷嗷叫两声,不再叫。针管抽了五次,血满满一碗。端起碗,他仰头一口干熊血,抹抹嘴,又喝一大碗温水酒下去,咂咂嘴皮,说:好喽,明天起再也不用买猪肝喽。

黑熊去了市郊儿童游乐园,有了"乐喜"的名字,和猴子、羊驼、狐狸等动物供孩子参观。一张门票卖15元。周末、节假日,游乐园游人如织。这是市区唯一一个儿童游乐园。孩子买萝卜买玉米买饲料,给动物投食。

乐喜关在一个大笼子里,呼呼呼,在笼子里来回走动,发出威胁的叫声。有的孩子听到叫声,很害怕,畏畏缩缩地躲在大人身后。大人用木棍捅乐喜,说:躲在笼子里的熊有什么怕的呢?你也捅捅,练练胆子。捅一下乐喜,付两块钱。

孩子捅一下乐喜,哈哈哈大笑。乐喜轰轰轰地退缩着,甩一下头,露出肮脏的牙齿。孩子又哈哈大笑,给它投一块肉片。

游乐园经营了三年,经营不下去了。孩子玩的项目太少,孩子看厌了。

乐喜被一家叫真归草堂的熊养殖场花了2.3万元买走。真归草堂专业养熊，取熊胆汁，制熊胆粉。养殖场有 320 头大熊，给每一头熊编号，乐喜的编号是 0092。这是一个旧号。原 0092 号黑熊死了有半个多月了。它死于自杀。

它也是一头母熊，在养殖场笼子里已被关了 23 年。它和所有的熊一样，被穿上了铁马甲。在三个月前，它撞击铁门，轰咚轰咚，撞击了一个多小时，把自己的脑壳撞裂开了，血浆喷射，倒地而亡。它撞击一下，发出一声"昂嗷昂嗷"的长啸。饲养员（也是取胆汁的人）站在它身边，看着它撞。

早上，饲养员给它一盒肉沫玉米粉，它不吃，瞧了两眼，一脚踩扁盒子。它的嘴巴流出黄浊的液体，龇起牙齿，眼睛喷出黑火，皱起鼻子，昂嗷昂嗷，仰着头长啸。那是一种近似哭嚎的长啸。它的脑壳裂开，它不叫了，安静地卧着，血水横流。它再也没了气息。

乐喜从一辆五十铃车被四个男人抬下来，送进一间漆黑的屋子里。屋子是砖墙石棉瓦盖顶的，没有窗户，地面湿漉漉。虚虚的光线从瓦缝漏下来，给人这样的错觉：这不是一间屋子，而是一间地窖。屋子里还有 13 个铁笼子，笼子里关着黑熊。"昂嗷昂嗷"，屋子里充斥着黑熊的叫声，濒死之前绝望的怒叫声。一个穿白大褂的中年男人打开药箱，拿出一个针管，给乐喜打麻醉药。

屋子中间有一张长方桌，看起来像屠墩（方言，杀猪的案桌叫屠墩）。屠墩血迹模糊，渗在厚厚的案板，黑乎乎，有一股刺鼻的腥臭味。四个男人把昏睡的乐喜抬上屠墩，一个穿白大褂的男人给乐喜实施手术。乐喜的嘴巴被一个铁箍罩着，四肢绑了麻绳，横躺在长方桌，露出毛糙糙的腹部。穿白大褂的男人摁了摁腹部，摸了摸胆囊的位置，说：这头狗熊好几天没饱了，肚子空瘪瘪的。他从衣兜里摸出一把剃刀，在胆囊部位剃毛。剃刀闪着白光。腹毛剃了一个圆扇形，像个癞痢头。

穿白大褂的男人戴上头灯，在胆囊位置擦酒精，手术刀贴着皮肉，一刀切下去，血飚射出来。他伸出两个手指，伸进刀口，在摸着什么。皮肉在滑动。他的手指在里面转动，转了几下，拉出一个血乎乎的肉管子，说：这根胆囊管外拉出来，缝合在皮肉，取胆汁方便多了。他像是自言自语，又像是对身旁的四个男人说。他点了一根烟，对身边一个胖子说：你用酒精擦擦手，拉着胆囊管，我来缝线。胖子搓搓手，说，血一直淌，是不是止血了再缝。

"带血缝更容易黏合。不要啰唆了，我知道怎么做。"穿白大褂的男人有些生气，说，"三五分钟做完瘘口。"

胖子拉着胆囊管，说说笑笑。穿白大褂的男人缝了线，把一根短软管插在瘘口，说：你们装铁马甲小心别碰到瘘口，否则瘘口会裂开。他从药箱拿出一包酒精棉，清洗瘘口。血黏糊糊，很快结出豆腐脑的样子。

"这头狗熊的胆囊比拳头大，可以取很多胆汁。你们记得，这几天给它多吃点，恢复得快。过三天，就可以正常取胆汁了。"穿白大褂的男人说。

一头熊，有两个铁笼子。一个是卧笼，一个是食笼。笼子刚好安置一头成年熊。熊在笼子里只能站着或卧着，转不了身，无法后退，也无法高高昂起头。

乐喜醒来，脖子被一块硬铁卡住了，它没法低头。头低下去，铁撑住了它脖子。它用身子撞笼子，哐哐哐。它被一件30来斤重的铁马甲罩住了身子。瘘口又一次裂开，血流了下来。血滴在铁板上，汩汩地流，流在架子下的地面。痛让它嚎叫。它又极力想挣脱铁马甲沉重的束缚，只有使劲地用身子撞击笼子，瘘口绷得更大。它愤怒的情绪感染了屋子里的其他黑熊，所有的熊都一起嚎叫，撞击着笼子。"昂嗷，昂嗷，昂嗷"的叫声，响彻了偏僻之所。

第二天早上 7：30，饲养员拎一个铁皮桶，定时给熊喂食物。食物由养殖场自制，以玉米粉、肉沫、青菜叶等原料碾磨而成。饲养员拉开卧笼的闸门，从桶里舀食物上来，倒在食槽，食物唤起了黑熊的生命意识，黑熊走出闸门，进入食笼。食槽挂在食笼外，黑熊只有卧下来，才能舔舐食物。

乐喜过了三天，瘘口还在滴血。血不再是红色，而是淡黄色。血一丝一丝地渗出来。三天了，它没有睡，它一直站着，嗷嗷叫。也不是嚎叫，而是一种近似无声之哭的哀嚎，低低地哀嚎。穿白大褂的男人每天给它擦洗瘘口，在食物里添加安卡青霉素，边擦洗边对熊说：你多滴一天血，我少收 200 毫升胆汁，你不能再滴血了。

他给乐喜擦洗，它瞪着眼看他，用牙齿咬铁条。它的臼齿像钢叉，咬着铁条拉扯着笼子。他给它注射了一剂麻药，对饲养员说：瘘口开了三天，它还没安静下来，它的牙齿太厉害了，把它牙齿拔了。

乐喜安静了下来，卧在笼子里，嘴巴淌着白黄色的黏液。饲养员打开了笼盖，拉开它的嘴巴，横塞一根木棍。穿白大褂的男人拿起老虎钳，逐个敲敲臼齿，说：这是会吃人的牙齿，留不得。他站起身子，老虎钳夹住臼齿，踮着脚用力，往外拉。臼齿长得太深，拉不出来。他换了一下用力，老虎钳摇臼齿，用力摇，摇了十几下，臼齿松动了。他用力一拉，臼齿脱落了下来。熊嘴巴泻出汩汩鲜血。

"拔一口白齿，害得我晚上多吃两大碗米饭。"穿白大褂的男人说。拔出的牙齿，扔在一个搪瓷碗里。牙齿落下去，当啷一声。牙齿夹带着牙龈肉碴，腥血气扑鼻。

穿白大褂的男人有收藏熊臼齿的癖好。他拔过来的臼齿装在毛玻璃缸，也不清洗，用酒泡着。毛玻璃缸泡着 300 多颗臼齿。早上起床，他满足地笑着，打开缸盖看几分钟；晚上睡觉前，他又看几分钟。特别闲的时候，他把臼齿捞上来数数，一颗一颗地放在圆匾上。血在酒里洇散开，慢慢变成了黄色。他喜欢那种刺鼻的腥味。他在圆匾上放一颗臼齿，就嘬口小酒，毛玻璃缸没臼齿了，半斤小酒也嘬完了，脸胀乎乎，倒床呼呼大睡，衣服也不脱。

笼子的成年熊都没有臼齿。大部分黑熊的臼齿都被他拔下来了。

没有臼齿的黑熊，空瘪着嘴巴，嗷嗷叫。谁也听不懂它们在叫什么。它们白天叫，晚上也叫。它们疼痛难忍时叫得凶猛，寂寞难耐时也叫得凶猛。它们饿了叫，吃饱了也叫。它们发情了叫，不发情也叫。它们没睡时叫，入睡了也叫，好像噩梦盘踞在它们脑袋里，它们嚎叫似乎是为了驱除噩梦。鬼魂一样的噩梦折磨着它们。

嚎叫声震动了屋子，震动了村野。屋子在抖动，村野在抖动。但没人听到它们嚎叫。或者，他们习惯了它们嚎叫。它们不嚎叫，他们很不自在，他们会以为它们集体死亡了。哪会集体死亡呢？

嚎叫是它们表示活着的一种方式。

长久的疼痛会使生命麻木。麻木的生命不会嚎叫，即使嚎叫，也是没有声音的，只是张开空洞的嘴巴，淌着浑浊的黏液，痴痴呆呆地看着笼子外的墙。墙竖立，黑沉沉。墙把嚎叫声反射回熊的嘴巴。

乐喜来到真归草堂已经第七天了。早上七点多，它饥饿难耐，食物略带酸腐的气味唤醒了它。它看到饲养员拎着桶走近，食物倒在槽里，它站起了沉重的身子。饲养员拉开闸门，它走进食笼卧了下来，舔舐食物。饲养员蹲在食笼下，取出10厘米长的引流针，插进瘘口的胆囊管。乐喜的腹部痉挛了一下，身子蜷曲了起来，昂昂昂昂，撕心裂肺地哀嚎。

锥头扎进新肉的痛，让它睁大了眼睛。饲养员托着敞口玻璃瓶，胆汁呈线形漏入杯子里。胆汁金黄，熟油一样黄澄澄，玻璃瓶边沿浮着几个细密的汁泡。胆汁流了两分钟，线形断了，成了一滴滴。滴了

缺席的旷野 | 173

两分钟，饲养员收了玻璃瓶，摇了摇，看了看计量线，脸上露出了满意的微笑。取一次胆汁，有100毫升。他给熊擦拭了伤口，往槽里又添加了半勺食物。

这是乐喜第一次被取走胆汁。它趴在食笼，哀嚎着。它忘记了自己饥肠辘辘。其他熊则安静地舔食，任由饲养员取胆汁。它们的瘘口因长久的抽插，已长出厚厚息肉。痂状的息肉是一种死肉。死肉没有疼痛感。

趴了一个多小时，它缓缓地站了起来，退回到卧笼。它的手（前肢）拉着铁栅栏，哐当哐当地摇笼子。笼子太沉，稳稳地架在铁架上。它一直摇着，直至气力衰绝，卧了下来。

一天，熊吃食两次。早上7∶30一次，下午4∶30一次。食物是减量的，不让熊吃饱，但又不影响身体发育。熊在饥饿状态下，分泌胆汁的量更多。饲养员在熊吃食时，取胆汁。他们不叫取胆汁，叫取黄金液。胆汁贵如黄金，因此胆汁也称作黄金液。取走的胆汁再加工成胆汁粉。

在给乐喜取胆汁的第八天，饲养员发现它的左肘部生了白蛆。蠕虫似的白蛆一窝窝。穿白大褂的男人来了，他对饲养员说：爪刺穿了肘部，创口被蚊虫叮咬了，生了蛆，下午，我们一起来把熊爪拔了。

是的。它刺穿了自己的肘部。这是三天前的事。它吃了早食，回到卧笼，瘘口又一次裂开，它摇笼子，它嚎叫。只有它在嚎叫。它用爪抓头，抓脖子，抓铁马甲。铁马甲像棺材一样重，没日没夜地压着它。它浑身的肉酸痛。瘘口火灼一样热辣辣。它感到整个身子炸开了，又酸又胀又痛。它顶起脊背，撞笼子，哐啷哐啷。它伸出爪，刺入肉，刺出了一个个小窟窿。血在流，悄无声息地流，血流出来了，它安安静静了，血流之痛缓解了隐藏在肉里的痛。痛是痛的良药。血是痛的止痛药。

下午，穿白大褂的男人背着药箱，来到了黑屋子里。他给乐喜注射了麻醉剂。他拿出钢钳，给熊拔趾爪。爪呈弯钩状，如鹰喙。一只熊20个爪，要不了一刻钟，被他拔得干干净净。熊的四趾光秃秃，血糊糊。他给它上了药，纱布包扎了。熊还在呼呼大睡。

过了两天，黑屋子里有一头熊死了。这头熊编号为0034，是最早入真归草堂的黑熊之一。它已在笼子里关了19年。它不是老死的，而是绝食。它的瘘口像一朵花菜。它不吃不喝有七天了。它一直站着。它不嚎叫。它的眼睛一直紧紧地闭着。好像它彻底厌烦了活着，呼吸是它最大的负担。穿白大褂的男人来了好几次，也无济于事。它摇摇晃晃地倒了下去，四肢弯曲着。它的眼睛胀胀的，露出肉缝。一个肥墩墩的中年男人在屠墩上分熊尸。他的脸油腻腻。他咬着厚嘴唇，用剁刀拍拍熊身，说：足足有3600斤。抬熊的四个饲养员抽着烟，其中一个人给熊脱铁马甲。铁马甲在熊身上罩了近二十年。瘘口处的铁马甲翻盖，积了一层厚厚的腥臭污垢。这是胆汁、血、污垢的混合物。

笼子里的熊看着油腻腻的男人举起剁刀，把右前肢的熊掌剁下来。剁一刀下去，他的嘴巴发出一声：哈。他曲着膝盖，站个马步，剁刀稳稳地落在小腿，骨断肉分。他是专收死熊的。一只熊掌卖3000块钱，一斤熊肉卖60块钱，一斤熊骨卖150块钱。他熟门熟路。剁了四肢，他给熊破腹，剥皮。一张熊皮卖2000块钱。他剥熊皮很快，手上的尖刀割皮肉，手腕转动着，皮往上卷起来，皮肉割完了，整张熊皮也卷好了。他把熊的胸膛拉开，手伸进去，拉出五脏。他捏捏熊的肝脏，硬硬的。他说：这头熊患癌症至少有六年了。

肉一块块地分割出来，扔在箩筐里。箩筐有六只，装下了整头熊。箩筐装上三轮电瓶车，用帆布盖着。他翘着烟，突突突，开着车子走了。一头熊就这样消失了，消失在五湖四海的肠胃里。

夏季来了，芦芽长出斜长的芦叶，灯心草一丛丛摇曳。熊开始发

缺席的旷野 | 175

情。发情的熊暴躁,踢着铁栅栏昂昂叫。乐喜第一次发情,眼睛通红,眼球暴突。它用力踩铁板,踩得铁板咯咯咯作响。踩了半个月,铁板踩陷下去。饲养员用圆木棍狠狠打它,边打边责骂:发情的熊见多了,没见过你这样急躁的。

种熊安排在另一个屋子。屋子里共有 17 头种熊。穿白大褂的男人安排熊交配。一只卸了铁马甲的种熊被单独关在一个房间里。母熊也卸了铁马甲。它们只有在这个简短的时间里,去除了身上的枷锁。母熊来到房间,不知所措。它在原地不停地转动,一圈又一圈,摇摇晃晃地原地转圈。它忘记了这是一个可以走动的空间。种熊被雌性的气息所吸引,吼吼吼地低叫着。种熊抱住了母熊,头抵着母熊的头。母熊挣脱着,羞涩地吼吼吼叫。母熊笨拙地趴下去,它忘记了自己是一只会奔跑的动物。它习惯地趴着。趴着,是它活着的姿势。

饲养员翻看安排表,乐喜还得过半个月安排。他找了两根铁链,把乐喜的四肢锁了起来。它出来吃食,铁链也拖出来。

乐喜趴下来,伸出嘴巴舔舐。饲养员蹲下去,取胆汁。它安静地吃。不知道它是不是还能感觉到引流针插进瘘口的疼痛,它不再嚎叫了。可能是它习惯了一日早晚两次的痛,也可能是它知道嚎叫也无法缓解痛。它惧怕人。它的眼神躲避着人。人在它眼里,相当于恶魔。它的眼睛已没有了精光,那种令群兽闻风丧胆的精光。它的眼神灰暗,和屋子里的光线很协调。

开春的时候,有一头新进的熊关进了 0034 号笼子。号一直没有变。笼子也一直没有变。屋子也一直没有变。第二天,新号 0034 被四个人抬上屠墩,切开了腹部,开了瘘口。半年后,它疯了。它整天甩着头,耳朵吧嗒吧嗒地扇,伸出厚厚的舌苔。"昂昂昂",它像一个死了爹妈的孩子,很无助地叫着。它又会突然站着,长久地看着墙。饲养员用棍子打它,它一动不动,也不发出哀叫声。饲养员说:又有一头熊疯了。

真归草堂有几十头熊都是疯了的。疯了的熊，还是活熊。是活熊，就可以取胆汁。饲养员喜欢疯了的熊。疯了的熊任人折腾。饲养员便想着办法，把熊整疯掉，用棍子敲脑壳，肆无忌惮地敲，只要不把它打死。或者，饿它，饿它三天三夜，饿得它走路摇摇晃晃。经常性饿它，饿个三五个月，熊变傻了，木讷地站在笼子里，对着墙发呆，嘴巴流着浑浊的黏液。

疯了的熊，眼神呆滞，行动迟缓。有时，在很深的夜里，它会发出"呜呜呜呜"叫声。叫声在它鼻腔里打转，水流回旋一般打转，然后喷发出来，让人毛骨悚然。

疯了的熊食量特别大，可饲养员继续饿它。越饿，它分泌的胆汁越多。饲养员晃着玻璃瓶，很得意地笑了。它再也不会有一餐饱食。

疯了的熊也会发情。穿白大褂的男人不会安排疯熊交配。

疯了的熊和没疯的熊，其实也没什么区别。都是关在笼子里。都是长期处于半饥饿状态。都是被取走胆汁。都是一样嚎叫。都是对着一堵墙。都是同一间黑屋子。都是被棍子打。死了之后，都是被分尸，进入胃酸世界。

也有熊突然发疯。一只母熊在交配后，突然撞开了木板门，往屋外跑。饲养员拿着一根木棍在门外过道拦截它。它撞翻了饲养员，用爪去抓他脸。它忘记了自己的爪被拔光。它抓了几下，又扑倒他，啃他的脸。它忘记了自己的臼齿已被拔光了。它紧紧地咬住了他的手，坚硬的牙床像石磨，碾碎了他的手掌。它扑在他身上，山一样压着他。闻声而来的三个饲养员，用棍子把熊架开，救出了面如死灰的饲养员。熊对着墙撞。熊对着电线杆撞。熊疯了，它咬断了自己舔舐食物的舌头。它在流着血的地上打滚。它把断下的舌头吞了进去。

缺席的旷野

一天又一天。

一年又一年。

山野是什么样子？乐喜忘记自己来自哪里。它是一具活着的僵尸。它目无表情。它没有愤怒，也没有哀乐。它就是行尸走肉。它在固定的时间吃固定分量的食物。它甚至不嚎叫了。它吃食，它卧倒。饲养员一天两次取走它的胆汁。它对气味已没有分辨。远处飘来的芳草气息，和河流送来的清风，也不能让它激动。黑屋子里弥散血腥、酸臭的气味，让乐喜时时对食物充满了贪婪。它的瘘口像一朵蘑菇。它身上有许多伤口，但它无法舔舐，任由伤口溃烂。它没有晒过阳光，没有喝过河里的清水，没有吃过鲜嫩的浆果。它最喜欢的蜂蜜，也没尝过一口。

在很多年前，它的母亲——一头健壮的年轻母熊，带着它从山尖草甸，来到一个山坞，偷食蜂箱里的蜂蜜。在进山坞的时候，它在河边看见了一只山龟。它踩在山龟上，山龟拉着它跑。它没站稳，从龟背跌下来。它把山龟翻过来，四脚朝天的山龟逗乐了它。它追着山龟跑。山龟钻进了石缝。那个草叶缀满露水的清晨，藿香蓟开出了一串串的花。它爬上一个矮墙垛，跟随它母亲。它母亲朝蜂箱走去。它在一块草地上，被一个铁套子夹住了。它母亲听到它呜呜的惨叫声，反身回来，用嘴巴拱它，想带它走。它被套子夹得太紧，陷住了。

太阳上山，它被一件衣服包着，被一个人抱走了。它进了一个笼子世界。在最初几年，它想着那个有溪涧的高山，四季散发青草气息的高山。高山有雄阔的森林，有野蜂窝，有斜缓的山坡。它从山坡打滚下来。它爬上高高的木荷树，在树杈上荡秋千。它在浅湖里洗澡捉鱼。它追逐着鱼，爪刺进鱼身，捞上来，扔在岸上。鱼在乱跳。它看着鱼蹦跶蹦跶。它栖身在一个山洞里，洞内有一条浅浅的地下河，它睡觉的时候，可以听到咕咚咚的水声。它很快入睡了。它伸直了四肢睡觉。伸直了四肢睡觉真舒服。

渐渐地，它想不起高山的样子。它无法想起高山的样子。它忘记了自己曾来自清风飘荡的高山。但高山耸立在它梦中。在无数次的梦中，它回到了高山，爬上了山坡，在溪边喝水，在野蜂飞舞的草甸，它站了起来，对着山谷叫。山谷应和它的叫声：昂昂昂嗷，昂昂昂嗷。它从石墩上滑了下去，落入了湖里。湖里的月亮又大又圆。它舔着月亮，水波散了，月亮不见了。醒来了，它看见了笼子。

它没有了悲喜，没有了痛苦与欢乐。它的世界只有一个笼子那么大。一个仅可容身的笼子，是它唯一的世界。一个不见天日的世界。

同屋子的熊，前前后后死了4头。一只编号0073的熊，才进屋子三个月便被活活杀死了。它是从马戏团收来的，性格较为温顺。它自小在马戏团长大，它被驯服了。它会握手，它会挥手，它会跳骑马舞，它会开罐头，它会推车，它会爬杆，它会骑特制自行车。马戏团倒闭了，它被贩卖到了这里。它习惯了被人摆布。因为性格温顺，它的爪也没拔去。一天晚上，它在笼子里，解开了铁马甲盖在瘘口的盖板，爪伸进了瘘口，扯出了胆囊管，扯出了胆囊，捏碎了胆囊。它没嚎叫，它看着满地的血和血糊糊的爪。

第二天早上，被饲养员发现了。它瘫卧在笼子里，血凝结了，黑乎乎。它被赶出了笼子，被胖墩墩的中年男人割了喉管。它一直没有嚎叫。它看着胖墩墩的中年男人把尖刀捅入自己的喉管，它看着鲜血从喉管飚射出来。血高高射起，射出三米之外。它闭眼了。

熊死了，铁打的笼子还在。新的熊被关了进来。

其中被关进来的一头，是乐喜三岁的子熊。它熟悉子熊的气味。它的卧笼和子熊的卧笼并排。它眼睛睁开，便看见子熊在笼子里和自己同样卧着。在子熊进来的第一天，它眼睁睁看着子熊被抬上屠墩，切了腹部开了瘘口。在半年多的时间里，它天天听到子熊声嘶力竭的哀嚎。它看着子熊被拔去了爪，被锁上铁链。子熊在哀嚎，它也在哀嚎。子熊的哀嚎声，像一把尖刀捅入它的心脏。子熊垂死般的哀嚎，也让它再次感受垂死般的痛苦。它站在笼子里看着子熊遭受剐刑般的刀切之苦。它瞪大了眼睛，它发出了山洪一样的咆哮声：昂嗷，昂嗷，昂昂昂。它顶铁笼子，铁马甲被它顶烂了，铁片嵌进了肉里，鲜血横流。

一年过去了。子熊和它一样安静了。它们的模样也一样。屋子里所有的熊模样相同：锁着铁链，裹着铁马甲，面目污浊，毛发零乱，眼神呆滞，淌着白白的黏液，习惯性地哀嚎。隔着铁笼子，它们彼此伸出了舌头，想舔对方，可够不着。

又一年的春天，野村的梨花白了满树。这是一个偏僻的村野，山峦层叠，绿树纷披。深深的峡谷抬起高高的山梁，野樱在旺盛地发育。这一带的山林，有很多野兽，有狐狸，有花面狸，有山猫，野猪最多了。野猪在芒草地嗷嗷叫，夜里来到临近村舍的菜地，吃瓜吃番薯。山猫躲在芦苇，觊觎着山塘里的鱼。鱼哗啦哗啦地游到岸边，山猫扑下去，抓鱼上来。狐狸在山脊在深林游荡。在有月亮的晚上，狐狸对着月亮呜呜呜地叫。秋天，野柿挂在树上，一天比一天少，都是被花面狸吃了。花面狸爱吃酸甜味的浆果，吃猕猴桃，吃八月炸，吃野柿，也来到村里偷食桃子、梨、杏子。

自由的山野，万物在生长。

在天色泛白的清晨，在月光朗朗的夜晚，山林里有野兽在叫。空旷的大地之上，野兽的叫声湿漉漉，浸透了山野的味道。

震动人心的叫声，并非来自山林，而是从真归草堂传来的熊哀嚎。沉闷的挣扎的哀嚎，绝望的垂死的哀嚎。哀嚎声突然爆发出来，在村野上空炸裂。梨花将开未开之际，乐喜产下了一对双胞胎小熊崽。这是它第三次产崽。也只有在奶崽的七个月里，它有了一个带活动室的大房间。它的铁马甲被卸掉了,它的胆汁可以留在胆囊。它可以饱食,可以吃上涂在食物的蜂蜜。

熊崽有 500 克重,眯着眼睛,躺在它身边。干茅草有着暖烘烘的气息。乐喜舔着熊崽体毛,舔熊崽的嘴巴。它亲昵地叫着:呢呢呢呢。熊崽扑在它腹部,吮吸奶水。熊崽也呢呢呢地叫着。

一个月后,熊崽睁开了眼睛。熊崽看见了自己的母亲。熊崽伸出细嫩的舌头舔母亲的眼睛,舔母亲的嘴巴鼻子,舔母亲的瘘口。它抱着熊崽。熊崽在它身上翻跟斗。

活动室有高高的树桩,有高凳子,有滑滑梯。熊崽溜滑滑梯,爬凳子,抱着树干啃。活动室外有一个大院,有草地,有水坑。真归草堂的小熊崽都在这个院子里玩耍。每年,真归草堂都会有 80 多头小熊崽出生。它们在这里度过幼年。

一头头熊崽,憨态可掬地在草地爬高,在水坑地滚泥浆,摊开身子晒着暖烘烘的太阳。它们的母亲隔着铁门栅栏,看着它们。它们争抢一块面包,它们追着蝴蝶,它们从干草垛往下滚。

熊崽毛色由灰色慢慢变为黑色,油油的黑色。那样的黑色多么美,天然的水淋淋的柔滑的。饲养员给它们吃奶酪,逗它们,让它们站直身子,让它们围着奶酪盘起哄。它们抱着饲养员的腿,爬上饲养员的肩膀,舔饲养员的脸。

毛色完全油黑了,也该断奶了。熊崽七个月断奶。断了奶的熊崽被饲养员抱走,母熊回到黑屋子,穿上铁马甲。乐喜在熊崽六个月大的时候,天天对着窗外吼叫:昂昂昂昂,昂昂昂昂。它的奶水充足,熊崽长得肥壮。熊崽趴在母亲的腿上睡觉。熊崽咕噜咕噜地打呼噜。熊崽打着呼噜,舔着自己的嘴巴。

这一天,太阳有些辣,阳光照进了房间。乐喜在房间走来转去,一刻也不得停。它抱起了熊崽,舔熊崽嘴巴鼻子。熊崽也舔它的嘴巴鼻子。熊崽贪婪地吮吸着奶。熊崽吸足了奶,憨乎乎地枕着它大腿睡。它高高抱起了熊崽,往地上摔。熊崽的脑壳裂开了,满地血浆。两只熊崽被摔死了。它奔跑着冲向墙,脑壳对着墙,撞了过去。它冲了三次,撞了三次,血从它鼻腔和口腔喷射了出来。它倒在了地上,瘫软地倒下去。它的眼睛一直在涌出清澈的液体。它伸直了四肢,身子慢慢发凉。

乐喜离开山林已十三年。

河漫漫

"把我推到河滩去，我想看看河。"常苦抬起干瘪的手，轻轻地挥了挥，对我说，"河水是看不厌的东西，和天上的白云一样。"

"河边风大，裹一条四方被盖身上吧。"我从木柜里，找了一条淡黄色的四方被，抖了抖，严实地包着他。他蜷缩在轮椅上。他像一只冻僵的癞蛤蟆，瘦瘦软软。他的手像一根空空的皮管。我把他的手，掖进四方被里，说："我们看过的东西都会藏在眼里，可河水藏不了眼里，看了，也忘了。河水白花花地流啊流，我们看到的河水，都不是上一次看到的河水。"

"再过两天，便春分了，河水又要涨上来了。"看看我，他微微笑了一下，说，"涨上来的河水，也是河水。"他光光的老人头露出毛楂，白白的。他的脸门有麻黑的斑点，豆豉大，一粒粒。

从庙门下一个斜坡，转过一片桂竹林和半月形池塘，再过一块油麻地，便到了河滩。庙叫阿兰寺，在山边。寺庙不大，从破旧的庙门进去，是一个有水井的四方院，院子两边是偏房，院后是不大的庙殿，庙殿后是伙房，和六间僧房。寺里有三个僧人。在庙里做帮工的，倒有五六个人。帮工大多是六七十岁的老人，有的住在庙里，有的傍晚回家。常苦是寺里的帮工，住在庙里。我推着轮椅往坡下走，河对岸的田畴，扇子一样打开——收割后的秋田冷涩肃然，枯黄色的野草却给人温暖感，坡地上的芒草摇着孤怜的花。

来山庙做帮工之前，常苦不叫常苦，叫李堂东。在我读小学期间，他曾做过几年临时代课老师。他能写一笔漂亮的行书，会识谱唱歌，善拉二胡。他教过我两年音乐课。他教我们唱《军港之夜》《南泥湾》《茉莉花》。学校是一栋老式祠堂。在天井，他还给我们排练过话剧《半夜鸡叫》。表演的同学从家里提鸡笼来，穿上翻出棉絮的破棉袄，腰上绑着草绳，戴上羊角帽，脸上抹上锅底灰，演《半夜鸡叫》。李堂东老师穿青绿色的高领毛衣，围一条棕黄色的围巾，站在天井边，手上拿着脚本，看着学生表演。脸上抹了锅底灰的"地主周扒皮"上台，我们哄一下，笑翻了。下了课，我们扒开"周扒皮"衣服，在他身上抹锅底灰，抹得像个炭人。

孩子喜爱李堂东老师。他高中毕业，没考上艺校，当了小学代课老师。他每天早晨，站在河滩练声乐，咪咪咪，嘛嘛嘛。听到他练声了，我父亲催我起床：李老师都唱歌了，你还赖在床上？

村里有一个邮电代办所，在村街的老十字路口。与其说是代办所，不如说是个村收发室。收信收报纸，送给收件人。寄信的人倒很少，一年也寄不出十几封。代办员叫金枝，扎两条麻花辫，皮肤白，长脸，一双眯眯眼。这里成了姑娘闲谈的地方。姑娘谈收音机里听到的故事，谈电影，谈自己私下的男孩子。有一个姑娘，爱时髦，很喜欢电影里的卷发，她用铁丝煨火炉，给自己烫头发，铁丝太热，扑哧哧，头发烧了起来，惹出笑话。

爱跳舞的姑娘去小学，找李堂东老师教她跳舞。

村里，会跳舞的人，只有李堂东。去学跳舞的姑娘，倒有五六个。金枝也去。在祠堂的厅堂，李堂东老师教她们跳舞。跳了半年多，李堂东不去了。他说，复考了一次艺校，都没考上，练声不能耽搁了。他晚上也去河滩练声。

过了几个月，有人发现，每天晚饭后，金枝沿上街散步，到白山底，弯向水坝，又沿河堤下来，去了河滩。一个迂回，有四里多路，散步也不应该往河堤走。河堤长了很多荆棘、芭茅，虫蛇也非常多。饶北河边的夜晚来得早，雾气迷蒙，薄薄的夜幕如黑纱，罩住了原野。一个在河里撒网打渔的人，有一次，意外地碰见了李堂东和金枝，在一棵柳树下的石板上，紧紧地抱在一起。

河滩有一片沙地，春种西瓜，秋种荞麦。滩边有几株高大的杨柳树，和一株老洋槐。滩头有一截慢慢深下去的锅状河床。这里是村里人游泳的地方。河滩干净，草皮葱茏。

没过半年，金枝不去散步了。供销社解散了，金枝去了扎花店学扎布花。做学徒，事多，晚上大部分时间，给师傅做家务。师傅三十多岁，手艺好，嘴甜，好客。扎花店有七八个女徒弟，个个含苞待放，店里天天坐满了男青年，有刚参加工作的老师，有来村里送报纸的邮递员，大部分也都是游手好闲的人。

山里有一个小村庄，十几户人家，叫叶家村。叶家村多山，多木头。家家户户砍杉木卖。杉木砍下来，搁在村前的公路边，用石灰标号，过路的大卡车师傅，要买杉木，记着标号，给叶家人谈价格。一根二十厘米粗的杉木，也就五块八块。杉木带到上饶市，转手卖给木料场二十，带个十几根，可以赚几十块钱。叶家有一个叫两张皮的人，清瘦，高大，好谈白，好小酒，可惜得了黄种病（早期血吸虫病），砍不了木头，便做了贩卖木头的生意。把叶家的木头，收上来，拉到郑坊，一车木头可以赚好几十块。两张皮在枫林有一个姑姑，他也常来看姑姑，带两斤肉一斤白糖。他喜欢来扎花店谈白。他谈白，幽默，他坐半天，扎花店热闹半天。扎花师傅也是个爱起哄的人，热闹了，便哄两张皮："拉棒冰的人来了，两张皮是叶家的大钱袋，要不要叫他请客啊。"

"那还用讲，请棒冰又不是请吃猪脚，来来来，一人一根。"两张皮从棒冰箱里，抄一把，一人一根，见者有份。

卖包子的人来，他又抄一把，一人一个。扎花店门口，有一个土陶场，有五六个陶工，他也发过去，说：吃个包子垫垫肚。

回叶家的客车，只有一趟：下午两点半上饶出发，至德兴，途经叶家。客车到枫林，是下午五点左右。太阳快下山，两张皮抖抖腕上的手表，说：快五点了，我去路边等车。

姑娘学徒，八个月出师。金枝学了六个月，不学了，跟两张皮跑了。两张皮有老婆，还带有两个孩子。金枝的父亲是石灰厂的押货员，叫米叔，矮矮瘦瘦，小圆头，看起来，像个冰糖葫芦。米叔把金枝绑在厅堂圆柱上打，说：你跟一个木贩子跑，跟一个有家室的木贩子跑，你叫我这张老脸往哪里摆？两张皮是什么人？一个跑江湖的，你跟她跑，一辈子有的穷，穷得掉药渣。

常去叶家村砍柴卖的财叔，对米叔说：两张皮只顾自己一张嘴巴，他两个孩子穿单裤过冬，房子矮矮的，两片瓦房还是茅草压顶的，金枝去了叶家村，哪年熬出头，都不知道。

打了两次，米叔不打了。把金枝放下来，金枝捡起包裹，坐班车去叶家村。她脸上，手臂上，都是棕绳鞭打的血痕。

村里传了很多闲话："金枝真是傻，放着堂东这样的后生都不要，去做别家的小老婆。"也有人替堂东抱委屈："金枝宁愿去山里，也不要堂东，这样的女人是个烂红薯。"打石煤的阔嘴找到堂东，说："金枝就是一个醒蛋，外表看起来，妥妥圆圆光光亮亮，里面是腐臭的。你不嫌弃，我女儿桂兰嫁给你，聘礼一分钱也不要，陪嫁也体体面面。"

村子说大也不大，说小也不小，一千八百来人口，金枝跟两张皮跑的事，没两天，全村的人都知道了。李堂东倒像做了亏心事似的，看到人脸红，低着头走路。学校里的老师，关心他："你这样的好后生，村里哪个姑娘不想嫁你呀。"

"我哪有心思找姑娘啊，考艺校，八字没一撇，想不了其他的事。"李堂东说。他没上课了，待在家里读书，或拉二胡。他的家在渡口边上，是一栋黄泥土瓦的三家屋。坐在他院子里，可以看见汤汤的饶北河翻着白沫。

渡口，是一个日渐荒凉的地方。高高的洋槐树上，挂着五六个鸟窝。这里却是我们玩乐得入迷之处。我们站在高高的石埠上，跳到深潭里戏水。裸着甘蔗一样发壮的身子，从水里冒上来，河水从头上哗哗哗，往身上湍泻，形成无数的细流，翻白的水珠溅满了周身水面。我们一串串地爬上石埠，一个接一个地跳下，炸出漩涡状的水花。我们爬上洋槐，往深潭跳，乐此不疲。李堂东带着我们跳。跳之前，他高唱："万里长城永不倒，千里黄河水滔滔。"他穿木板做的拖鞋，吧嗒吧嗒，走路格外响。

"你的拖鞋，怎么是木板的啊。"我们问。

"不叫拖鞋，叫木屐。"他说，"以后你们长大了，就知道了。"

木屐是他自己做的。他会做很多好玩的东西。他会做箫，会用蛇皮做二胡，用玻璃和毛竹筒做望远镜，用旧相机做皮影戏。我们最喜欢的，是他自己做的电话。我们洗了澡，去他家玩。他有一个铝片筒，挂在墙上。也不知道他从哪里找来的旧电话机，村里共有两部电话，一部在村里，一部在学校。只要村里有电话响了，他都知道。他旧电话机会发出嘟嘟嘟的铃声。他把铝筒贴在耳朵上，能听到电话里的说话声。他接电话的时候，不让我们发出声音。有时他也让我们听。我们屏住呼吸,睁着圆眼,缩着身子,像个随时会被抓住的小特务。他只能听电话,不能打电话。铝筒里,真是个神秘世界。有一次,我竟然听到了我父亲,在电话里跟人吵架。我父亲的声音特别大,拍着桌子,骂打电话的人。这让我很惊讶。我父亲是个温和的人,从不和人脸红,即使喝醉了酒,他也不发火,一个人溜上床睡觉。我第一次觉得,父亲有很多地方,是我完全陌生的。我回头给我母亲说了父亲骂人的事,我母亲惊讶地说:这不可能,你爸从来不骂人,发脾气的人不会是你爸。

金枝在叶家村生活了一年多,两张皮被判刑三年。被判刑不是因为他贩木头,而是重婚。金枝学了四个月的裁缝,怀上了两张皮的孩子。两张皮的老婆,把金枝赶出了屋子。金枝没了去处,也不回娘家,在两张皮屋后的山坳地,盖了茅棚住。米叔去看女儿,见女儿抱着孩子,在茅棚里喂奶,头发蓬乱,裹着蜘蛛网,茅棚里淌着泥浆,眼泪一下子流出来,仰天大叫:天啊,我造了什么孽,生个女儿,活得像个畜生。

米叔找到我父亲,说:哥郎,金枝活得不成人样了,我怎么受得了,劝她回枫林,她死活也不回来,她认命了,你把她安排到林场去烧饭吧,给一个活处。

"林场凄清,人不多,金枝愿意,就去吧。"我父亲说。

林场离叶家村不远,春季种树、秋季打青山(伐木),林场才有比较多的人,平时只有两个护林员看守。每年秋季,村里的二十几个青壮年去林场伐木,背着棉絮,穿上解放鞋,很是热闹。年轻人,一年一年轮着去。唯一没去过打青山的人,是李堂东。

不是因为他是代课老师,而是没人和他搭手。伐木是两个人协作的重体力活,一般人干不了。村里点名单,第一个划掉的名字是"李堂东"。村书记嘴唇抿着毛笔,一个个×名字。

有人有意见了,说:堂东凭什么不去打青山。

"他是个书生,穿白衬衫拉胡琴可以,去打青山,包裹都背不了。你要他去,可以,叫他和你搭手,你愿不愿意。"村书记说。

考了两次,李堂东都没考上艺校。

有一次,上饶地区公安处来了四个人,把李堂东带走,没人知道任何原因。村书记去乡里问,也不知道原因。李堂东的父亲慌乱了,说:天上掉下个火球,落在家里了。一家人坐在家里哭。

过了一个星期,李堂东又回来了。是小学方校长去接回来的。

方老师灰头灰脸回到村里。"活见鬼,在公安处被连带审讯了半天,还签字画押,当担保人。"方老师五十多岁,轻轻瘦瘦,头发花白,两个尖尖的门牙露出来呀,说:"这样贪玩的人,少有。"

谁都知道李堂东贪玩,玩新奇的东西。他把自行车三角架上的铁管锯下来,做土枪。他把弹棉花的钢丝解下来,套在牛皮里做裤腰带。他把鞭炮里的硝刷出来,和铁屑一起,装在酒瓶里,扔进水库炸鱼。李堂东喜欢听收音机,常收听境外广播。境外广播有些节目会留下通联地址。李堂东有一次,突发奇想,寄一封信去,会不会寄达呢。他不知道写什么,也不敢乱写,又想捉弄收信人,便什么也没写,把白纸塞进了信封。信封有收信人地址,没留寄件人地址。

信寄出了,便忘记了这件事。

过了半年,他去邮电所寄信。信是写给他高中班主任的。

寄出信的第二天,被公安处的人带走了。李堂东寄出的第一张白纸,并没有寄出境外,而是被有关部门截获了。原来,收件人地址,是一个敌特通联处。

这封信,是谁寄的?写什么?用什么书写技术书写的?有关部门作了很多技术鉴定,也没个答案。公安处派出技侦人员,化妆成邮电职工,在乡邮电所上班,接待寄信人,从信封上的笔迹,查寄信人。

人是回来了，可代课老师的资格，被取消了。方校长说："这样的菩萨，我哪敢供啊，供不好，供出个妖怪。"

过了一个月，李堂东又被公安处的人，带走了。带走了，人再也没有回来。公安处深查了案子，发现李堂东隐秘地接电话线，窃听村里的电话。窃听的时间，长达四年。

窃听政府电话，是重罪，李堂东被判六年，关押在珠湖劳改农场。珠湖在鄱阳湖边上，天远地远，再也没有了他的消息。

我参加工作的第四年，即一九九三年的秋天，我祖母故去，我奔丧回家。出殡的时候，我见一个五十来岁的人，穿着灰白劳动布衣裳，头发一半麻白，在低着头吹唢呐。红白喜事的乐队，是村里的，这些吹吹打打的人，我都十分熟悉，这个人，我不认识呢，但很眼熟。我问妹妹，这吹喇叭（唢呐）的人是谁啊。妹妹说，是渡口边的李堂东。

"哪会这么老呢？他才年长我十几岁，四十岁还差好几年呢。他什么时候回村里的？"

"回来有半年多了。"妹妹说。

这样，他又成了村里的人。他本来就是村里的人。他是消失了几年又回到了村里的人。他又成了我熟悉的人。他又成了我另一个熟悉的人：鼓着腮帮，暴出太阳穴的青筋，手上夹着纸烟，低着头晃着双腿，吹着喇叭；他赤着上身，露出厚厚肥肥的裤腰边，光着脚，挑一担滴水的秧苗，往田里赶；他在河埠头，用棕布，擦洗锄头，擦得又白又亮，灰灰麻麻的头发，像落满了柴木灰；他挑着粪桶走在前面，他老婆走在后面，提个竹篮，咧开嘴巴数落他：别人的芋头都卖完了，我们还有半块地没挖上来，你脑壳里是脑浆还是石灰浆啊……

回到村里，他带回了两个人。一个五岁的儿子灯亮，一个三十一岁的老婆爱贞。老婆是沙溪人。沙溪是个上饶、玉山、广丰三县交界的大镇，生活富庶。珠湖出来，李堂东在沙溪落脚。

沙溪没他认识的人。他靠吹唢呐拉二胡为生。镇大，红白喜事多。他会唱，会拉二胡，会敲锣打鼓。没有红白喜事的日子，他拉板车收破烂卖。他借住在废弃的拖拉机站。也在拖拉机站里，和他老婆爱贞结了婚。爱贞有男人魁梧的身材，大麻脸，唇厚嘴阔，鼻子油油发亮。

有时候，我觉得，人活着，是一种秘密过程。像人穿过漆黑的山洞。谁知道，我们是怎样穿山洞的呢？我们单凭自己的体力和感觉，往前面走，摸墙，磕破头，踢烂脚尖，洞顶的石块会落下来也不可知，失脚跌下洞窟窿也不知道，我们埋头赶路，相信洞口外有光，有春天的野花在等待，有壮阔的海洋呈现在面前。我们也不知道山洞有多长，走得筋疲力尽，身心困乏，可山洞却一直无限延伸。走成了一种本能。走出山洞的时候，就是倒下的时候。可谁知道我们是在走山洞呢？还以为我们溜滑冰场，在大海里冲浪。

离开枫林的十余年，李堂东就像一条活在树皮缝隙里的软虫。

在村街上，常碰见他。他背一个麦秸编的蒲苕袋，袋子里插一把二胡，两支唢呐，穿一件黄不黄棕不棕的夹克衫，斜着塌塌的肩膀，走路摇着下身，低着头。见了人，他抬起头，咧一下嘴巴笑一圈，算是打招呼。我弟弟、妹妹，我侄子，他们结婚时，都是李堂东做乐队手的。我祖母祖父故去，也是李堂东做乐队手。乡村乐队一般有七人，两个吹唢呐一个铙钹一个打小锣一个吹笛子两个拉二胡。铙钹和打小锣的人，还担任歌唱手。铙钹的，大多是妇人。铙钹最简单，哐乞哐乞，小荷叶一样的铜钹，轻轻扣在另一片铜钹上。铙钹的人唱女声，打小锣的人唱男声。有时，拉二胡的人也唱（简单的折子戏，有三个或四个角色唱）。老人故去后，入殓那夜，得做一夜道场。我祖父故去时，我坐在寿棺前，坐了通宵。乐队也唱了通宵。我父亲头伏在棺盖上，竟然睡着了。

白布挂满了厅堂。乐手围坐八仙桌，桌上摆了茶点瓜果。李堂东拉二胡，微微闭着眼睛，摇头晃脑，唱道曲。道曲，我一个字也听不懂。哩哩唧唧的声调。他是一个地地道道的乡村乐手了。他是八仙桌上，七人之其一。他和他们没有分别：一天一包烟，一场下来分三百工钱，一条毛巾，一双解放鞋；坐在厅堂右边的角落，烟夹在耳朵上，唱完了一曲，喝一口浓茶，嗑瓜子，油蜡蜡的脸上有着淳朴的微笑。

回了枫林之后，李堂东再也没有外出做工。他和他老婆，是村里唯一没有外出做工的年轻夫妻。也不知道李堂东是跟谁学的，他认识很多山中稀有植物。如高山猴头杜鹃，百年苟骨树。冬春两季，没有上门吹喇叭，他挖稀有树去种。他屋前有两块地，他拉来塘泥，填平整好，把树种在肥泥里。种个三两年，树存活了，一棵树能卖上万块钱。他迷上了种花。除了红白喜事，村里人再也听不到他唱歌拉二胡了。

吃了晚饭，他和爱贞在村街上上下下走个来回。他回家了，爱贞坐进杂货店里的麻将房，搓两把麻将。李堂东不打麻将，也不抽烟。上门做喜事，一天收一包烟，他把烟送到杂货店，换盐油换肥皂洗衣液换牙膏牙刷。收了一支支的香烟，他用空烟盒装起来，放在灶台上，家里有客人来，他从烟盒里摸出烟，发一支。他在院子里养了十几只鸡鸭。有一年过年，他听说我找老番鸭的生血（民间偏方说，老番鸭生血治胃病），他来我家，叫我去喝鸭血。他戴一顶黑扁帽，腰上扎一条黑围裙，说："我家番鸭子养了八年，听说你老胃病，找老生血吃，我干脆把鸭杀了，你来喝。"

"哪当得起呢。八年的番鸭卖八百块钱呢。你自己留着吧，养鸭子太不容易了。"我母亲说。

"养起来就是吃的，钱哪赚得完呢。"他拉起我的手，就往屋外走。他手劲很大，手掌糙糙的，像一张砂皮卷在手上。我在孩童时，他的手是软软的，如一块蒸糕。

我喝了他生鸭血，他从灶台上拿起烟盒，给我一支烟。烟纸有些渍黄。我捏捏烟屁股，松松软软。他说：你都开始脱头发了，时间怎么过得这么快，你偷我家柚子吃，爬上去，下不来，还是我抱你下来的，想想，才几年啊。

看看他屋子，和二十年多年前，没什么变化。当年的那种气息已经荡然无存了。村子一直在变。瓦屋越来越少，楼房越来越多越高，也越来越少。人都去了浙江温州、慈溪、义乌一带做工。楼房都是阴冷的，白白的地砖吸不了人的气息。人也在改变模样。至于变成了什么模样，我也说不清楚。

唯一不变的，是饶北河。从哪里流出来，流到哪里去，从来没有改变。开始和结局，千百年来，没有改变。轻浅的河水，在宽阔平缓的河床上，日日夜夜流淌。芦苇在起伏，秋天的芦花白浪浪的一片。落日时分，斜照的霞光漾漾的。

我们可以去想象一条河流：想象它从河湾转过身来，在柳树林里隐秘地回漩；想象它早晨的薄雾，萦萦绕绕在河面，缕缕丝丝纠缠在一起，白得遮掩了视线；想象它叮叮咚咚的流水声，舒缓得像一支谣曲；想象它河滩上细雨一般降落的鸟叫声，沁人心脾；想象它身上披散的暴雨，哗啦啦，漫无边际，乌黑黑……但我们无法想象一个人，无论是他（她）的内心，还是他（她）的肉身；甚至无法想象他（她）的过往，以及他（她）的去向。

人无法知晓自己怎么死，无法知晓别人怎么死。人无法知晓自己怎么衰老的，无法知晓别人怎么衰老，也无法知晓从什么时间开始衰老。人是一个被挤压的物体，变形的过程，就是一个人衰老的过程。到了不再变形的时候，已濒临死亡。

空了村子，有了一群闲人。有的闲人，是以前很勤快，突然想明白了什么，便什么事也不做了。有的闲人，从一出生，便什么事也不做，似乎他的一生，只为闲，没有比闲更重要的事情了。有的闲人，有老婆干活，干到耕牛一样，养着儿女。有的闲人，便一直单身着。也有一群忙到鬣狗一样的人，早上种菜，白天做手艺，晚上做家活，房子做了一栋又一栋，似乎活着，就是做事。

村里有一个叫家顺的木匠，在顺德一家红木家具厂，做了十几年，一天做十二小时，正月出门腊月回家。有一年，他突然撒手不做了。没有为什么，就是不做。他老婆和他吵闹，他也懒得理。吃了早饭，他便找人打炸弹，一块钱一个奖。和他打牌的人，都是七十多岁的老人。也找妇女打麻将，打一块钱圆角。有人说他：家顺师傅，这么年轻不做事，也太早了。家顺说：做事没什么意义，不想做。

闲人生出很多闲事。闲事是这样来的。村里在上个世纪七十年代，有十几间大仓库，仓库前有晒场。八十年代初，实行生产承包责任制，村里把这些大仓库卖给十几个村民。仓库是瓦房，拆不了也合并不了，便一直空着。有的人家堆柴火，有的人家堆杂物，有的人家堆麦秸。仓库在废弃的瓦窑场隔壁，平时也无人去。一个河边的废弃场所，看起来很荒凉。家顺有一间仓库。有一次，去田畈照泥鳅的德福，天突然下雨了，他提着松灯，在仓库屋檐下躲雨。他见仓库木窗，照出暗暗的光。他踮起脚尖，朝窗户里面看，一男一女在稻草堆上，赤裸着身体，抱着。雨大，哗哗哗，晒场上的苦楝树摇得厉害，沙沙沙。

村里有好几个人知道了这件事。仓库有烛光亮出来，便有人候在窗下。过了两个月，全村的人，都知道。唯一不知道的，是家顺的老婆，和爱贞的老公李堂东。卖化肥的老眯，有一次打牌，家顺输了，要赖。老眯把脸乌黑下来，说家顺："你这个人没名堂，比你大六七岁的女人，你也下手。"

也有可能李堂东知道爱贞的事，但当作不知道。如德福说的那样："爱贞鼻子哼一下，堂东也不敢喘一口粗气。"在杂货店，也常有人开李堂东的玩笑:"堂东,快把十块钱藏进鞋垫里,爱贞走到樟树底下了,马上到这里了。她搜到你有十块钱,她嘴巴是要骂肿了的。"开玩笑的人,假装靠近李堂东,捂紧李堂东口袋。李堂东说:"哪有那么吓人,骂人是要的,不至于嘴巴骂肿了。"

骂李堂东,我没看过。我看过爱贞用竹梢追着李堂东跑。李堂东在弄子里,绕弄跑。他老婆在后面追,啪啪啪,挥舞着竹梢。

弄子里的人,看到了,哈哈大笑,说话爱贞:管老公哪用得上竹梢,男人又不是三岁小孩。追的人笑了,跑的人也笑。

在灯亮二十岁那年春,李堂东两个膝盖莫名地痛。起先是隐隐的痛,痛几天又不痛。他以为是抽伤了筋,也没在意。后来是走路痛,歇下来不痛。最后,睡在床上也痛,小腿也痛,腰椎也痛,痛到他挪不了脚,痛到饭也吃不下。他去上饶市几个医院检查,查不出病因。有人劝他去上海看医生,他不去。他舍不得钱,钱太难积攒,像锅里的茶油,每一滴都金贵,烧起菜又不见油。女儿还在县城私立学校读书,儿子灯亮在义乌汽修厂才做了一年多学徒。他想盖个楼房,没楼房,儿子娶不上媳妇。

到了夏天,李堂东完全下不了床了。人一圈圈瘦下来,脸瘦到脱相,眼睛凹陷进去,颧骨凸出来,下巴尖尖。很多人都认为,李堂东活不了多久。爱贞把小方桌,摆在他床沿边,饭菜端去。吃了晚饭,爱贞就去打麻将,每次都打到夜深回来。

家里养了一条狗,是宠物犬和土狗杂交的,矮矮的,身长,黑白杂毛,眼睛小小。狗特别会找吃,吃袜子,吃布鞋,吃鱼肉。李堂东几次想卖狗,可没人来买,偷狗的人也不要。宠物犬和土狗杂交的狗,看起来没品相,吃起来让人恶心,谁会要呢?爱贞去玩麻将了,狗爬上小方桌吃碗里的饭,吃碗里的肉。没吃完的,爱贞第二天又热起来给李堂东吃。李堂东把桌子掀翻,说:狗吃不完的东西也给我吃,你是把我当人，还是当狗。

"不吃，你就饿着吧。狗饿了，什么东西都吃。"爱贞说。

有时，爱贞并不是去打麻将，而是在外面遛一圈，从后门回家上阁楼。每次从后门进，她带一个男人回来。她轻轻推门，蹑手蹑脚上楼，关起门玩。这个男人是谁，李堂东明白。那个男人发出无法控制的咳嗽声。哑黑的咳嗽声。李堂东和爱贞争吵了好几次，说："我没死，你就带男人回来，你就不怕雷劈吗。"

"你没死，我也找男人，这又不是第一个。"

争吵了两次，爱贞也不从后门进了，带着男人，哐当，打开大门，上阁楼，取乐之声毫不掩饰。李堂东听一次，往房门外，摔一个碗，骂："荡妇，荡妇，找冬瓜皮不如找一条狗。"冬瓜皮是个闲人，单身，无父无母，五十多岁了，眼皮整天不停跳，有不可控制的咳嗽病，是早年偷东西，被人打伤，落下的病根。他是一个过年只有一碗菜的人。

人动不了，挨不了几个日子了。灯亮回家照顾床上的爸爸，也预备着料理后事。李堂东对儿子说："家里有贼，天天偷东西，这个贼就是无耻的妈，她明目张胆偷男人，这个男人就是冬瓜皮。我知道，你从小畏惧你妈，但你是我儿子。这个荡妇，你不收拾，对不起你祖宗。你现在收拾不了，等她老了收拾。你可以先收拾冬瓜皮，找个好时机。下手要狠，但不要打死。你不收拾这两个人，你一辈子抬不起头。你不要像我这样窝囊。窝囊的人，活得像条狗。"

打棺材的长脚师傅，把棺材板拉进李堂东的家里了。李堂东泪水扑簌簌地流了下来。想想自己这一生，忙死忙活，什么事也没干出一件像样的，枉为一生在世上走一遭，自己父亲死，还没床前送终，在珠湖栽田插秧，愧为人子，自己将死，儿媳妇还没说上，愧为人父。

阿兰寺的住持是个七十多岁老僧，是河南人，在寺庙生活有三十余年了，法号妙生。村里的人尊称他老僧师。老僧师高瘦，温和儒雅，为人慈爱，肤色黄蜡。寺庙在饶北河对岸的矮山腰上。隔河隔千里。是乡谚。再近的地方，隔了一条河，也是远的。平时老僧师来村里，也来得少。一日上午，老僧师过河，来村里，找三石师傅凿石臼。过河进村，经过李堂东家，见长脚师傅卸棺材板。

"堂东师傅怎么病得不行了呢，去年去庙里，还是好好的。"老僧师说。他进了屋，问了很多情况，把了脉，看了眼球，摸了膝盖小腿腰椎，说："寿棺备也备下了。我开个方子，试试看，用了四天，效果怎么样，告诉我。"

"麦麸2斤，醋2斤，徐长卿2两，花椒4两，老艾叶3两。"

老僧师把方子给灯亮，交代："徐长卿中药店有，其他东西在村里问问，可以找打。这是一服药的量。你先配三服。下午，我来煎药。药不能喝，用药渣热敷骨痛。"灯亮千恩万谢，接过了方子。

第四天早上，灯亮早早来到了寺庙，拜谢老僧师，说："我爸腰椎不痛了，膝盖也不像前几天那么痛。请老僧师施恩，救救我爸这个苦命的人。"

老僧师过河，看到李堂东脸色不再僵白，粥也能吃一大碗，慈祥地笑了，说："堂东师傅年轻时，常年下水，做重体力活，多年心情不畅，积郁深，患了严重的关节炎，又有不轻的风湿。关节炎又引起五脏不畅，萎靡茶食，以致体衰。天晴了，堂东师傅不要卧在房间里，躺到屋外去，晒晒太阳呼吸新鲜空气。按着方子，继续敷药，敷两个月，便可以下床了。"

过了两个半月，堂东下床了。堂东去了阿兰寺，一拜再拜老僧师，感激涕零地说："鬼门关走一遭，是你把我拉了回来。死了又生，阴又还阳。"

老僧师说："遭的每一次罪，都会在身上留下痕迹。我佛慈悲，化解众生的苦痛。"

"我日日拜佛,日日点灯,以拜谢佛祖。"

堂东又背起了蒲苔袋,上门做红白喜事了。但他再也不吃荤不杀生。没有红白喜事,他便去阿兰寺。早晚也去阿兰寺。他去扫地种菜,去种花种草,去听老僧师讲佛经。

在寺庙,他做了两年,老僧师收了他,当三宝弟子,给他取法名:常苦。过了两年,村里人都叫他常苦师。他再也没有吹过唢呐了。又过了两年,他住进了寺庙的偏房。

他一直没有离开那个方子。

还有另一个方子,他也一直用着:蜂窝酒,一餐半两。

六十岁还不到,常苦师的脚,在初春,便难以下地了。潮气又重又寒,他的膝盖痛再次发作。他便坐上轮椅。一年痛一季,成了节律性病痛。

阿兰寺,是我常去的地方。过饶北河,便是葫芦形的田野。青青绿绿的田野有青青涩涩的气息。矮山冈呈一个水浪形,堆在灵山脚下。高耸的灵山,被众多的山峰托举着。阳光在峰壁闪耀。大雪从峰峦上飘下来。东南风也从峰峦上飘下来。枫林的四季,从峰峦开始。饶北河也从峰峦开始,跌跌宕宕,一路向东向南。始于灵山的溪流,故称灵溪,位于上饶以北,又称饶北河。阿兰寺是一座古朴的寺庙,高大的枫香树,荫盖了院子。阿兰寺有一种深邃庄严的宁静。站在寺庙门口,可以看见饶北河在盆地里,蜿蜒地游动,游得无声无息,游得无从束缚。河边的村舍,也无声无息,看见村里的人,像菜虫在菜叶上蠕动。

饶北河究竟流向哪里,又有什么重要呢?只要河流淌着,即使羸弱地流淌。流淌,是广大漫长的流淌。

顶粪筐的人

不是我母亲打电话来，我都淡忘了这个人。"绍全，你知道呗，就是那个喝了酒就哭的绍全。"我母亲在电话里说。我说，我知道那个头上戴粪筐的人，有什么事吧。我母亲说，昨天晚上，他的吊虫被人挑断了脚筋。吊虫是绍全的儿子。我很惊讶，他儿子才二十多岁，怎么会这样呢？我母亲说，在义乌，吊虫和捞梨仔开赌场，被人砸场子，挑了。

杨绍全厚嘴唇，笑起来，两张唇往上翻，唇肉厚厚。他父亲是小玉山人，入赘到村里。他父亲是个种田的读书人，个高人瘦，有两撇卷起来的胡子，在猪唇十来岁的时候，便早早走了。

"绍全，你生错了地方，不应该生在枫林。"我父亲说。猪唇常来和我父亲喝高粱酒，一碟花生米一碟剁椒一碟卤水猪耳，下一餐酒，有滋有味。喝不了两个回合，杨绍全翻起嘴唇，说：老叔眼力好，你看问题，入木三分。我父亲善酒，也善言，讲来山起水，缘起转合。听的人，不时地点头。不过，我父亲不喝酒，就不怎么说话。绍全喝不了两杯,坐在长条凳上号啕大哭。至于哭什么,我们也听不懂。他拍打自己大腿,唱嘤嘤唧唧的歌。唱得浑身瘫软了,他趴在八仙桌上,睡得鼾声四起,涎水四溢,满头大汗。

他醒来,我们问他:你唱什么啊,唱起来像个道师。他惊诧又疑惑,说:我唱歌了吗?我会唱歌?不可能,我只会写诗。他翻起嘴唇,摸摸自己宽额头,低低哼起不着调的锣鼓调,出了我大门。

绍全像他母亲——虾公背,宽额头,粗眉毛,头发多得可以打结,厚唇,厚手掌厚脚板。厚脚板的人,命苦。走路挑担的人,要厚脚板。可杨绍全虾公背,挑不了担,他去学了石匠。我年少时不愿读书,贪玩,我母亲责问我:猪唇是你榜样啊,读了高五,做个石匠还是半把茅柴刀。

他成了村里的笑话。不是他不爱读书,而是他太爱读书了——常打手电躲在被窝里读小说读诗歌,读到天亮,上课又打瞌睡。杨绍全作文写得好。

中学在小巷里。小巷另一头是低矮的民房。黑色的瓦房,像一只只扑下身子孵卵的麻鸭。饶北河从盆地边的山脚蜿蜒而过。宽阔的河岸,清朗。岸边的稻田给人温暖感。他星期天来我家里,在我厢房里,他直挺挺地站着,把衣领拉直,清清嗓子,手夸张地举过头顶,朗诵北岛的《回答》:

卑鄙是卑鄙者的通行证,
高尚是高尚者的墓志铭。
看吧,在那镀金的天空中,
飘满了死者弯曲的倒影。
…………

朗诵完了，他说：你怎么不鼓掌呢？我啪啪啪鼓掌。我还是个小学生，我听不懂他读什么。他双手一摊，说，这首《回答》会成为千古名诗。我景仰地看着他，傻子一样。厢房光线暗淡，蒙蒙的光，灰白色，塌在他清瘦的脸上。

他有很多抄诗本，厚厚的。绢蓝色墨水。一粒一粒的字，生长在白纸上，如稻田里幼青的禾苗。在这些抄录本里，我知道了普希金、叶赛宁、莱蒙托夫、松尾芭蕉、拜伦、莎士比亚、歌德……

有一次，他来到我家里，拿出一张报纸给我父亲看，显得很神秘。我父亲戴一副老花眼镜，对着油灯看他报纸，露出了山茶花一样的笑容：在《赣东北报》发文章了，村里还是第一个，乡里也是第一个。父亲来回看了几遍，又说：写什么呢？又没标点符号，又不连贯，"啊"字太多了，动不动就"啊"。杨绍全捂住嘴巴的手抽开，拍拍我父亲肩膀，说：叔，这是诗，诗，你知道吗？

我父亲嘿嘿笑起来，说：诗怎么不知道呢？我4岁会读《望庐山瀑布》了，李白的诗，一读就懂，你的诗，读不懂。

杨绍全说，这是新诗，叔，是新诗。

村里凡是读过初中毕业的人，都看了这张报纸。村委会有这张报纸，好几份呢。村书记把报纸张贴在公告栏，装了玻璃框。杨绍全的母亲全枝金在公告栏下，见了路过的人，说：你看看，我绍全发了诗歌了。路过的人，有不识字的，他母亲说：我读给你听。读完了，扶着墙哭：羊头啊，你走得那么早，你快活了，撇下我这孤儿寡母的……

这年暑假，我无所事事。我即将去县城上学，父母也不叫我砍柴了。我在枣树下读《射雕英雄传》，读《人生》，读《遥远的清平湾》，读《芙蓉镇》。全枝金带着她儿子，到我家里，坐了小半天也不说话。我父亲安慰她：再去补习一年吧，牛头不烂多灶火。我父亲还以为她是来借学费的。杨绍全低着头，手指不断地抠膝盖上的补丁。全枝金看

缺席的旷野 | 201

看我母亲，欲言又止。我母亲说：要读书，也早些定，过两天就开学了。全枝金拧了儿子的耳朵，说：你自己说。

"我想去小学做一个代课老师。"杨绍全说得吞吞吐吐。

"这事，我哪能做主呢？村里开会定吧。当了老师，你别谢我。当不了，你也别怨我。我尽力说。"我父亲说。

小学在村后的山坳里，四周没有房子，也不通电。小学有一栋二层楼房，一栋矮房子。矮房子有一间烧水房，有一间值夜房。杨绍全住进了值夜房。有时我家里来了客人，我和杨绍全搭铺。他才二十出头，看起来像个三十岁的人，胡子拉碴。他抽烟，烟灰也不弹。烟灰落在衣襟上，落在衣袖上，白白的。他坐在床上，靠着墙，叉开双脚，吸着烟，说：总有一天，我要去找舒婷，找北岛，我要带上我的诗。我说，找他们干什么呢？

"找他们干什么？你知道吗？他们是大诗人。请他们看看我的诗。我想知道自己的诗，到底写得怎么样。"他说。他开始朗诵自己的诗，先是坐着的，朗诵一会儿，他站起来，在床上走来走去。

当水洼里破碎的夜晚

摇着一片新叶

像摇着自己的孩子睡去

当灯光串起雨滴

坠饰在你的肩头

闪着光，又滚落在地

…………

他打一双赤脚，在雨廊里朗诵北岛的《雨夜》。我坐在房间门口，看他双手挥舞。也是雨夜。轻轻的，窸窸窣窣的雨。水光映着他的脸。

我平生第一次抽了一支烟。说不清为什么,我就是很想抽烟。我的身体在膨胀地发育,油桐子一样挂在青春的树枝上。这个废弃的房间,是一个神秘的世界。夜鹰犀利地叫,骇人。

这一年,冬天的雪特别大。一朵盖一朵。一山盖一山。小学离我家半华里,路上的雪漫上了雨靴。我去搭铺。我喝了些酒,杨绍全给我讲诗,我也不理会,上床就睡着了。睡了半夜,我醒来。雪花从窗户的漏缝里,吹进来,落在木桌上。油灯罩在一个白纸筒里。纸透出稀薄的光,淡淡的霭黄色。吹进来的雪粉碎,发出荧光。我是冻醒的,被子太薄。杨绍全披一件破旧的棉大衣,坐在桌前写东西。他的身子挡住了半个窗户,碎雪落在了他头上。我喝了一大杯热水,说:你写什么呢?明天写不可以吗?

他也不应我。烟从他额前冒出来。地上都是八分钱一包的"朝花"烟头。我靠在床上,看着窗外飞舞的雪花。我从桌上,拿了一本《人民文学》,翻了翻,扔回去,捂着被子,沉沉睡去。没睡一会儿,他用雪抹我脸,说:写好了,写好了,你读读。我坐了起来,轻声读了起来:

冬雪

雪是一垄油菜
擦去了冬夜的黑暗
父亲埋在油菜里
我埋在黑暗里
盆地是一个将朽的果盘
埋着河流和信使
⋯⋯⋯⋯

读完了。我又继续睡。我不懂诗,但这几行诗,像雪花一样堆积在我心里。

第二年暑假,杨绍全去了一趟厦门,待了两天,又回来了。谁也不知道他去厦门干什么。他背了一卷草席和一个帆布包去。帆布包里,有衣物、馒头和自己的诗稿。很多年之后,他和我谈起这趟厦门之行。

这是他第一次离开小镇。他坐了半天的客车,到上饶火车站。火车站到处是煤灰,站前有一伙一伙穿喇叭裤留长头发的青年,这让他害怕。他把积了一年的稿费,35块钱,套进信封,塞在解放鞋垫里。他第一次坐上了火车,在落日时分,从上饶出发。他一直记得哐当哐当的火车声。车上挤满了人,他把草席铺在座位下,抱着帆布包,睡了一夜。下火车时,已临近中午。他买了一张"厦门地图",走了两个多小时,到了鼓浪屿渡口,坐渡船,去鼓浪屿。他知道诗人舒婷住在鼓浪屿,但门牌号码不知道。问了一天,也没问到诗人舒婷住哪儿。在岛上睡了一夜,又回到火车站,在候车室睡了一夜。

谈起这件事,他的语气依然激动。

他还去过一次四川,找长胡子诗人廖。他说他要找廖谈诗。我不知道他有没有找到诗人廖。他去了,扒火车去,三天三夜,辗转几个站,饿得蜷缩在货堆上,到了一个叫涪陵的地方。他说,廖做过流浪儿、临时工、炊事员、汽车司机,和自己一样高考落榜,会有说不完的话。

在小学代了两年课,杨绍全被解聘了。临时代课老师一年工资360块钱,年终一次发。杨绍全在我家坐到了半夜,也不愿走。我父亲也不知道怎么安慰他,说,工钱一天一块,也没什么值得留恋的,做手艺,一天有一块五,还包饭餐,下午有一个点心吃。杨绍全仰起头,看着挂在壁板上的15瓦电灯,怔怔发呆。

秋收之后,杨绍全去学了石匠。东家客气,叫他杨老师。他摆摆手,说,不要叫老师,叫伙计。有人见杨绍全挑着石灰桶,拿着泥刀上工,大声叫:"杨老师,不去上课,挑石灰桶干什么?"杨绍全面红耳赤。也有人叫:"绍全读了那么多书,和我们拿泥刀的人抢饭吃啊。"

学徒工资,一天7毛,由师傅开。师傅见他体弱,家境过于一般,开他8毛钱一天。学了一年半,他不学了。手艺不精,村里请他做大工的人没有。他只会砌矮墙,粉刷石灰,夯地,打地梁,围猪圈。封墙、砌灶、架桥,他动不了手。墙砌到一人高,坍塌下来。

一个邻村的包工头,在德兴铜矿包了土建工程,要请30多个石匠,5块钱一天,包住不包吃,工资10天结一次。杨绍全挑一担铺盖,去了。村里的石匠大部分都去了。我初中同学叫时鸿,在铜矿开矿车,叫了我几次去矿里玩。寒假,我和另外两个同学,搭过路大货车,去了。

铜矿在一个山窝里,四面环山。矿部在泗洲镇,夜风灌进来如梭鱼游动。玩了两天,觉得也没什么好玩,我们待不住。我想起了杨绍全,问李时鸿:我们镇里的人在哪个矿区做工?

时鸿说,有好几拨,做建筑的,在祝家村。吃了晚饭,我一个人沿河边,往祝家村走。河狭窄,散发腥臭味。垂柳落得一片叶子也不剩。风冰冻在皮肤上。到了祝家村,见路边有一排塑料皮布搭的工棚,亮着灯。我进去,见两个人正坐在砖头上吃饭。我问:你知道郑坊人在哪个工地做事吗?

一个人端着铝盒的人,站起来,说:你找我?

灯有些晃,看不清人脸,但声音听出来。我说:杨老师,运气好,一下子找到你了。

工棚里有一个小锅,架在4块大砖头上,锅里嗞嗞嗞冒着油烟气。锅里是白菜,和不多的肉片。杨绍全看看脚下,说:你都没地方坐下,我们一起去馆子店吃个饭。和他一同搭伙吃饭的,也是镇里的人,但我不认识。我站了一会儿,说,你们吃饭吧,别把吃饭耽误了。杨绍全放下饭盒,对他工友说:我们是邻居,我陪他找一个地方坐坐。出了工棚,我问:你还写诗吗?

不写诗怎么活下去。他说。他转身回工棚,在被窝下翻开一块砖头,拿出一卷装订好的白纸本。我熟悉这个白纸本,我十几岁就熟悉它。它是他的阴魂。它浸透了他阴魂的汁液。蓝墨的汁液。树叶捣烂的汁液。大雪垂降夜晚的汁液。秋天羸弱的汁液。

我说,你在工棚里写诗?

他说,写诗需要办公室吗?

他说,砖头可以当枕头,可以当桌子。在砖头上写诗,中国没几个吧。

在小店门口,他掏出两块钱,说,买一瓶高粱酒去喝,再买一包花生和榨菜。他的指甲有黑黑的泥垢。他宽大的厚厚的手,第一次被我握住。他的手很暖和,似乎冒着小锅里的油烟气。我鼻子发酸,不知为什么。我说:我不会喝酒,你回家了,去我家喝,我爸有一缸高粱烧。

在河边,我们来来回回走,说了很多话。他戴一顶棉帽,身子略显佝偻。他裹在身上的大衣,我熟悉。蓑衣一样的大衣,曾遮住了半个窗户的大雪。

回到时鸿宿舍,我在院子里站了好久。天空填满了污泥,漆黑漆黑。我仰着头看,看了好久,也没看到一颗星星。星星也会死亡。

我读过他很多诗歌,如《有一种动物叫人》《生活在另一个星球》《冰窟失眠者》《铁钉必须承受铁锤》《活着和死了的区别》《最后一个火炉》《不要以为我不会痛苦》《死神随时降临》等等。在我青年时代。

有一年,在县城里开了诗会。这是新时期以来,县里召开的第一个诗会。他参加了。诗会在一个县直单位内部招待所召开，30多人。他是一个无名者。他是乡文化站推荐参会的。会议日程安排了3天，有交流会，有研讨会，有朗诵会。主办单位还请了刊物编辑来讲课。讲课的编辑是个老同志，讲课的内容是批判朦胧诗，把北岛、杨炼、顾城当作一堆狗屎。课没讲到一半，杨绍全把他桌子翻了。点一根火柴，可以把他嘴巴烧起来。他跺脚，说：你知道什么叫诗歌吗？你知道舒婷存在的意义是什么吗？我想用泥刀把你剁死。

他被主办单位轰出了会场。像一条狂吠的狗，被赶走。我送他去汽车站。这是他第一次来县城。他毛楂楂的头发，窝成一团。一路上，他反复问我：这些都是写诗的？写《村妇》《山里人家》《家乡的小溪》，听他们朗诵，我都想吐出来。

我说，我哪懂这么多，我是来瞎起哄。他说，诗歌是他们的胭脂，他们对于诗歌却是一种毒害。到了车站，我送一本《五人诗选》和两本硬皮抄给他，说：好好写诗吧，也好好生活。

车驶出车站，我还站在路口。中巴车摇摇晃晃，穿过灵山路十字路口，穿过丘陵间的甘蔗地，灰尘高高扬起。我一时无措，不知是回学校，还是继续在诗会玩。夕阳坠下地平线，余晖斜长。稀稀寥寥的街道，风扫来扫去。

我参加工作之后，杨绍全来我这里玩过一次。他30岁了，还没结婚。我不知道他有没有谈过恋爱。他当代课老师时，爱过一个女人，我是知道的。姑娘叫什么，我忘记了。名字带一个蝶字。他写过很多爱情诗给她，也写过很多情书。蝶初中毕业在镇酱油厂上班。十七八岁，美人蕉一样好看。杨绍全寄情书情诗给她。一个星期一封。他从没收到过回信。直到他去了铜矿，他不再寄信。他见过蝶好几次。他假装去酱油厂买酱油，看她。事实上，蝶在酱油厂上了一年班，去了市里，在一家百货商场当了营业员。

缺席的旷野

我在一个文化单位上班，住在僻远的郊区。一次，我刚从广州回来，在填写报销单。门房的师傅打电话给我：有一个叫杨绍全的人找你，说是你老乡，让他上去吗？我说，我下来。在客厅，他拘谨地坐着，皮鞋头有些开裂，穿一件猩红色夹克。

我们坐了一会儿，带他去"知青农庄"吃饭。他说，他想看看诗歌刊物，好多年没看过诗歌刊物了，一直在外地做工，订了刊物也收不到。我说，我宿舍有，你带一些回去。我们在宿舍，聊了半夜，喝了半箱鹰牌听装啤酒。第二天，我用蛇皮袋，装了两蛇皮袋刊物给他。我每年订二十几种刊物，《收获》《十月》《当代》《钟山》《花城》《作家》《人民文学》《诗刊》《天涯》《诗歌报月刊》《星星诗刊》《小说选刊》《中篇小说选刊》《世界文学》《小说月报》《中国作家》《青年文学》，是必订的。每天至少看3小时杂志才睡觉。桌上，床上，书架上，卫生间的洗手池上，到处堆着杂志。杨绍全说：我从没见过这么多杂志。

年终，他结婚了。他老婆是涧坞人。涧坞和小玉山临近，一个在山北一个在山南。他相过很多亲，都没成。没人看得上他。他还闹过相亲的笑话。女方妈妈问他：你除了做石匠，还会干什么？他说，写诗。女方妈妈说：卸尸？卸一次尸，收多少钱。在我们的方言里，写与卸，读音一样。杨绍全当时肺都气炸了。村里有一个叫四只脚的姑娘，肥肥胖胖，嘴巴咧开。全枝金对我母亲说：四只脚还没人说亲，你去汪家说说。我母亲说，一代亲三代丁，你怎么这样没头脑。全枝金说，有比没有好，怕儿子打单身。我母亲说，你找别人去说，我不会说，你儿子一不傻二不痴，你怕什么。

涧坞有一个职业媒婆，叫凤妈。她没有谈不合拢的婚事。方圆十里，姑娘后生，没有她不熟的。全枝金托凤妈多次，给儿子绍全说个媳妇。说了两年多，凤妈也没说合上。她对全枝金说，你儿子长得糙了一些，脾气倔，但人厚道勤快，我二女儿蓝英没出嫁，把蓝英许给你儿子吧。

蓝英就这样来到了杨家。杨绍全再也不出去做工了。

镇边上有一个粮食局储备库。储备库注重文化建设，一直想找适合的人，负责出黑板报宣传栏、写单位材料，可一直没找到合适的人。镇宣传干事推荐了杨绍全。一个月600块钱，加一个夜班10块钱，加一个白班30块钱，享受节日福利，享受双休。杨绍全很满意这份工作，做事格外用心。每天骑一辆自行车，15分钟到储备库。他开始戴帽子。一年四季戴。夏天戴草帽，冬天戴呢子帽。呢子帽没有帽檐，中间一个圆蕾。看起来，他像一个下山道士。

没过几年，杨绍全有了一双儿女。儿子叫杨少仑，女儿叫杨美仑。杨绍全去哪儿，都背着儿子。儿子吊在父亲肩膀上，像一条吊虫。少仑有了吊虫的绰号。蓝英是个舍得吃苦的人，和杨绍全一起下地种田。也是一个强悍的人，挑砖挑沙做房子，也一起干。一担砖40块，她从一楼挑上二楼，半天挑35趟，挑完了再做饭。杨绍全一担砖40块，挑一趟歇半支烟工夫。她不责怪他。他文弱，只有这个体力。

房子建在柿子树边。柿子树高大，遮掩了半个菜园。4月，树叶发青，婆娑弄影。树前有一条小溪，小溪有石桥。石桥前有一个丁字路口，村人在这里聚集闲聊。蓝英把一层楼房，盘出来，开了一家器物店，卖酒缸、扫把、凳子、箩筐、篮子、竹筐、圆匾、椅子、家用刀具、碗盘盏碟等。余房开了麻将房。买东西的人少，玩麻将的人多。玩一场麻将，两块钱。麻将房，夏天有电风扇，冬天有火盆，还供应热茶。4张麻将机，天天坐满。打麻将的，大多是妇女，也有几个老人。吃了午饭，打麻将的人陆陆续续来，站在桥头，说话抽烟。这里也是消息传散最快的地方。蓝英管白天，杨绍全管晚上。夜场一般在11点便散场。也有输钱不愿走的人，说最后打4圈，打了4圈，又说再来最后4圈。厅堂墙上挂了电视,杨绍全躺在椅子上,盖一条毛毯,架起脚看电视。再好看的电视,他也看不了两集,闭着眼睛打瞌睡,歪着头,翻出厚厚的嘴唇。嘴唇不再是红红的,而是红白相间。

待儿子吊虫上中学后,杨绍全把他叫到身边,说:"我现在教你写诗,写诗是老师教不了的,你以后做一个大诗人。"

蓝英一把拉过吊虫,说:"千万别学你爸,写诗写到30岁还找不到老婆,你就是以后打流,也别去写什么诗,你就是去做一个讨饭佬,也别去做一个大诗人,我不能让你被你爸祸害了。"惹得麻将客们一阵哄笑。

吊虫像他妈,粗壮,结实,黝黑,有一身好力气。

储备库在2004年搬迁了,没了人,一把挂锁锁了大门。杨绍全除了守麻将馆,有更多时间下地干活,他头上顶一个粗篾青编的粪筐。他用粪筐当太阳帽,或当斗笠。粪筐可以装猪粪牛粪,也可以装草料白菜萝卜脏衣服。没东西装时,回来的路上可以捡干树枝捡烂铁。粪筐大身子小,人显得变形。他手上握一把割草刀,走路一晃一摇,粪筐一晃一摇。他是村里唯一顶粪筐的人。

2005年4月,县里请诗人舒婷来讲学。清明,我回家扫墓,去杨绍全家,把消息告诉他。他正在打王炸。他掰着扑克牌,皱着鼻子,香烟熏得他半眯着眼睛。他扔下牌,给我泡茶,说,我就不去了吧,她的诗,我都忘得差不多了。我再也没说什么。

柿子树离我家,有一里多路,黑灯瞎火。我抬头看看天,星星不断爆出天幕,星星也不断隐于消无。水色的天光,有些荡漾。饶北河的风幽凉,青草浓烈的气息呛鼻。这是我最后一次去他家。他倒是经常来我家。我父亲要喝啤酒了,打个电话给他:绍全,给我送一箱啤酒来。他骑一辆电瓶车,嘟嘟嘟,一会儿送上门。我家电路线坏了,我父亲打个电话给他:绍全,我的线路又坏了,你空了就来帮忙一下。

绍全在储备库学了维修、安装水电的简单手艺，村里谁家的水电出了问题，都找他帮忙。他穿一件灰蓝色工装，背个电工包，骑电瓶车来了。他的胡楂有些虚白，额头有了旱田的裂纹。他从不收工钱。村人也买杂货，也去他店里。人都互相帮衬着。

2012年，吊虫高中毕业后，在家混了一阵，便去了温州的地下赌场，跟着一个叫捞梨仔的同乡混场子，和湖南人打架，被人割了脚筋。脚筋没割到，割下一块肉。吊虫再也不敢去混赌场了，去了慈溪电厂，在那边成家立业，很少回来。

2015年正月，我建新房，清理物件时，无意翻出杨绍全藏在我木箱子的3个档案袋。杨绍全的手抄诗集，有些霉变的气味。他黑色碳素的笔迹，在纸上，像一张模糊的脸。我叫侄子打电话给杨绍全，叫他来我这里。他骑一辆旧电瓶车，突突突，一下子就到了。

他眯着熬夜人惯有的通红眼睛，望望我，说："什么好事？"

我拿出档案袋，说："这是你的诗集，你拿回去吧。"

"你保管得这么好啊。我都忘记了。我留它干什么？你用它发灶膛吧，很好烧，一下就烧没了。"

他发了一支烟给我，拍拍身上的烟灰，档案袋也没接，说："正月客人多，店里忙，我先走。"突突突，骑电瓶车就回去了。他自己忘了的事，别人也忘了。

有人杀了年猪，请吃杀猪饭，必请杨绍全。他照应着家家户户水电。我家来了客人，我父亲也叫上他，陪喝几倍。他笑眯眯，头大头圆，厚嘴唇，笑得像个佛陀。